Ann Cotten

Der schaudernde Fächer

Erzählungen

Suhrkamp

Erste Auflage 2013
© Suhrkamp Verlag Berlin 2013
Alle Rechte vorbehalten, insbesondere das der Übersetzung,
des öffentlichen Vortrags sowie der Übertragung durch Rundfunk
und Fernsehen, auch einzelner Teile.
Kein Teil des Werkes darf in irgendeiner Form (durch Fotografie,
Mikrofilm oder andere Verfahren) ohne schriftliche Genehmigung
des Verlages reproduziert oder unter Verwendung elektronischer
Systeme verarbeitet, vervielfältigt oder verbreitet werden.
Satz: TypoForum GmbH, Seelbach
Gesetzt aus der Schrift Utopia
Druck: Pustet, Regensburg
Printed in Germany
ISBN 978-3-518-42389-9

Der schaudernde Fächer

Die gelangweilte Combo oder Wie man gut schreibt

Nichts ist vergleichbar mit dem exquisiten Eindruck, den eine gelangweilte Combo macht.

Der Flötist in Nicaragua hat mich in Aufregung versetzt, seine trotzige Langeweile, mit Blut und ohne Luxus, sein blondes, schweres Aussehen, vom Suff gegerbt, und seine Sensibilität. Im Grunde war die Langeweile bloß die Halterung für die angespannte Feder seiner Seele, die hochzuschnellen bereit war, wie man sah. Dort fiel mir zum ersten Mal der Reiz stumpfsinniger, langer, schriller Harmonietöne auf. Es wäre töricht, die Langeweile, bewusst ausgedehnt bis zur Grenze des Schmerzes, irgendwie der dekadenten Moderne zuzurechnen, erstmals isoliert von Lord Chandos oder propagiert im tonlosen Flug von Lautréamonts grauenvollem Wesen. Seit jeher stellt die Langeweile, also die geistlose Ausdehnung, die Verbindung dar zwischen der Sphäre der Arbeit und der Sphäre der Religion.

So müssen Braut und Bräutigam zwanzig Minuten regungslos in prachtvollen Verhüllungen hocken wie Wolken, während der Priester, den Steiß zu ihnen gewandt, Sutren murmelt; so dehnt sich der Tag aus, der von entfremdeter Arbeit belegt ist, so die Nacht, in der man sich spiegelbildlich davon erholt.

Auf der CD, die ich jetzt, noch im Bett liegend, in Gedanken wirklich schon fast bei der Arbeit, abspielen lasse, intoniert das »Sextet of Orchestra U. S. A.« Lieder von Kurt Weill, und hier ist mir der Effekt der gelangweilten Combo in Reinform aufgefallen. Nach den ersten zehn Minuten des ersten Stücks, einer Bearbeitung vom *Alabama Song*, verpufft die Stimmung der Heiterkeit und Lässigkeit, die den Jazz auszeichnen soll, und weicht einer schweren, zähen Bereitschaft, die Töne auszuführen, die nötig sind, um zum Ende der vertraglich festgesetzten Anzahl an Wiederholungen des Themas zu kommen.

Die exquisite linienhafte Stimmung beginnt aber eigentlich erst beim Saxophonsolo Eric Dolphys, wo sie dann voll ausgeprägt und deutlich ist. Danach ist das Stück schon aus. Im nächsten sind die Musiker ausreichend erfrischt, dass der Schlick – wenn wir das Bild von einem Watt akzeptieren, das sich in meinem Kopf ausgebreitet hat – wieder etwas *bouncy* geworden ist, was vor allem dem Bass zu verdanken ist. Doch die Grundstimmung ist nun gegeben.

Man fühlt seine Seele sich hinlegen, möchte ich fortfahren und habe dabei im Kopf einige kleine Glossen von Musil, die ich letztens in der Berliner Staatsbibliothek las, als ich eigentlich etwas anderes machen sollte. Diese müßigen Stücke trafen meine Stimmung genau. So wie den Autor selbst – wie ich vermute – hob mich immer wieder ein brillantes kleines Bild, das sich in die Vorstellungsgabe schmiegt wie ein gutes Werkzeug in die Hand, in einen geistigen Wachzustand, wie es sonst nur ein plötzlicher Lichtreflex von einem gegenüberliegenden Gebäude vermag, oder ein erschreckendes Geräusch wie die Stimme meines Geliebten, die ich vermeine, zwischen den Bücherregalen zu hören, oder dass ich ohne es zu erwarten beinahe überfahren werde.

Musil schreibt nun einen sehr wohlerzogenen Stil, im Großen und Ganzen, wenn man auch einen gewissen selbstbewusst-zweifelnden, sich auf unverschämte Weise aus allem heraushaltenden Jungmännereigensinn darin verspürt, den die Jahre weich und fein modelliert haben. Heimito von Doderer hingegen lässt sich voll weiblichen Humors gehen, tut sich nicht den geringsten Zwang an, was den Satzbau betrifft; seine Bilder hängen, bauschen sich und schwingen kreuz und quer wie die riesigen

Brüste einer drallen Frau, die weiß, dass Lust das wichtigste im Leben sind. Äh ist. Vor dem Hintergrund dieser meiner zwei liebsten Vorbilder stelle ich mir mit einiger Verzweiflung die Frage – und sitze dabei als ein winziger Mensch in der Stabi zwischen Hunderten, die in ihren Laptops und Büchern vergraben tätig sind und anscheinend schon irgendeinen Leitfaden für ihre Arbeit gefunden haben, und raufe mir die Haare, was nur sieht, wer aufschaut – wie, frage ich mich, bringt man um alle Welt den Eifer auf, wirklich gut zu schreiben? Und wie verwandelt man ihn in die Praxis?

Hier kommt die Combo ins Spiel. Ihr dösender Blick, auf einen unsichtbaren Horizont gerichtet, auf den er nicht fokussiert – was heißt! er stellt mit dem unteren Rand des oberen Augenlids einen weichen Rand von Horizont her, fließbandartig, und darüber ist eine abdeckungsartige Schwärze –, trifft meine Seele auf Augenhöhe, und sie legt sich mit dem Oberkörper darauf, wie, in einer ewig dauernden, ewig öden Stunde, auf einen Tisch in der Schule. Diesen Effekt hat die Combo.

Jedoch spielt sie ja nicht einen Sinuston, sondern eine verlässliche Melodie auf eine Art, die die eigene Verlässlichkeit nicht verheimlicht. Diese Melodie flößt mir, während ich in sinnloser Erschöpfung warte, bis die Erschöpfung zu Ende ist, Wissen ein, das auf eine eigentlich komische, ich muss aber annehmen, grundsolide Weise konkret und abstrakt zugleich ist. Ein Verhältnis von Tönen in der Zeit, einen Roman in Zusammenfassung, wie ihn Stendhal oder Lenz hinlegen können. Diese ruhige Klugheit besitzt die Sprache, auch wenn sie zu nichts verwendet wird. Und so wie man bei einer Frau oder einem Mann, mit dem man abseits der Liebe schläft, sagen kann (dabei alle seine Gliedmaßen, Rumpf und Kopf meinend), es sei gut, dass er so sei und da sei – und nicht etwa wie bei der Liebe, wo man jedes Durcheinander seelisch anhebt und nicht weiß, wie man zurechtkommen soll, da jede Zelle des Körpers, den man zufällig ausgewählt hat, unendlich schön, unendlich liebenswert und unendlich begehrenswert ist, dass man gar nicht mehr zu anderen Dingen käme, wollte man richtig und vernünftig handeln –, so kann man den Körper der Sprachkompetenz auf eine gelassene, common-sense-artige Weise in Ruhe lassen und gutheißen, und wenn es dann Zeit wird, dass das erlaubt ist, in ein Bett legen unter eine mit Baumwolle bezogene Daunendecke, die man über den Schultern ausreichend hochzieht, um nicht den Zug eines Zweifels hereinzulassen, und, zufrieden mit dem Resultat einer guten und berechtigten Arbeit, die man getreu ausgeführt hat, sich an die so unbekannte, mystische und doch gesunde Arbeit der Bewusstlosigkeit machen.

Lasst uns doch – die Combo spielt noch immer artig von der CD herunter – zu dem Aspekt mit dem Liebhaber aus Common Sense zurückkehren, bevor er verloren geht. Er ist noch frisch in Erinnerung. (Merkt man an den zwischen den verschiedenen Ebenen so hemmungslos verschalteten Argumentationsketten meinen Kater? Es ist, als wäre in alter Zeit eine Telefonistin nach und nach über Arbeit und Wodka eingeschlafen, ohne ihr Pult aufzuräumen, sodass die Verbindungen, sofern sie nicht von neuen überkreuzt wurden, stehen blieben. Und jetzt zeigt sich mir aus ihnen ein gültiges Bild der Welt der vorigen Nacht. So, wie eine Cellistin, die ich kenne, sich abends alle theoretisch möglichen Fingersätze für ein neues Stück herausschreibt und am Morgen dann weiß, welcher der beste zum Spielen ist – nur ein bisschen anders. Bei mir dehnt sich der Moment, der bei ihr sehr kurz ist, nämlich die Ernte des Resultats der im Schlaf getanen Kombinationsarbeit. Ich tappe in mir herum wie ein Archäologe oder Spurensucher der Polizei, und wenn ich nicht ungeschickt mit dem Fuß etwas anstoße, müsste alles schon richtig bereitliegen, wie ich es durch die Sätze an der Oberfläche sichtbar machen will, bloß kann es sehr lange dauern, bis ich mit der nötigen Vorsicht auf alles gekommen bin, was da schon fertig ist, und es ordentlich auf das Papier gelegt und in Schönschrift nummeriert und benannt habe.) Nun, der Liebhaber aus Common Sense stellt einen vor weit schwierigere Fragen, als die Liebe es je könnte, die nur sehr eindeutige Antworten bringt, leidenschaftliche, die einem bei der Bildung einer eigenen Meinung nicht weiterhelfen. Froh bin ich, wenn jemand über solche Dinge schon mal nachgedacht hat, so schlug Insomnia etwa vor, ich möge ihm versprechen, mich von ihm nicht innerlich abzuwenden, egal wie lange wir uns nicht sehen, aus welchen Gründen auch immer. Jetzt, wo ich darüber nachdenke, ein komisches und durchaus umfassendes Versprechen, das es mir schwierig macht, ein Treffen abzulehnen.

Die Combo ist lauter geworden, wie eine dicke Walze scheint sie mir sogar etwas gefährlich zu werden. Woher bekomme ich wieder die Kraft, mich über diese riesige arbeitende Fabrik des Lebens zu erheben, statt mich ohnmächtig auf dem Fließband dem Einfluss einer Walze zu übergeben? Darüber zu schweben wie ein von Chagall in die Luft gemalter Engel (Ich *hasse* Chagall!) – und wie heißt der Künstler, Berndnaut heißt er, der Wolken in die Luft legt? – ist gar nicht nötig, ich brauche nur darüberzustehen wie eine Vorarbeiterin, die von vielen Vorgängen weiß, wie sie sein sollen, ja nur wie eine einfache Arbeiterin, die ihren eigenen Vorgang beherrscht – aber sobald die obere Hälfte der Augenlider zugeht, fängt gefährliches Chaos an, Liebhaber aus Liebe, Liebhaber aus Common Sense geraten sich in die Haare, verheddern sich in den Telefonkabeln, versinken dann im Watt, in eine Unterwelt hinein, die wieder die obere Hälfte des Gesichtsfelds einnimmt, und ein riesiger Sog wie von einer Laubsaugmaschine entsteht zusammen mit dem Eindruck, die eigene Seele sei nicht größer oder schwerer als ein einziges

Laubblatt, vertrocknet, unglaublich zart und von Einsichten
ausgezehrt, ein Netz übriglassend, durch das man die Welt
betrachtet und sich selbst stillschweigend zur Kenntnis nimmt
als ein immer kleiner werdendes Hindernis der Sicht, und Nachgeben lockt ins Grau.

Ins Auto! In eine bessere Welt,
wo wir schweben und brennen, fliegen und kleben,
wo alle Verkehrsteilnehmer immer bei Sinnen
sind, und auch Idioten,
Wahnsinnigen, Unsinnigen, Starrsinnigen, Toten
bei entsprechendem Lichtzwang die Vorfahrt geben.

Freundschaft! Ihr freundlichen Autos und Busse!
Wir fahren zügig in ähnlichem Tempo
über die Straßen, Alleen entlang,
ihr auf der Busspur, ich auf dem Gehweg,
ich auf der Busspur, ihr am Trottoir.
Es läuft mal, es kracht mal,
die Straße ist wolkender Himmel
oder ein lüsternes Abattoir.

Talgblasen

Heute Morgen, als ich gehen wollte, erschreckte ich Samsung so sehr, dass er jaulend vom Schlaf in den Stand sprang. Schon kurz zuvor hatte ich ihn und Fun Son auf dem ausgebreiteten Bettzeug auf dem Boden liegen gesehen, jeder für sich gekrümmt, wie Insekten, die jemand mit Pestizid besprüht hat. Aus dieser Haltung einer steif gequälten Nacht heraus jagte es Samsung jäh in den Morgen hinein, als ich ihn am Fuß berührte, um mich zu verabschieden.

Fun Son, die Urheberin des ganzen Übels, Fun Son, die uns zuerst zu breiter Verlegenheit und nachher zu bedrücktem Schweigen geführt hatte, litt friedlich vor sich hin. Als ich ihren Fuß berührte, rollte sie nur auf die andere Seite.

Über meinen Abgang schienen sie etwas unzufrieden, aber sagten nichts. Wenn sie so viel fühlen, wie sie behaupten – Gefühle, von denen ich außer der Behauptung nichts mitbekommen habe, was sicherlich meine Schuld ist – warum merken sie nicht, dass ihr Drama, auf das sie so scharf sind, mich ganz außen vor lässt? Alles, was dramatisch sein könnte, fängt für mich erst an, sobald sie weg sind.

Der Regen geht nieder um neun Uhr vor dem Bahnhof. Vor dem Kiosk an der Ecke über meiner U-Bahn-Station (der Job hier hat mich ausführlich und präzise gemacht) waren Arbeiter gestanden, die lachend auf den düsteren Himmel im Westen blickten. Einer davon vielleicht kein Japaner. So schien mir, aber als ich zurückblickte, schob sich die Ecke der Böschung des Spitalvorgartens vor die Arbeiter. Ich ging in das U-Bahn-Netzwerk hinunter, wo es immer auf eine herzliche Weise nach Schimmel riecht. Der Zug schoss unter der Stadt entlang und brachte mich zum Bahnhof, und als ich hochkam, schüttete es. Jetzt stehe ich auf dem Bahnsteig, jetzt gibt es noch fünf Minuten, bis der Zug kommt, jetzt geht der Regen nieder, das ist begütigend und befreiend. Fünf Minuten, Regen.

Die Müter kühlend wie ein Beistrich.

Dass die Stimmungen klein und unverbunden sind, Lachen auf dem Weg, und die beiden machen ein Geplantsche in diesen Pfützen, als möchten sie, dass die Welt untergehe. Hybris ist das.

Es ist ihnen wohl wichtig, es so zu erleben.

Mir wäre es auch wichtig – wenns was wäre. Warum spüre ich nichts, nichts? Sie so: »Sag nicht, dass du so etwas noch nie erlebt hast«, habe ich aber nicht. Ich kann nicht glauben, dass Fun Son etwas spürt, wenn ich nichts spüre; mir kommen ihre Berührungen bloß bemüht fantasiert vor. Was vermeint sie denn zu spüren? Fun Son will und dann macht sie. Ihr Innenleben, wenn sie eines hat, interessiert mich nicht. Sie sollte doch wissen, dass eingebildete Ereignisse im Innenleben rein der eigenen Unterhaltung dienen. Hat sie denn nie erfahren, dass ihr Liebespartner natürlich nur am Trip interessiert ist, von ihr nur den Trip mitbekommt, auf den sie ihn befördert? Was hat ein anderer von ihrem Innenleben, was soll er damit anfangen? Ein paar Sommersprossen sind da, ein Lächeln, eine intime Wörterwelt. Allerhöchstens könnte man begehren, mehr und mehr ihrer Versuche, sich mitzuteilen, zu erleben, weil sie dabei irgendeinen Reiz hat. Man gewinnt einen Menschen so lieb wie eine Fernsehserie, es ist geradezu eine Sucht. Nach dieser Art von Erkenntnissen: solchen, unnützen, vielleicht unwahren, die man in sich knüpft wie Finger bei Verlegenheit. Ob sie wohl nach Hiroshima gefahren sind? Wieder erst zu Mittag aufbrechen, nachdem sie stundenlang »gefrühstückt« haben, also ziellos in meiner Wohnung herumgedriftet sind, hier und dort ein verklebtes Wort fallen lassend wie ein Stück Dreckwäsche?

Sie sagen, sie sind den Stimmungen gegenüber offen; es ist so deutsch. So deutsch, dass die innere Bewegung mit äußerlicher Trägheit verbunden ist, und alles nur, weil die Gewohnheit der Trägen die Trägen lehrt, dass die äußere Bewegung mit innerer Trägheit einhergeht. Ein Paar von schlechten Gewohnheiten. Das haben sie mit auf den Lebensweg bekommen, das haben sie nicht hinterfragt.

Elegie hingegen bedeutet bei ihnen, auch das durfte ich erfahren, ein elendes Suhlen in unbehaglichem Schweigen, bis jeder sich selbst zerfleischt, weil er mit schuld ist an der Situation und die Compagnie nicht aus eigener Kraft herausreißen kann.

Ich will ja nichts mehr – seit Alexy, der Kommunismus, mich nicht mehr aufreißt, verfolge ich ihn nicht mehr. Ich will Leute, mit denen ich es begehre, spazieren zu gehen, ich will Fashion auf Eis, ich will Fahrten aufs Land, geschlagenen, geselligen Spaß, ernsthafte Arbeit gegen die Trübsal, Bereitschaft zur Hingabe: Rausch. Aber nicht mit diesen Talgblasen. Wenn ich sie ansehe, will ich gegen die Liebe schreiben.

Brutal, zärtlich, im Grunde bloß: verletzt.

Fun Sons federnde Hysterie ist nicht gut. Man soll ein bisschen zurückhaltend sein. Sie war zurückhaltend, aber nicht sehr. Zurückhaltend wie ein Pferd hinter einem Lattenzaun. Mann, Fun Son, es könnte doch sein, dass der, auf den man seine Schwärmerei ablädt, damit nichts zu tun hat. Wenn man sich schämt, ist es verkehrt, die Scham abzulegen. Es ist verkehrt, vor seinen Freunden, die man so gern in die Niedertracht seines Herzens verwickeln will, einen Heulanfall durchzumachen und die Aufmerksamkeit auf sich zu ziehen. Es ist überhaupt verkehrt, so auffällig zu schweigen, sein Nichtssagen so dick auszubreiten, wie ihr zwei es immer tut, und wenn ihr es milder haben wollt, dann bloß à la Erziehung, es ist unhöflich, in einer Runde auffällig zu tuscheln und eigentlich immer so zu reden, dass man es nur versteht, wenn man den Kopf fast zwischen euch steckt oder fragt: »Wie bitte?« Nach dem zweiten Mal lasse ich es bleiben, »wie bitte« zu fragen, weil es dann sowieso nichts ist außer »ich habe gefragt, ob wir vielleicht jetzt noch Reste vom Eis essen« oder »aso, kennst du diesen Film von Kubrick«. Vielleicht denke ich verkehrt. Sicher. Daran ist doch nichts schlimm, dass sie ihre Banalitäten so geheimnisvoll sagen. Das machen Verliebte. Es ist doch eine hübsche Kindlichkeit, dass sie es so heimlich sagen, aufladen. Aus allem wird so ein Märchenwald. Nur ich bleibe beharrlich bei dem, was meiner Meinung nach die Welt ist und was in ihrem Märchenwald durch ein Pissoir vertreten ist, und das Pissoir dürfte diese Erzählung werden.

Ob sie nach Hiroshima fahren? Ich nach Takayama, nach Norden, in die Berge. Meine Bemerkung, wir seien doch in einem größeren Maß unterschiedlich, als man zunächst, in der Berliner Sozialisation, bemerken würde, haben sie mit einem knappen Nicken zur Kenntnis genommen, und Fun Son hat es vorschlagsweise durch eine andere Beobachtung korrigiert und de facto ignoriert. Wir bewohnen doch die gleiche Welt, die gleichen »Situationen«, die gleichen Bilder sehen wir. Und laut Leuten wie ihnen bedeutet Geschmack, dass man das Gleiche schick findet, und zwar das Urbane. Urban klingt für mich wie ein Gähnen. Dass Fun Son auf keine Gegenliebe stößt, und warum, will Fun Son immer noch nicht gefallen. Sie drückt es aus, indem sie mir – nun, nicht vorwirft, darauf würde sie gleich hinweisen, dass kein Hinweis vorhanden ist, aus dem ich schließen könnte, sie wollte mir einen Vorwurf machen – wo es mir doch nicht um die Intention geht! – sie sagt mir eben, dass ich ihre Verliebtheit nicht wahrhaben will. Und tatsächlich ist sie – ihre Verliebtheit, ihr angeblicher Zustand – mir unangenehm.

Wobei ich von einem Zustand natürlich nichts merke und, wenn ich ehrlich bin, nur sagen kann, dass mich ihr Verhalten nervt. Nicht wahrhaben wollen ist doch ein recht unnützer Ausdruck. Weil ein Zwischending zwischen dem Vorwurf der Ahnungslosigkeit, die man jemandem nur unter philosophischen Extremistenverrenkungen vorwerfen kann, und dem Vorwurf des Eigensinns, den man jemandem nur vorwerfen kann unter dem Vorwand, man hülfe ihm aus einem Irrtum. Ich korrigiere sie also: Ich nehme ihre Verliebtheit wahr und kann nichts damit anfangen. Dabei empfinde ich nichts, während ich das sage, nicht einmal Mitleid, nicht einmal Bedauern. Sie präzisiert: Sie glaube mir »nicht ganz«. Was denn eigentlich?

Ich habe nun mehrere Erklärungen der Situation angeboten, auf die man sich einigen könnte, ohne jemanden zu kränken. Ab jetzt kratzt jede neue mir abverlangte Version ein bisschen mehr an den Beteiligten. Solche Sachen empfinde ich genau, auch wenn ich zu schöneren Empfindungen nicht fähig bin, seitdem der Alexy – egal. Gründe, warum ich ihre angebliche Liebe oder Verliebtheit (stimmt beides nicht) nicht erwidere, kann ich auch anführen. Sie arten in eine vernichtende Kritik ihrer Person und ihres Verhaltens aus. Ich hätte damit nicht anfangen dürfen, ich war doch betrunken, das ständige Nachschenken von Sake ermangelt nicht der Wirkung, ihn habe ich lieber als sie. Ich tadelte ihren selbstgefälligen Gang, dabei hinzufügend, er sei ja das Vorrecht der Mädchen, ich stehe aber nun einmal nicht auf diese Art von Mädchen. Eigentlich habe ich von dieser Art von Mädchen keine Ahnung, weiß nur, dass sie Übles im Sinn haben. Läppische Manöver, von denen sie irgendetwas erwarten; Manöver, die zünden sollen, aber mich nur ohne Schwierigkeiten täuschen, weil ich immer bereit bin zu glauben, dass ich das Problem bin.

Ihre Selbstgenügsamkeit habe ich auch getadelt, wobei ich mich, glaube ich, verhaspelt habe, aber ohne mich zu entschuldigen. Und ohne nennenswerten Verlust an Würde konnte ich mit zwei oder drei Versuchen doch zu Ende sprechen, was ich Verletzendes zu sagen hatte. Neben meinem völligen Mangel an Bewegung, Aufregung oder Wärme trägt diese nebenbei angebrachte Kritik sicherlich dazu bei, sie fertigzumachen. Doch eigentlich glaube ich nicht, dass Fun Son wirklich zerstört ist oder es lange bleibt. Dazu ist alles an ihr, was ich kritisiert habe, zu künstlich, und sie ist an allem Künstlichen orientiert, also kann sie sich leicht wieder aufrappeln. Um an Fremdeinfluss zu leiden, ist sie – hier würde sie zustimmen, denn das gefällt ihr mit 30 immer noch – viel zu sehr selbstzerstört. Dazu hat sie sich in den letzten Jahren zu viel geistige Energie aufgespart. Sowenig wie ich fühlen kann, bekommt sie von meinem Mangel an Gefühlen wirklich eine Delle. Es ist nur eine enttäuschte Hoffnung.

Samsung sitzt dabei und tut nichts.

Ist er unschuldig? Seine unzufriedene Schmollfresse, seine Art, sich durch Wortkargheit interessant zu machen, nur um in unbeobachteten Augenblicken preiszugeben, dass an ihm nicht so viel ist, wie er tut, nehmen mich nicht für ihn ein. Dass er Fun Son nicht unter Kontrolle hat, ist offensichtlich. Er schwimmt in ihrem Kielwasser, ist froh, wenn er sich keine Blöße zu geben braucht, wenn auch deswegen notorisch unzufrieden, und wartet geschmackvoll unaufdringlich auf eine Gelegenheit, seine nicht unerheblichen musikalischen Fähigkeiten anzuwenden. Daran ist nichts falsch, aber ein bisschen rein-eigennützig ist es schon. Er macht sich nicht die Gliedmaßen dreckig, um jemand anderen bei Laune zu halten. Seine Beiträge zur psychologischen Krisensitzung, die Fun Son so zielvoll herbeigeführt hatte, sind nicht sonderlich hilfreich. Er sagt, unter vielen Hesitationen, dass alles eigentlich immer in Bewegung ist und dass er das, wenn er ehrlich ist, ok findet.

Fun Son stürzt sich daraufhin auf ihn und zerfleischt ihn dafür. Das sei alles so allgemein und so vage. Das tut sie, obwohl sie gerade zuvor selbst in einem Stoßseufzer darüber geklagt hat, dass alle immer alles übergehen und sie das nicht mag. Mutwillig herbeigeführte Krisensitzung nenne ich das.

Wir waren hinausgegangen, Fun Son und ich, um den Müll auf die Ecke zu schmeißen. Ich hatte mich aufgemacht und dabei gepoltert, bis einer der beiden fragte, ob ich Hilfe bräuchte. Es war Fun Son. Aufgrund der guten Luft gingen wir noch weiter, den Fluss mit den Kirschblüten entlang, den mediterranen Hang des teuren Supermarkts hinauf, da schaukelten wir auf einem Kinderspielplatz, gingen noch eine steile Straße hinauf – was man bei Mond und guter Laune eben macht. Das schreibe ich natürlich alles aus meiner Perspektive. Es mag sein, dass Ulrike, ich meine Fun Son, ganz andere Sachen dabei gefühlt hat. Etwas wie Aufregung, Zauber, Schmelz. Aber ich schwöre, wenn ich so etwas nicht spüre, dann ist es nicht da. Dann sind nur die Requisiten da. Samsung zeigte in dieser Angelegenheit die zweite wilde Regung. Es war ihm nicht recht gewesen, zurückgelassen zu werden.

Die erste echte Aufregung, in die ich ihn versetzt gesehen hatte, war gewesen, als er nicht auf dem Bahnsteig in Takarazuka zurückgelassen werden wollte, weil er nicht wissen konnte, ob und wann Fun Son und ich zurückkommen würden.

Nun tauchte er am Horizont der kleinen Wohnstraße auf, kurz nachdem Fun Son den Arm um meine Schultern gelegt hatte, während wir gingen. Ich hatte daraufhin irgendeine Verlegenheitsbemerkung über den Mond gemacht und sie die zweite Anspielung auf Caspar David Friedrichs »Zwei Männer in Betrachtung des Mondes«, ironisch natürlich.

Mein Friedenszeichen, eine erhobene Hand ohne Waffe, erwiderte Samsung nicht. Sondern er schlenderte wild quer über die ruhige Kreuzung. Wir befanden uns am höchsten Punkt eines dieser von Villenvierteln bedeckten steilen Hügel, aus denen die Außenbezirke der Stadt bestehen. Seine Anklage, in der er uns schilderte, wie scheußlich es gewesen war, als wir »einfach gegangen« waren und »diese schreckliche Musik« noch weiter in der leeren Wohnung gespielt hatte, erklang heftig und dringend. Er war wie ein omniverächtlicher Junge, von dem man überrascht zum ersten Mal sieht, dass er an etwas hängt.

Nachdem wir Fun Son verkleidet und sie zum Tanz genötigt hatten, welchen Wunsch sie erfüllte, hatte ich nämlich statt der asiatischen Gesellschaftsmusik Akihiro Miwa aufgelegt. Ein wenig mag er die folgende Konfrontation beeinflusst haben. Doch sie erreichte nicht die Fülle an Schönheit und Würde, deretwegen ich den Künstler bewundere. Jetzt erst beim Schreiben erinnere ich mich, dass Samsung wahrscheinlich die lange Nummer zu hören bekam, in der Miwa das ganze ausführliche Protokoll einer gedampften Szene singt, von der plötzlichen Krise über die Anklage, die Schimpftirade bis in den Heulkrampf, der versiegt, während der Barpianist immer weiter spielt wie ein guter Gin. Das hat Format, das ist eine großartige Aufnahme eines von mir zutiefst bewunderten Schauspielers – eines Schauspielers, den ich studieren will, um nicht mein Spiel, sondern mein Leben zu vervollkommnen. Während das, was die beiden jetzt aufführen, auf niedrigen Mauern sitzend, sich an Baustellenzäunen abstützend, sich und versuchsweise auch mir die Hände auf den Rücken legend, was sie für eine stilvolle Szene, also Auseinandersetzung um das gegenseitige Glück, oder wenigstens für notwendig halten, mich keinen Augenblick der Ruhe beraubte, die mich in letzter Zeit wie ein Fluch umgibt. Ich kann übrigens Vergleiche machen, wie ich will. Die beiden kommen mir vor wie zwei der süßen Zähne eines Maiskolbens in einem Bild von Neo Rauch, wobei ich die Rolle der Wand hinter dem

Landwein, der Leinwand meine ich, und der Welt hinter dieser einnehme.

Napoleon sagt, die Menschen sind dankbar, wenn man sie überrascht, während es scheint, als schulde man ihnen ihr Glück. Ich muss mich jetzt auf die Berglandschaft konzentrieren, die mich immer mehr umgibt.

Sie hat auf meinen Wunsch hin einen
japanischen Tanz gemacht. Sie hatte
einige Elemente aufgenommen. Die
Ärmel des von mir bereitgestellten Teils
waren zu kurz, um sie um die Arme zu schwingen.
Von hinten tanzte sie und warf einen Blick über die Schulter.
Ihr Arrangement hat mich schon überholt.
Ich schminkte eine geplatzte Kirsche auf ihren Mund
und schalt sie Maske, während ich ihr Masken machte.

Des Todes dummer Bruder

Ich hatte das Geräusch schon einmal gehört. Ein Klicken und das Spulen einer kurzen Strecke, nicht weit über meinem Kopf. Ich war auf der Toilette eines Cafés namens ZZZ und begriff, dass hier ein Duftstoff losgelassen wurde. Es war nicht einer meiner saubersten Tage, wenn das auch mehr ein generelles Gefühl als eine objektiv feststellbare Tatsache war, und wie man einem Kind im Vorbeigehen über den Kopf streichelt, ging ich mit dem Gedanken um, ich hätte den Raumparfümierer ausgelöst, indem ich mir den Hintern wischte, obwohl es da nichts abzuwischen gab. Ich zog die Hose hinauf, berührte dabei mit dem Rücken die Zellentür, und ein grausiges Kerkerrasseln ertönte, das mich erschreckte. Ich lehnte mich noch einmal mit dem Rücken an die Tür, um die Herkunft des Geräuschs zu überprüfen, und war vergnügt, dass es zum dritten Mal schon ganz vertraut schepperte, als ich den Riegel aufklappte. Während ich zum Waschbecken hinüberging, lobte ich die Inneneinrichtung von ganzem Herzen. Der Verdacht, eine mir bislang unbekannte Instanz sei dabei, mir von oben Knock-out-Drogen zu verpassen, was immer sein kann, wich. Alles, sagte ich mir, ist harmlos, Komfort und Unterhaltung umgeben dich. Und dennoch war der Geruch nach künstlichem Rhabarber, der über dem kleinen Waschbecken hing, irgendwie verdächtig.

Ich ging zum Platz am Fenster zurück, wo meine Zukunft wartete. Langsam beruhigte sich meine Art. Sitzend hörte ich auf, an den Gegenständen zu allen Seiten anzustoßen. Stattdessen beugte ich mich heftig über mein Notizbuch und konzentrierte mich auf den Beginn eines Romans, den ich als kurze Erzählung niederschreiben wollte. Das Weizenbier begann zu wirken. Draußen dämmerte es.

Am nächsten Tisch saßen drei Jünglinge. Sie schoben frisierte Stimmen, besprachen ein Drehbuch. Wenn die Kellnerin kam, wurden sie kleinlaut. Die Kellnerin hatte ein Loch in den schwarzen Röhrenjeans, in der Mitte der Innenseite der rechten Wade. Sie könnte es sich gescheuert haben mit einem Tic nur für eine Nacht: Ich stellte mir vor, wie sie mit Freunden auf Stufen saß, eine Flasche Rotwein oder Saft leerend, Musik hörend, und von der Nacht war dieses Loch als Spur geblieben, über die sie sich selbst wunderte. Ihr Bauch schoppte vorne über die Hose, ein Holzfällerhemd hing auf ihrem Rücken. Sie bewegte sich mit der Grazie einer bekannten Schönheit, hatte ein feenhaftes Gesicht, großzügig und doch fein, mit geschwungenen Brauen, und sagte affektiert »O Gott«, als sie meinte, dass ich meinte, sie hätte mein Bier vergessen. Wie ein gewisses Schnuckel, das Apunkt und ich einmal näher zu untersuchen die Gelegenheit gehabt hatten. Wie viele Mädchen jetzt »O Gott« sagen.

Anstatt aber in einen spekulativen Diskurs zu verfallen über die Hintergründe dieser Art, wegen einer winzigen Schuld »O Gott« auszurufen, die bestimmt in den Schulklassen entwickelt wurde, kurz nachdem ich sie verlassen hatte, notierte ich bloß in meiner Erzählung: »Wieder einmal packte mich die alte Sehnsucht nach dem Leben anderer Menschen.«

Faul bin ich, ha. So faul! Am Tresen nahm eine Art Familie Platz, ein grauhaariger Bartguru mit sympathischen Augenringen, eine Teenagerin in einer quaderförmigen schwarzen Weste und eine gealterte junge Frau, am allersympathischsten, in einer weißen Strickjacke, die auf ihrem runden Rücken die Einschnitte eines BHs demonstrierte, und Jeans. Angesichts dieser Dreiergruppe flutete etwas Linderung die prinzipielle und generelle

Sehnsucht nach dem Leben anderer: eine ganze Familie, wie anstrengend.

Es war bis jetzt vor mir ein trüber Spätnachmittag gewesen, in dem ich zu Beginn angeödet und nach und nach verzweifelt durch die Straßen von Schöneberg gelaufen war. Ich tötete Zeit, die mich von einer Verabredung trennte, vor der ich mich scheute; wollte mich fangen, mich in meine selbstverliebten Träumereien einwickeln zum Schutz vor der Verabredung, deren konventionelle Mechanik mir Angst machte. Essen zu gehen mit einem Menschen, der mich sexuell anzog, so etwas wäre mir nie eingefallen! Da hatte ich mich, verwirrt, in diesem grauen Nachmittag total verlaufen. Ich geriet in lieblose Straßen, die nach Religionsreformatoren und süddeutschen Städten benannt waren. Ostermontag war. Kaninchen standen in den Rasenflächen herum und hoppelten pflichtscheu außer Sichtweite, als ich mich nähern wollte. Überall brachten Schwule ihre Wochenenddates zum Bahnhof. Ich selbst war um acht mit dem jungen Fritz verabredet. Das alles machte mir keinen sonderlichen Spaß.

Übellaunigkeit konnte mich indessen beim Date vor Blößen schützen. Davor, nicht zu wissen, was ich wollte, und etwas mitzumachen, das später in seinem natürlichen Verlauf meinen heftigen, ungerechtfertigten und unerklärbaren Widerwillen erwecken würde. Vielleicht trug ich deswegen meine Unlust wie eine Kristallkugel behutsam vor mir her, versprach mir davon irgendeine Art von Hellsichtigkeit.

Als ich gegen fünf mit Mühe den Apunkt verabschiedete, der mich wie so oft ein Stück, noch ein Stück, und noch eine Weile begleitet hatte, bekam ich es ernsthaft mit der Angst zu tun. Von des Schicksals unerbittlichem Spulen durch die Straßen gezerrt, statt dass es als melodisches Band hinter mir durch die Lüfte entflatterte, zog ich wie oft in Erwägung, ob ich vielleicht in ganz die falsche Richtung unterwegs war. Zwar war ich ungeduldig gewesen, den Apunkt loszuwerden, um alleine zu sein, was Bedingung aller Freiheit und Besinnung ist, aber es zerrte mir am Herzen, ihn gehen zu lassen und gehen zu heißen, und das machte mich sentimental. Da riss ich mich los. Aber ich rannte noch einmal zurück, hinter ihm her, die Strecke entlang, wo die U-Bahn vor dem Nollendorfplatz aus der Erde kommt, um als Hochbahn weiterzufahren, gab ihm meine Geldbörse und fast alles Geld. Und dann ging ich befreit, entleert, entsichert quasi, los.

Und war vom Gehen ganz wund, als ich im Café ankam. Es machte mir alles keinen rechten Spaß, ich brachte die ruchlose Freude am Sein nicht auf, die mich sonst als helle Flamme weg von verbrannter Erde treibt, mit Schadenfreude alle bedenkend, die mich daran hindern wollen. Das Hefeweizen sollte als Tonikum dienen. Es ging unendlich langsam, Millimeter für Millimeter, in mich hinein. Doch anstatt mich in meinen unklaren Vorhaben zu bestärken, hatte es eher eine desorientierende Wirkung. Die Verabredung rückte näher wie eine dunkle Wolkenfront, gleichzeitig mit der Dämmerung. (Wegen eines solchen Effekts finde ich es übrigens perfekt, sich im Frühling und Herbst um acht Uhr, im Juni und Juli gegen zehn zu verabreden.) Die schwarzen Handschuhe vom Apunkt, ein Produkt von H&M um 1 Euro, mit den Löchern in den zwei ersten Fingern vom einen, den man, um sie zu nutzen, besser rechts als links anzieht, lagen auf dem Tisch. Ich schrieb und schrieb. Alles war bereit. Der Ventilator rotierte und der Zottenhund, der mit zwei Frauen hereingekommen war, irrte im Raum herum. Er konnte sich nicht entscheiden, unter welchem Tisch er sich niederlassen sollte.

»Wären doch die Kontrolleure hier aufgetaucht, stellen Sie sich das vor«, hatte der Apunkt vorgeschlagen, als wir im Kleinke gegen vier zu Mittag aßen. »Und hätten sich auch zwei Rumpsteaks bestellt. Oder so wie wir eines gemeinsam.« Wir haben nur gemeinsam Geld, nicht viel, weil er keins hat, nicht wenig, weil ich ein bisschen habe. Weil der Apunkt zu leben weiß, waren wir in ein Lokal gegangen und aßen ein Rumpsteak gemeinsam: er das Fleisch und die Kroketten, ich den Salat und ein Stück Fleisch vom Apunkt. Die Kontrolleure hatten uns erwischt, da hatte der Apunkt mich mitgenommen mit seiner Monatskarte. Das geht aber nur mit der Monatskarte, die man voll bezahlt, mit der Monatskarte für Arbeitslose geht das nicht. »Solche wie dich«, sagte der Kontrolleur und meinte mich, »lass ich bluten.« Ich trug eine kurze weiße Plüschjacke, an den Ecken leider schon ziemlich versifft. Seinem Kollegen war es unangenehm. Während wir zu Fuß weitergingen, erklärte Apunkt mir, wie es ist, wenn man ohne Privilegien aufwächst in einer Stadt wie Berlin, wo die Privilegierten auch überall sind und sogar noch beim Schwarzfahren mitmachen wollen. Dann kam die Fantasie mit dem Rumpsteak. Als würde unser Rumpsteak besser liegen auf dem Rücken des imaginären Rumpsteaks der beiden ungleichen Kontrolleure, lachten wir: halb befreit, halb unbehaglich. Diese Fantasie war ungewöhnlich für Apunkt. Seine Ideen sind selten bloß Umordnungen der bekannten Realien. Er spinnt großartiger, mit Prunk und Elefanzen, oder abstrakt, mit eigensinniger Rechtschreibung – eine Welt aus kräftigen Gedanken, in der er Prinz ist. Plötzlich sehe ich ihn in feiner Kläglichkeit sitzen, so alt wie ich, und so wenig in Stellung; mit porzellanener Haut, heftig, naiv, im heiteren Licht des Kleinke, welches eine Nummer zu großbürgerlich für uns ist; in diesem Wintergartenlicht, durch das fünfzigjährige mädchenhafte Adelige, deren Ruhe wir uns mit einem geteilten Rumpsteak für zwei Stunden mieteten, zur Toilette wehten. Wie er neuerdings ernsthaft meine Geldbörse schonte. Wie er sich bemühte, mit seinen Scherzen näher an der Umgebung zu bleiben. Sie musste ihn in meiner Abwesenheit kalt angeweht haben.

Es muss fließen! Der rötliche, fruchtige Ton des Hefeweizens begann auch wirklich schon, die Umgebung und mich zusammenzuschließen, die Musik fing an, und nicht mehr trippelte ich trocken, außerhalb von allem herum. Es ist Zeit, sagte die Musik im Café, es ist heute, 9. April, es ist jetzt, halb acht, es geht los, sei dabei.

Großartig dieses Geräusch! Ich war wieder da. Unglaublich. Man kann den trefflichen Einfall nicht genug preisen, die Tür zur Welt, durch die man hinausgeht in eine Sicherheitskapsel, um zu verschnaufen und dann wiederzukehren, hallen zu lassen wie eine Kerkertür.

Ich saß jetzt an einem anderen Tisch. Die Besitzerin des Hundes hatte mich zu sich und ihrer Freundin hinübergerufen. Zuerst mit den Augen, dann flog ein Lächeln durch den Raum, dann bewegte sie den Mund, und ich bedeutete, verlegen, aber natürlich erfreut, dass ich müde sei, indem ich den Kopf schief auf die Hände legte. Sie sprach weiter zu mir quer durch das Café, und ich nahm dann wirklich mein Bier und ging zu ihr und ihrer Freundin hinüber, worauf sie uns Wodka bestellte. In einer Blase aus dichten schwarzen Locken wohnte ein lebhaftes Gesicht, dessen Züge freundlich waren und sofort mit einer formvollendeten Verführung begannen. Ihre Bewegungen waren so wohlabgemessen und mühelos sorgfältig, dass es mich nicht überraschte zu erfahren, dass sie Perserin sei. »Sie kann wohl alles machen, was sie will«, konnte ich mir nicht verkneifen zu denken, »mit dieser sicheren Grazie wirkt es vollkommen überzeugend.« Doch etwas bewog mich zur Reserviertheit. War es nur, dass ich mich der Logik widersetzte, ich müsste sie mögen, weil Mögen besser als Nichtmögen ist? Es füllte mich wohl mit Trotz, dass ich mich gezwungen fühlte, ihre spontane Einladung anzunehmen, weil ich immer ja sagen wollte zu Abenteuern. Ich wollte nichts an ihr finden, was mir Grund gäbe, dass sie mir missfiele, bestimmt nicht. Hypnotisierte mich ihre positive Logik? Es zog mich nicht an, sondern verpflichtete mich nur zur Zuneigung, dass sie gesund, schön, mutig, intelligent und heftig war. Es fehlte der pikante Fehler, es fehlte mir der Eingang. Ihre Freundin, Virgin, war eine gemessene, ruhige, fast sanfte, gütige und doch fest und hart wirkende Person. Später am Abend schob ich die Hand durch ihre Nackenhaare; weichere, schönere habe ich noch nie gefühlt.

Die Perserin hieß Gazelle, sie fing nun an, Freundinnen zusammenzutrommeln. Ich blickte, während die beiden mit mir redeten, auf die Innenseite der Markise, hinter der sich die Dämmerung senkte, und sah im Nieselregen meine Verabredung am Gleis stehen, den jungen Fritz, der mir so ähnlich sah. So wie auch Apunkt mir auf seine Weise ähnlich sieht – und vielleicht sehen einem alle Geliebten *irgendwie* ähnlich, wenn man ein bisschen ein Narziss ist. Bei Fritz waren es derbe Augenringe in einem runden, derben Gesicht, das auf eine handwerkliche Weise freundlich wirkte. Außerdem reizten mich seine lila stonewashed Röhrenjeans – ein Verbrechen, das man auch mir zutrauen könnte. Jedoch ohne wirklich spürbares Bedauern beobachtete ich ihn vor meinem inneren Auge, wie er auf der Plattform auf und ab ging und sich fragte, wann er das Warten aufgeben sollte. In letzter Zeit ist es oft so, dass ich mein eigenes Leben indolent betrachte wie durch einen Schirm von Wasser. Und wegen des ausbleibenden Bedauerns eigentlich blieb ich sitzen, mochte mich nicht, sah ein, dass ich wohl so war, und suchte es nur zu vergessen. Es schien mir immer noch besser, es zu vergessen und nicht zu versuchen, pflichtgetreuer zu sein, als ich mich fühlte. Ich trank den Wodka langsam, der, wie Gazelle mir erklärte, auf Eis dieselbe Schwere hätte wie mein Blut.

Die Omina des ganzen Tages schienen sich in diesem Moment um das Café zu scharen, um mir die Sicht zu versperren und mich zu bedrängen. Die Jugendstildekorationen hatten wie lange Gesichter an den Fassaden der Häuser gehangen, als ich durch die Straßen gegangen war, und aus den Zweigen der Büsche hingen neue Blätter, kürzlich gesprossen, aber unlustig, sodass ich ihnen zurufen wollte, sie möchten sich wieder zurückziehen, anstatt mit sinnlosem Fleiß in diese fade Welt zu wachsen. Und all die stellungslosen Kaninchen. Ostern, Fest der Reproduktion, Fest der Sinnlosigkeit.

Am Morgen hatte ich in der Küche einen Artikel in einem dummen Magazin gelesen, das schon seit Wochen dort lag und nicht wegkam, weil das Rot des Covers den weißen Raum wie ein Tropfen Bluts vertiefte und weil die Titelstory mich reizte. Nicht viel, aber genug, um den Text zu verschlingen, während ich eine häusliche Aufgabe nicht erledigte. Es ging um die Schwierigkeit, die viele Frauen dabei empfinden sollten, in sexuellen Situationen »Nein« zu sagen. Dass ich am Morgen meines dubiosen Essensdates zum Zweck des Beischlafs – wie ich A punkt erklärte, um ihn über die Natur der Verabredung zu beruhigen – den Artikel durchlas und das Heft wegschmiss, schien mir in der Dämmerung, zusammen mit den mich nichts angehenden Kaninchen, ein schlechtes Omen zu sein. War ich nicht zu zaghaft, zu untätig, zu hörig den Gelegenheiten? Fritz hatte ich, trotz eines offensichtlich rein physisch-musikalischen Interesses, schon zweimal ohne Ergebnis gesprochen, beim letzten Mal mir gegen meinen Willen die Ohren vollreden lassend, und war in voller Absicht entgegen meiner Neigung mit ihm aufgebrochen, meine Freunde zurücklassend, mit denen ich gern hatte sein wollen, weil sie ernsthaft über unseren Beruf sprachen, was selten genug geschah. Fritz war ein tüchtiger, höflicher junger Mann. Tüchtig arbeitete auch seine Zunge – weswegen mir die Tugend der jungen Männer am Nebentisch im Café vorhin so aufgefallen war. Wir saßen auf irgendwelchen Stufen mit Bier vom Spätkauf, und er erklärte mir, wie er – da kamen Lully und Nina, und wir zogen weiter. Aus der Nacht schälte sich das Lokal Daisy's, das ich auf dieser dunklen Straße, die ein Teil meines Heimwegs ist, seither vergebens gesucht habe. Der wie ein Schachbrett gekachelte Boden war ein Wunderland, wir schmierten das Parkett, suchten das Bier, und ich suchte Pause vom Redeschwall des tüchtigen Fritz, indem ich die hinteren Zimmer erkundete. Da waren Kunstinstallationen zu sehen, pastellene, prämierte Jugendfantasien wie immer in den selbstgemachten Hinterhofgalerien dieser Tage. Ich drehte mich um, und da stand Fritz mit wildem Blick vor einer riesigen Koralle aus Alufolie, aus der Mannequinbeine ragten. Wir setzten uns auf die Ledercouch, wir sahen uns zu zweit im Spiegel jenseits der Koralle, wir knutschten und legten uns über die Couch, und ich merkte, wie lange her es war, dass jemand meine schwarze Kleidung durchfuhr, nach meinem Busen suchte, wie ich darüber schmolz und einzelne Gedanken mir wie Sprechblasen davonschwebten. Dabei war es primitiv! Wie Kinderzeichnungen von Bäumen umrundete seine Zunge meinen Mund, meine Lippen, ohne Lachen, ohne Ernst; primitiv hockten seine Augen in ihren Höhlen und glotzten mich an, wenn ich nach ihnen sah. Wir setzten uns auf, als wir ertappt wurden, und ich schlenderte, innen aufgelöst, betont alleine durch die Räume nach vorne, zündete mir eine Zigarette an. Hielt an der Tür. Lully gestikulierte feucht in der Ecke in einem Gespräch mit jemandem, der schlecht Englisch sprach, was Lully immer sehr schätzte; Nina zog Fritz zu sich. Ich öffnete die Tür und schlüpfte hinaus.

Wie einen Freund, den ich meide, weil er zu viel mit mir gemeinsam hat, betrachtete ich den regenfeuchten Kanaldeckel. Sie sind nachts rosrötlich, warum? Doch nur, weil wir es wissen.

Zärtlich stellte ich mein Bierfläschchen neben ihn, dorthin, wo sich der Asphalt, als er gussweich gewesen war, bei der Annäherung an den Rand gewölbt hatte, und fuhr meinen Blick wie einen Kamm in den Verkehr. Die Akazien und Linden, die die Straße säumten, schüttelten sich in einer Brise, es erinnerte mich an eine Straße in Brooklyn. Ich blickte hinter mich und sah das goldene Licht von Daisy's, den Alice-im-Wunderland-Boden, das vergoldete Geweih an der Wand. Fritz kam heraus und zog mich ein paar Häuser weiter in einen hell beleuchteten Hauseingang. Dort nahm er mir ein Versprechen ab. Dann gingen wir wieder hinein und flößten, als Nina sich auf meinen Schoß legte, auf ihr Nicken hin Bier in ihr Maul, bis es überging.

Café ZZZ. Mein kostbarer Widerwille war noch da und schützte mich wie ein Panzer vor diesen zwei freundlichen Frauen. Ich holte meine Tasche vom vorigen Tisch, zog mein Heft heraus und schrieb auf, was ich mir eben gedacht hatte.

Ein Eindruck erweckt Echos, und vielleicht findet sich hier der dickste Strang der Genealogie der Lebensumstände bei ästhetisch beeindruckbaren Personen. Man verliebt sich ja nicht etwa in eine Person – die man ja gar nicht kennt. Etwas erzeugt einen wüsten Algorithmus, der einen Pegel an empfundener »Richtigkeit« hochschnellen lässt wie die Bohnenpflanze aus dem Märchen. Diese Person erscheint wie eine chiffrierte Teillösung auf die Aufgabe, die das eigene Leben einem stellt. Was aber ist eine Lösung? Erst recht ein Rätsel, bloß in seiner Differenz zum eigenen oder bisherigen Rätsel eine wertvolle Spur. Woran erkennen wir eine Lösung? An ihrer beziehungsreichen Beziehung zum Rätsel. In dem Augenblick, wo wir eine Lösung als Lösung erkennen, wird dadurch zugleich allerhand über das Rätsel klar. Darum geht es. In Leben und Liebe ist es dann leider so, dass die Lösung, falls ein Verhältnis eingegangen wird, in das Rätsel einverleibt wird, das sich dadurch verschiebt und zwangsläufig nach einer neuen Lösung sucht. So verarbeiten wir Informationen zu immer evolvierteren Fragen, wobei sie sich im Kreis oder spiralförmig fortentwickeln; verarbeiten Lösungen zu neuen Fragen.

Eine Person weckt Echos in meinen Erinnerungen, die springen, gerufen, herauf und bedrängen mich mit Aufregung: Das ist der Messias, von dem unsere Kryptographien künden. Diese Stimmen, die durcheinander Sinn rufen, überzeugen durch bloße Komplexität. Wenn etwas sie verstummen macht, liebt man es schon deswegen. Je kleinteiliger das ist, was sich im Echo wieder aufgegriffen findet, desto schwieriger ist es zu durchschauen. Nachdem die ästhetischen Verbindungen geknüpft sind, erweckt jeder Kontakt mit derartigen Bildern den Gedanken an diese Person. Es ist, als hätte man einen Download von Liebe, gespeist von einer großen Zahl verschiedener Server, gestartet, und bei jedem Kontakt mit etwas, was einen Teil von dem Geflecht besitzt – und wo könnte man nicht etwas finden –, das herunterzuladen man den Befehl gegeben hat, kommt ein weiteres Stück dazu. Bis der Download vollständig ist: Eine Verliebtheit kann nur durch Treffen und wieder Treffen gelindert werden, oder durch bloßen Konsum der Echos, jedenfalls durch Zeit.

Fritz konnte das noch nicht wissen. Als tüchtiger Mensch hielt er Liebe wohl für etwas, was man bearbeiten kann. Etwa schien es, als habe er die Ärmel hochgekrempelt, wenn er mit mir sprach. Er erwiderte das Interesse, das ich aufgrund der Kombination seines ehrlichen Gesichts mit der lila stonewashed Jeans für ihn bekundet hatte, als ich ihn in einem dunklen Keller zum ersten Mal traf. So weit, so spezifisch. Ich wurde aber den Verdacht nicht los, dass mein Interesse mehr einer Art Common Sense als einem wirklichen Funken geschuldet war. Meine Launen haben meist einen dem Common Sense entgegengesetzten Charakter,

was mir den Common Sense geradezu aufregend macht. Hier –
bei Fritz, bei Gazelle – fühlte ich jedenfalls ein Missverständnis tiefgehender und struktureller Art blühen. Ich interessierte
mich für Fritz auf eine ganz und gar faule, müßige Art, für das
Faktum der lila Stonewashed etwa und ihr Paradigma der Plausibilität, das mir so vertraut vorkam; überhaupt schien Fritz mir
vor Plausibilität nur so zu strotzen; doch das ist vielleicht nur
der Name, den ich allem gebe, dessen Ausrichtung mir zu praktisch und straightforward vorkommt, um wahr zu sein – das
heißt, um anziehend zu sein. Oder wünsche ich, den Common
Sense in den Begegnungen zu vermeiden, weil ich weiß, dass
mein eigener anspringt und mich in zwingend logische Dinge
verstrickt? Jedenfalls zog es mich nicht besonders an, dass etwas
Plausibles wirklich wahr werden sollte. Im Gegenteil, ich war
fast sicher, dass es mich früher oder später reizen, ja zwingen
würde, auf eine Weise auszusteigen, die die Regeln brach, die
niemand ausgesprochen hatte, und es schien mir fairer, diesen
jungen Typen mit der guten Lebensphilosophie gar nicht erst
herauszulocken, doch weil mir logischerweise kein Argument
dagegen einfiel – nicht zuletzt, weil seine gute Lebens- und Lie-
besphilosophie durch eine Logik, die das Nein verteidigt, nichts
zu befürchten hat –, hatte ich mich mit ihm also verabredet.
Mir war klar, dass er den Einwand, mein Interesse sei pervers,
voyeuristisch und obsessiv unnütz, als Argument gegen ein Treffen nicht würde gelten lassen, da er – worin er mir wieder ähnlich war – den Vorsatz hatte, vor nichts Angst zu haben und
keine puritanischen Skrupel. Jedoch würde er, mit meinen Launen in ihrer wirklichen Ausführung konfrontiert, moralische,
ästhetische und lebenspraktische Gründe gegen mein Verhalten
finden. Würde ich mich auf ihn loslassen, dann holte ich das
Arge in ihm hervor, legte es auf eine so freundliche Art auf unsere Knie, dass er es liebkosen könnte, triebe heimlich weiter

meinen Spaß an seiner »Plausibilität«, bis ich so sehr über heimliche, nicht erklärbare Witze lachen müsste, bei unverminderter Unverlässlichkeit und Lust an anderen Dingen als ihm, dass er gekränkt wäre, weinerlich würde, und ich, weil ich ihm nicht erklären könnte, warum er auch banal sein durfte und ich ihn mochte, würde mich entfernen. Es war besser, schloss ich, ihn jetzt vergeblich auf mich warten zu lassen, wenngleich mich das nicht ganz überzeugte.

Gazelle war mit Telefonieren fertig und vom Klo zurück. Mit Mühe hatte ich während meiner notdürftigen Orientierung die Verabredung betreffend verbalen Kontakt gehalten mit den beiden Frauen, zu denen ich eine begeisterte Beziehung simulieren musste, um mein Fernbleiben von der Verabredung zu rechtfertigen. Es war zwischen uns so wenig warm wie im geeisten Wodka. Gazelle proklamierte ihr Prinzip, dass es besser sei, offen zu sein, und Virgin daneben gab Proben davon ab. Ich kenne ein bisschen die Art der Orientalen (meine Querflötenlehrerin war Perserin), und die leichten Unsicherheiten an den Rändern von Gazelles Sentenzen plauderten mir, dass sie unsere Verlegenheit überbrückte und darauf wartete, was geschehen würde. In der leicht panikhaften Eile, in die mich solche Situationen immer stürzen, pflichtete ich ihr bei mit einem schnellen Traktat frei nach Baudelaire, dass das Leben kompliziert und wunderlich genug sei, man brauche sich nicht selbst auch noch kompliziert zu verhalten. Dem stimmte sie zu, und ich kniff die Augen zusammen und fühlte mich wieder einmal im freien Fall, da ich in Wirklichkeit nicht behaupten konnte, die leiseste Hoffnung in ein Prinzip der Offenheit und Klarheit zu setzen, vor allem in Kombination mit Einfachheit, da jene Prinzipien mich immer in diese Art von Situation bringen, wo ich fast das Gegenteil von dem sage, was ich fühle, sodass mein Denken sich verzweifelt die Haare rauft und das Fühlen voll stummen Mitleids in die Arme nimmt, wo sie sich wiegen, weit ab von meinem verqueren Kopf und seinen verwegenen Taten.

Gazelle listete, als wären sie Delikatessen, aus den verschiedensten Ländern importiert, ihre Bekannten auf, die sie in ein aberwitziges Lokal nicht weit von hier bestellt hatte. Wir verließen das Café ZZZ und stolperten im Schatten des Baugerüsts, das das Café verbarg, auf die Straße. Der Hund floss zwischen unsere Beine über die Treppen und ging zu einem Stromkasten schnuppern. Virgin war nüchtern geblieben und fuhr Auto, ein kleines, silbernes Ding. Hier gab es eine klassische kleine Freiheit zu kosten, eine Minute des Herumstehens neben dem Auto von jemand anderem. Früher hatte mir der Unwille einzusteigen solche Augenblicke mit wilden Sehnsüchten gefüllt, jetzt kamen sie nicht, ließen mich in Ruhe, sodass ich trotz meines notorischen Unwillens, in Autos einzusteigen, geradezu ungeduldig wurde, es hinter mich zu bringen. Die Straße war eng von Baugerüsten, irgendwo rauschte Gebüsch im Nieselregen, und eine Amsel sang, in sehr weiter Ferne, süße Hinweise auf meine Vergangenheit. Ich stand erstarrt, lehnte am Autodach, spielend mit einer Furcht umzufallen und einer Furcht, an Gegenständen zu beiden Seiten anzustoßen. Plötzlich war die Nacht eine Achselhöhle in einem Pullover – dunkel, und wo hier die Straße glänzte, glänzte unter ihm eine Röhrenjeans, lila, von Kanalratten bevölkert – und in der Achselhöhle ein gewisser Duft, nach etwas, nicht Frühling, nicht Sommer, nicht häuslich, nicht gänzlich wild. Das – jetzt hatte ichs! – war es gewesen, woran mich der Duft aus dem Spender erinnert hatte: das Parfum des jungen Fritz.

Ein Geräusch schreckte mich, als spräche ein Brustkorb plötzlich, an dem man mit dem Ohr liegt: Virgin startete ihr Auto. Ich stieg, *gingerly*, ein. An diesem Abend bewegte ich mich wie in einer fremden Wohnung. Teils *war* ich in einer fremden Wohnung: Ich ging mit Gazelle noch kurz zu ihr hinauf, um den Hund zu betten. Dort oben blieb ich, wo ich mich zuerst hingestellt hatte, fingerte träumerisch, kostend, eine Vase, ging dann wieder hinunter, als Gazelle anfing, im Bad herumzutun, und stand neben dem Auto, in dem Virgin mit geschlossenen Augen Soul hörte. Was der Nieselregen wusste, wusste ich nicht, wollte nichts wissen. War Aluminium und leer, flog, ganz самолёт с серебрызним крылом, mit dem Hirn über die Bordsteinkanten. Wenn ich auch Unsinn erzählte und in den groben Netzen dieser Frauen zappelte oder ruhig lag, ganz wie es mir beliebte, so gefiel mir doch die Konstellation, in der ich mich als seelische Silbernutte fühlte. Nicht ohne eine unlogische Sattheit – gut schlimm gewesen? – sah ich die breite Yorckstraße entlang, vom Wohnblock, der sie überspannt, bis zu den Eisenbahnbrücken, wo Fritz vielleicht eine halbe Stunde in der Dämmerung auf und ab gegangen war. Diese halbe Stunde war jetzt weniger als eine Stunde her. Ich sah die Straße hinauf und hinab und suchte nach der Silhouette von Beinen in einer Röhrenjeans, denn das Pikanteste wäre, ihn noch zufällig zu treffen. Er hatte mich Huhn genannt in einer gereimten Email, des Reimes halber, wir hatten trotzdem weiter geschmust, dies war die ausbleibende Strafe, dass ich ausblieb, und sie verabreichte sich mit ausreichender Arbitrarität, dass man sagen könnte, der reine Zufall hätte die Exekution übernommen. Man nennt mich nicht Huhn. Ich flog. Auf der Bordsteinkante wörtlich balancierend hielt ich Ausschau nach den Beinen. Wiederholte meine Gedanken langsam und gelassen. Der Mond hielt über uns die Position, ungerührt, oder doch gerührt, ich weiß es nicht: wie es die Bedingungen der Güte verlangen.

Gazelles Rufen folgte ein Haufen rundlicher Lesben aus aller Welt, die in den Ghettos der Stadt wohnten und tapfer ihre Ausbildung durchsetzten. Eine hatte sich gerade für die Polizeiakademie beworben, die andere war noch Schülerin, aber schon eine exzellente Sängerin und Rapperin. Mit einem bleichen Gitarristen, der im Lokal auftauchte, um Geld für eine Reise nach Australien zu sammeln, sang sie ein Duett. Ich schlenderte mit den Blicken in den Gesichtern der anderen herum, die mich für eine bestimmte Art von Erlebnis gebrauchen wollten und beruhigt gewesen wären, wenn ich sie auf dieselbe Weise verwendet hätte. Ich war Hure und Hund, trank den Wodka, den Gazelle mir ausgab, legte mich hinter Virgin quer über den Diwan und liebkoste im Nacken ihre Haare, den lieblichen kühlen Fluss. Das gehört zu den schönsten Dingen an jenem Abend, zu den Überraschungen. Ich kann nicht begründen, warum ich so sicher bin, dass es nie schöneres Haar als Virgins Nackenhaar gegeben hat, das, bevor ich es berührte, nach gar nichts Besonderem aussah. Das Haar von Gazelle, mit dem ich später Umgang hatte, glich in seiner Masse von Kringeln einem Obstkorb, und das Haar vom Schnuckel, für mich Maß aller Frauenhaare, war, um ehrlich zu sein, ein Problem, eine Bausünde wie eine Umgehungsstraße, die ja dennoch ihre spektakuläre Schönheit besitzt. Virgins Haar jedoch war wie die in gereimten Versen mit dem größten Talent mühelos hingeworfene Beschreibung eines anmutig durch die Landschaft wedelnden Bachs, im Latein Ovids, das dem Leser keinen Dorn, keinen Widerhaken, keinen Augenblick der Unsicherheit, der nicht Genuss ist, zumutet. Ich streichelte und spielte mit Virgins Haar in völliger Freiheit und ohne Angst, sie könnte mein Spiel missinterpretieren. Ihr Nacken war mir so etwas wie ein verstecktes Fußballfeld im Wald, wo ich spielen konnte mit anderen Kindern, die mich so nahmen und mochten, wie ich war, und ich war neu, so wie ich sein wollte, und sie nahmen mich, wie ich tat. Imaginäre Tore fädelten sich unter den Strähnen durch, im Halbschatten am Rand dieser tischartigen Lichtung, welche vollgestellt war mit unzäh-

ligen fast unberührten Wodkas und noch mehr kleinen Bier-
flaschen.

Denn hier wieder trat eine subtile Eigenart der Orientalen in
Gazelles und ihrer Freunde Betragen hervor, sie nahmen zwar
Alkohol, aber sie nahmen ihn wie Tee. Er stand unbeachtet auf
dem Tisch und verschwand durch geheime Korridore in sie und
entfaltete erst, wenn er durch das Prisma eines Rosengedankens
gebrochen wurde, im Herzen eine Wirkung, die auch vom Tee
hervorgerufen hätte werden können. Kristallin gerührt. So befand ich mich quer hinter Damen, wie üblich anvertraut meiner
absoluten deutschen *chute* aus Bier und Wodka.

Doch, doch, natürlich würde ich bei und mit Gazelle schlafen!
Meine gelassene Zustimmung nahm der Situation aber etwas
Zauber, glaube ich, wenn auch die Zeit, bis wir gingen, ohne
Schmerzen zügig in der Dämmerung verfloss. Die dicken Mäd-
chen fielen, nachdem sie gekommen waren, bald wieder ab, wie
Blütenblätter einer Blume, die nur einen Abend blüht. Die Lo-
tusblume ist das, nicht wahr? O Heine, aus welch ausgefallenen
Kneipen fliegt meine Seele dir zu, schüchtern und unartikuliert!
Toughe runde Blütenblätter waren dies, die die Zähne putzen,
sich den Pyjama anziehen, sich zudecken, und alles nicht zu
spät, damit sie am nächsten Tag die Arbeit überstehen, ohne zu
viel zu leiden. Voll Hochachtung bedaure ich die, die noch stolz
darauf sind, sich selbst zuzudecken und selbst den Pyjama anzuziehen. Ich, wenn ich nach Hause komme, werfe mich ins Gebüsch der Dunkelheit und hoffe auf einen Platz in meinem Bett,
das ein Wald ist, einen Platz wie eines dieser Bonbons aus Avi-
gnon, aus Marzipan und Oblate, dick und glatt, einen Platz, der
mich nimmt und kühlt, als spräche er ironisch meinen Namen
aus, als kennte er mich und vergäße mich, kühle Physis: Paradies, Grausamkeit und Trost zugleich.

Mein Bett, das ein Wald ist, ist ein kleines Gebüsch von Wald, kann ich jetzt nachtragen, nachdem ich das Gebüsch hinter dem Jüdischen Museum gesehen habe: gestutzte Buchen, die in engen Abständen über eine weite dreieckige Fläche gepflanzt sind, dafür uns nur bis an die Schultern gehen, wenigstens in der Mitte, wo man sie höher wachsen lässt als am Rand, damit sie genug Licht bekommen. Ein Menschenkörper hätte wenig Platz zwischen diesen vielen schlanken Stämmen. Man wöbe sich hinein wie ein dicker Faden, wie diese Erdbeerfäden, die einzige Süßigkeit, die mich als Kind interessierte, als alle Süßigkeiten kaufen gingen, eine fürchterliche Verschwendung von Taschengeld, wie ich fand. Diese Erdbeerfäden glichen den roten Algen oder Bäumen, die in meiner Andersen-Ausgabe die kleine Meerjungfrau umgeben, als sie das zweite Mal unter Wasser ist, diesmal ohne Flossen, mit ihren der freiwilligen Verstümmelung verdankten zarten Beinen. Traurige schöne Pflanzen, irgendwas für Frauen versprechend – *fine knacks for ladies* – den roten Faden frischen Bluts: dass das Verfluchte heiter sein kann. Eine Ahnung der Präzision und Anmut, die durch Schrift und Sprache möglich ist, wenn man geschickt ist. Im Botanischen Garten in Schönbrunn gibt es ebenfalls einige rote Bäume und Sträucher, und wie entzückte es mich, als ich sogar in der freien Natur, im Wald, im Vorfrühling knallrote schlanke Äste im Gebüsch entdeckte. Wenn es denn solches Gebüsch gibt, dachte ich, bin ich vielleicht doch gern auf der Welt, auch an grauen Tagen, sogar als Frau. Der Beginn einer verführerischen Täuschung, der ich immer noch gern unterliegen möchte. Schönheit, sagt Schiller, verspreche dem Menschen einen Platz in der Welt. Und ich musste an Restaurants im amerikanischen Stil denken, die das wieder einmal wörtlich genommen hatten und schöne Kellner die Gäste zu einem bestimmten Tisch geleiten ließen.

Einen Platz in der Welt suchte ich wohl auch in Gazelles Mund, in ihrer Wohnung, in ihrem Bett. Wir lüpften einander aus unseren Feinrippunterhemden und balgten und küssten uns. Warum aber wischte sie sich alle Minuten den Mund mit einem feuchten Desinfektionstuch ab? Der Geschmack des so effizient beschleunigten Vergessens war zu böse, ganz bitter, warum diese Distanz? Warum konnte sie nicht den Geschmack von Bier und Zigaretten, oder was ich auch immer auf den Lippen haben mochte, natürlich abklingen lassen, mit der großspurigen Todesverachtung, mit der man jemandes Unattraktivität ignoriert? Warum steckte sie mich nicht einfach mit ihrer Erkältung an? Ich koste handwerksam ihre Brüste, schätzte aufgeregt ihre Taille, und unsere Mösen bäumten sich gekonnt zum Kuss; bei alledem hielt sie sich gerade, wie eine Sängerin, die trotz des *transports* ihres Gesangs nicht vergisst, den richtigen Abstand zum Mikrofon zu halten.

Warum steckte sie mich nicht an, schreibe ich jetzt, nachdem ich eine Virenspur quer durch Deutschland gelegt habe, übler *rake*, ein Laubrechen als Rakete. Warum steckte sie mich nicht an? Und wusste schon die Antwort: Weil ich mich selbst verweigerte. Platz in der Welt, ja, aber nicht zu bald, nicht diesen! In der dunklen Küche hatte sie auf meine Frage nach ihrer Narbe geantwortet, lange Herleitung, politische Verwicklung der Familie, Ungerechtigkeiten und Grausamkeiten, Unmöglichkeit der Wiedereinreise, Zerstreuung der Mutter, Schwestern, des Vaters in alle Kontinente. Wie es zur Narbe kam, sagte sie nicht, sondern: Ich sei die erste, die frage.

Doch verstehe ich von diesen Dingen nichts! Meine Frage war ein Spielen mit dem Feuerzeug. Ihre Antwort darauf war so solide mit ihr verbunden, Intellekt und Gemüt, wie alle ihre Bewegungen. Ich konnte nicht die erste sein, sie log. Sie log solide. Sie hatte Texte geschrieben, die nach langen Einleitungen aus stakkatoartigen Empfindungen zur Sache kamen, die schwierig war, scheußlich war, Schmerz, der nicht gelindert, nur getragen werden konnte. So musste ein seelischer Vorgang, eine seelische Katharsis eines Meisters über seinem Mosaik schweben, dachte ich. Du beugst dich über eine kleinteilig anmutige, im Großen öde Arbeit, und es arbeitet in dir, die Gedanken gehen tanzen auf den Mustern der Arbeit, immer flüssiger, immer schneller, bis du aufspringst, es wissend. Ich scheute zurück. Sie hat nie mehr etwas von mir gehört.

Wochen später saßen wir in der Roten Insel, Fritz, Samsung und ich. Verlegenheit Jugendclub. Ein hübscher kleiner Mann zog sein Hemd aus, nahm einen Schluck aus einer Flasche und zündete seinen Atem an, tanzte um das Feuer, strotzte, wischte sich den Mund ab, atmete heftig, nahm noch einen Schluck Benzin, wischte sich den Mund ab, spie und zündete es an. Nach dem ersten Ausbruch kam immer ein zweiter nach, dazwischen wischte er sich sorgfältig den Mund ab, hastig. Ich saß auf einem wackligen schwarzweißen Bürodrehstuhl, der unaufhörlich hier- und dorthin kippelte, und erinnerte mich daran, wie Gazelle sich mit dem Ethanoltuch den Mund desinfizierte. Mit dem Stuhl kippte ich mal zu Fritz, mal zu Samsung hinüber, mal halb ins Feuer. Es war hell und wurde dunkler. Ich saß nun rittlings auf dem Stuhl, den Rücken zu Fritz und Samsung, und starrte den Feuerschlucker an. Er machte es mit genau derselben Geste wie Gazelle, hastig, Feuer, Mundabwischen. Ich wandte halb den Kopf, um die Gesichter von Fritz und Samsung ins Gesichtsfeld zu bekommen. Sie waren hellblau wie Leintücher, beleuchtet halb noch vom hohen Abendhimmel, fast weiß hoch über unserer Dunkelheit im Innenhof, halb beflackert vom hohen Feuer, der brennenden Europalette. No Future: Schon den nächsten Augenblicken konnte ich nicht ins Gesicht sehen, und hielt mit aller Kraft die Gesichter von Fritz und Samsung gewissermaßen in Gegenwart und Vergangenheit, wie unter Wasser.

Flair nennt man diesen Stil von Cocktailmischen, sagt mir
    Gachan,
unsere Blicke heben sich andauernd zum Bildschirm mit dem
    Wettbewerb,
wie silberne ziellose Fische in einem lose treibenden Netz,
    dem Himmel zu.
Das Licht geht aus und mit der flachen Hand fährt der Mann
    hinter der Bar
über eine Reihe von Gläsern mit gefärbten Flüssigkeiten,
    sie hinein –
jeweils eine Farbe in ein Glas hinein – kippend, und zündet
eine lange Flamme hinter der Bar. Und wirft sich selbst
    mit Malibu-Flaschen
seine Kunst in die Hand. Dann nimmt er
unter dem Tresen einen Schluck Alkohol,
sprüht ihn in die Luft und zündet ihn an. Er wischt sich nicht ab.
Nackt
fuhr Gachans Schwanz in mich, fuhr heraus und sprühte über
    meinen Bauch,
dann Gachans Hand mit Toilettenpapier, ich lachte, zärtlich
    abgewischt.
Wir fahren nach Gifu, Harmonikas abholen. Hinter Inuyama
erzähle ich Gachan von Gazelles Desinfektionstuch. Dann
    von
einer Talkshow über komische Erlebnisse beim Daten, des
    Popstars
Gackt sein langes Scherzsolo über seine Vorlieben bei Geräu-
    schen von Geldscheinen,
die von den Automaten von Lovehotels eingesogen und ausge-
    spuckt werden,
und dem Mädchen mit dem Rollkragenpulli unter dem durch-
    sichtigen Top. Was soll DAS denn?!

Und dann erzählt mir Gachan, wie er, den Zug verpasst habend,
   sich bewusstlos trank
und aufwachte neben einer Dragqueen, deren Eleganz ihm
   gefiel,
und mit ihr schlief und liegenblieb, weil sie einsam war.
Wie sind wir doch alle auf welch hochhackigen Schuhen, auf
   Autobahnen,
die zu groß für uns sind, unterwegs und trinken uns das Herz zu
   Brei!
Ich liege nackt unter den Kunstpelzdecken mit großen Augen,
liege nackt unter den Decken mit großen Augen,
das Licht ist aus, du starrst neben mir.

Im Grünen Pfau

Nannette: Liebe Kerstin, wir sind heute zusammengekommen, um eine sehr wichtige Frage zu erörtern, die für unser beider Leben von Relevanz ist.

Kerstin: Und?

N: Wie können wir durch die Kraft der Kunst eine deprimierende Liebesaffäre in eine vergnügliche verwandeln?

K: Fangen wir anders an. Was wir schon lange tun, ist, das Leben für die Kunst nutzbar zu machen.

N: *Indeed we do.* Also ist es nur fair, auch das Umgekehrte zu erwarten und zu suchen.

K: *Embarrassment* ist zurzeit das begehrteste Gut in der Kunst. Junge schöne Menschen erröten und werden plötzlich aufrichtig, obwohl sie posen wollten. Dazu dient auch die neue, an historische Phasen angelehnte, aus vergangenen Utopien schöpfende Mode. Aber was genau ist *embarrassment*?

N: Würde aus nichts erzeugen. Eine Würde, zerbrechlich genug, um beim leisesten Impuls ü- – ver- niederge- ge- – in Luft sich – in Stücke – (*in Hitze:*) Diese scheußliche Vokabelarmut der deutschen Sprache!

K: (*leise, auf ihrem Gleis*) Wie anfangen? Vielleicht ist der verletzliche Punkt der, dass die Sprache etwas töten kann, was eine Gefahr darstellte.

N: Ohne die Gefahr ist die Gegend plötzlich einsam und kalt. Es ist nicht lebensgefährlich, es ist nicht schön, es hat nichts mit mir zu tun und ich will hier nicht sein. Es herrscht keine Gefahr, dass ich hier wegkomme, wenn ich mich nicht selbst fortbewege. Dazu muss ich irgendeiner Überzeugung sein.

K: Aber es ist auch einfach *what I do*.

N: Vielleicht ist das der schmerzende Punkt. Die Dinge sind *embarrassing* wegen der Art, wie ich sie tue. Weil die nicht gemocht wird. Mal von anderen nicht, mal von mir.

K: Das ist es ja auch, was schmerzt, wenn man manche Liebesaffären im Nachhinein betrachtet. Aber was ist eine Liebesaffäre?

N: Eine Verirrung, die man damals nicht begriff?

K: Eine Verwirrung, die man heute nicht begreift?
Ich war dem Typen schon oft begegnet, sehr oft, in Galerien, bei Ausstellungseröffnungen, und eigentlich hasste ich ihn. Es war keine besondere Abneigung, aber ich wusste, dass er ein junges, verwöhntes Ding war. Jemand, der alles beginnt, sehr schnell kapiert und fürchterlich snobistisch ist. Ich hasste es, wie er bei seinen Ausstellungen immer auftauchte und so *amerikanisch* war. Seine Eltern sind Norweger, was mich sexuell überhaupt nicht interessiert.
Und dann wohnte ich den Sommer über in L.A. Es ist wahrlich etwas filmisch, wie ich ihn immer hasste. Er war einer der wenigen Leute, denen ich meinen Hass offen zeigte.

N: Das ist ein guter Anfang.

K: Das sagt man nachher. Er tauchte auf und sagte etwas, worauf ich immer sagte, weißt du was, ich rede gerade mit jemandem, halt die Schnauze. Nimm einen großen Becher von *shut the fuck up*.

N: Auch ich machte einen schlechten Eindruck. Es ist immer gut, einen schlechten Eindruck zu machen.

K: Ja, die Wahrheit ist dann immer besser.

N: Da ist wieder dieses *gut*, das ich nie mehr verwenden wollte. Hör zu, ich erzähl dir auch etwas von neulich. Es waren junge Wissenschaftler, bei einem dieser Symposien, und ich fing mit ihnen Streit an. Nach den Vorträgen saßen wir noch hundert Stunden in diesem Wirtshaus. Mit dem einen aber hatte ich vor dem Gulasch die *andere* Art von Konversation gehabt, im Schatten seiner Haare, im Licht seiner Augen, groß wie Suppenteller, hellblau. Schüchtern sprachen wir über Schönheit der Sprache. Seine kam stockend aus seinem Inneren, schwebend, leuchtend, ernst glühend, voll eitler Arabesken. Ein Russlanddeutscher. Während ich dann mit den anderen stritt, schlief er am Rand der Sitzecke ein. Ich sah die Augen an jenem Abend nur mehr für halbe Augenblicke, als er aufgeweckt wurde, weil wir alle gingen, und blinzelte. Wir mussten ihn fast ins Hotel tragen. Das ganze nächste Jahr lang dachte ich, warum habe ich ihn nicht zu mir hochgetragen? Ich hätte am Morgen in diese Lichter geblickt.

K: Hättest du es gekonnt?

N: Er ging ja selbst fast irgendwie. Nein. Ich hätte es nicht gekonnt. Ich hätte es so eingerichtet, dass er es konnte. Dass vor ihm der Flur so angeordnet war, dass er dorthin stürzte, wohin ich wollte. Um ihn zu schützen – vor Ferne zu mir.

K: Ist es so einfach?

N: (*schweigt, blickt errötend zu Boden, windet ein Bein ums andere*)

K: *Anyway.* Was passierte? Der Typ, zu dem ich immer meinte, er soll das Maul halten, tauchte einmal bei einer Show von mir auf und sagte, *that's the best show that I've seen for a very long time.* Ich war ein wenig elektrifiziert, muss ich zugeben. Er ging mit den Worten: *If you ever come to Los Angeles, please call me.* Als ich Jahre später in L.A. war, dachte ich, es könnte witzig sein, ihn anzurufen, um sich über ihn lustig zu machen, und über mich. Ich rief ihn an und wir verbrachten Stunden miteinander, viele, vielleicht acht, und ich musste eingestehen, dass er ganz nett war. Oder mehr als das.

N: Nett?

K: Falsches Wort. Es war so natürlich, mit ihm zu sein. Dann dachte ich, das passiert, wenn du im Ausland bist, du wirst unkritisch und verbringst deine Zeit mit Leuten, die du sonst verschmähen würdest. Du bist viel offener und freundlicher als sonst.

N: Es kann dich ganz umdrehen. Darauf wollte ich hinaus. Ist das nicht der essentielle Kern der Sache, der Verliebtheit, meine ich, dass deine komplette Weltsicht sich dreht? Aber vielleicht ist das eine sehr weibliche Methode der Erkenntnis.

K: Sehnsucht danach, glaube ich.

N: Vielleicht. Aber wenn es passiert.

K: Es ist süß, nicht?

N: Vielleicht. Es ist auf jeden Fall *embarrassing*.

K: *Endearing.*

N: Bei ohnehin günstigen Voraussetzungen. Doch wirkt man wirklich gewinnend, während man sich bekehren lässt?

K: Also was passierte?

N: Ein Jahr verging. Ein neues Symposion. (Ich hab ja Alpträume von den Dingern.) Ich nahm die Einladung nur an, weil er wieder kommen sollte, der mit den Augen.

K: Und was passierte?

N: Ich sprang in die Säure.

K: Ist es wirklich das, was du sagen willst?

N: Nein. Du fahr fort, ich werde eine neue Art finden.

K: War nur eine Frage. Mach weiter.

N: Ich meine, früher wollte ich immer entwischen, deswegen die Haken schlagenden oder mich zudeckenden Redeformen.

K: Du willst nicht mehr entwischen?

N: Es gibt also diese zwei Augen in einer Gruppe von Leuten. Sie stehen wach am helllichten Tag herum wie schlafende Schafe im Dunklen. Die ganze Gruppe macht den Stil, alles speist sich aus der Euphorie einer Elite, die andere in dem Ausmaß abstößt, wie es notwendig ist, damit sie schweben. Dieser Stil reizte mich zum Stechen. Das ist grausam und von Scham umgeben. Sie brauchten das Gefühl zu schweben ja wie alle. Und als sie abhoben und mich am Boden stehen ließen, musste ich meine Lanze in ihre Blase rammen.

K: Wenn sie dich abperlen lassen, weckt es deine Rache. Du kokettierst, du übertreibst, du vergisst dich, du weißt nicht, was du bist.

N: Geht es nicht darum, sich vergessen zu dürfen und das verziehen zu wissen? Im Grunde sah ich aber nur, ich hätte sie racherammen *wollen*, wäre ich nicht durch die Wunder dieses einen Augenpaars längst einen Schritt weiter. Ich wollte immer wieder ins Licht dieser Augen. Weil sie mir alles inspirierten. Sie forderten zum Zwecke meines Glücks meine Demütigung und Unterwerfung unter die Heiterkeit, ach was, unter das ganze banale Leben eines anderen, eines Studenten. Die Herausforderung, alles fallen zu lassen, was mich hindert, in ihre Gesellschaft einzudringen, war wie eine Häutung.

Tatsächlich nahm ich am letzten Tag des zweiten Symposions ein Bad im Bach, knapp neben der Hauptstraße, hinter ein bisschen Laub.

K: Du springst. Plötzlich bist du beim zweiten Symposion. Du sagtest zu wegen der Augen. Was lag dazwischen?

N: In den Monaten vor dem zweiten Symposion wurde, einen halben Meter über meinem Schreibtisch, die Wirkung dieser Augen immer stärker. Ich war in einem fernen Land, alleine, mit einem schwierigen Job, und sobald ich bemerkte, welche Hilfe mir durch die Vorstellung, bald diese Augen wiederzusehen, zuteilwurde, konnte ich nicht damit aufhören, sie mir vorzustellen.

K: Der Algorithmus steht: Der Verliebte empfindet Lust sogar, wenn er lächerlich erscheint. Es ist nicht aufzuhalten.

N: Diese Zeit war die produktivste seit Langem. Ich hatte den Humor, die Standfestigkeit für eine ganze Kurzgeschichte.

K: Die Kraft, wa?

N: Als ich in Prag eintraf, einen Tag vor dem Symposion, und wir jüngeren Teilnehmer uns in einer Kneipe trafen, und als mit etwas Verspätung er eintrat, diese Explosion von wonnigem, luftig-liquidem Vergnügen aus blauem Licht und Aufspringen …

K: Hm.

N: Er sah aus, als spränge er in die Luft. So wie diese Augen sind, ist es, als kicherten sie in einer ganz sachten Weise, wie ein Bach plätschert. Die Oberfläche nur leicht in Unruhe versetzend, ohne sie zu brechen. Später erzählte er mir, gab mir den Hinweis – diese Hinweise sind gemein, Samen mit Haken, bleiben kleben – er sagte, er müsse diesen Blick halten, manche dächten, er bedeute etwas. Er weiß, dass es sich hierbei um Faszination handelt. Wird man so angeblickt, meint man, es gäbe etwas, dem man folgen müsse. Es muss ihm oft passieren. Also, sagt er, trägt er den Blick einfach.

K: Ich kenne solche Leute, die starren, ohne zu meinen, forciert, erwartend, eine Art von Drama fabrizierend.

N: Das sind aber andere Leute. Kolonialmöbel, die billig aus dunkel gebeiztem, lackiertem Nadelholz gemacht wurden. Ein Fake, aber umgänglich, gut für die innere Freiheit. Der Kolonialist hat freilich tatsächlich mehr innere Freiheit als jemand, der ganz in seinen Geburts- und Arbeitszusammenhang eingebunden ist.

K: Das ist etwas anderes.

N: Gehen wir dorthin.

K: Gehen wir hier.

N: Fortbewegung ist doch bloß – es ist so irre – eine Positions-veränderung.

K: Ach.

N: Es ist wirklich eine sehr kleine Veränderung. Bist du auf dem Weg hin? Oder bist du dort? Oder bist du auf dem Rück-weg?

K: Meine Rückkehr war so typisch Frau. Als ich bemerkte, dass es sich wirklich in mich wühlt, war ich verärgert über die Umwege meiner Gefühle. Alt, dick, *embarrassing*. Die ganze Scheiße. Und ich war so böse! Ich war in der Lage, die ich wünschte, und als es so war, kehrte ich die alte Teenager-scheiße wieder hervor. Wie diese Hosen aussehen würden. Und diese. Es ist ein Horror, ein Horror.

N: Es ist ein Teil des glückseligen Kitts! Man sollte immer so denken. Man sollte immer fragen, kann ich das anziehen?

K: Dachte ich auch. Vielleicht ist das gut, und ich hatte es ver-loren, als mich niemand interessierte. Warum kippt es bei Frauen so leicht ins Negative, in die Frage, ob ich genüge, mit der Antwort, ich genüge niemals?

N: Warum ist der Andere ein festbeleuchtetes Zimmer, man selbst draußen im Schnee, und sieht nichts anderes mehr?

K: Weil es nie klappt mit den Taten.

N: Heroisch von Seeschlachten zurückkehren, und ein gefüllter Reifrock fliegt einem in die Arme, stößt einem den Dreispitz vom Kopf –

K: Das wird nicht passieren. Weil schon die Taten –

N: Nein, es geht. Es gibt solche Läufe.

K: Stimmt, du hast recht, ich kenne sie auch.

N: Taten machen uns nicht erotisch anziehend. Aber wir sind

dabei so großäugig! Während wir das Schwert tief in den blutigen Schleim des Monsters stoßen, empfangen wir in einem schaudernden Krampf der Augen und der Seele einen Eindruck der Szene. Wie Espenlaub verrichten wir unsere Taten, und nach den Taten drängt die gesamte Oberfläche der Haut hin zu einem einzigen aufmerksamen Blick. Einem, mit dessen Aufmerksamkeit man in der Wahrnehmung der Situation verschmelzen könnte.

K: Mhm.

N: Doch die Formulierung, etwas von jemandem zu wollen, hat sich in die Hirne eingegraben wie ein Gesetz, das Zäune an Bahndämmen verordnet. Und noch tausend Formulierungen, Jagdmetaphern, Konsummetaphern – nein, das trifft es nicht.

K: Das sind Chimären.

N: Die begegnen einem nicht so oft, in Wirklichkeit. Aber. Was mich abstößt, sind Missverständnisse. Wenn jemand meint, mich zu verstehen.

K: Du willst nicht verstanden werden.

N: Falsch eben nicht. In Schablonen von gar abstoßenden Einbildungen fremder Personen. Es soll so sein, wie ich es halte: Ich verstehe immer, was die Leute sein wollen, nicht, was sie sind, das interessiert mich nicht.

K: Aha. Und dann wirst du mit den falschen Einbildungen bei nächster Gelegenheit mit verworfen. Macht nichts! Wir müssen in der Freude schwelgen, die es bedeutet, so empfindlich zu sein. Es ist doch eine Art Tänzeln. Du kannst sagen, es ist nervös –

N: Es ist die letzte Grenze, das letzte Nein, das man spürt, während man darüber lacht.

K: Es wird nicht gehen. Er wird eine brutale Geste machen. Er wird die Chance wittern, bei seinen Freunden, oder imaginären Freunden, zu punkten, und eine brutale Geste machen, dass ich und mein Tänzeln hingeschleudert werden und uns sehr beschädigen.

N: Wir müssen uns verändern.

K: Ja.

N: Wir müssen uns gerne verändern, aus Freude, und immer den Ort suchen, wo wir uns aus Freude verändern. Nicht stehen und sagen, das bin ich, Hose hin oder her.

K: Ändern ist fürs Fürchten, was langes Frieren für eine Erkältung ist.

N: Es ist die Sorge um Würde. Es ist nicht gut, sich um Würde zu sorgen, wenn man vor Lust brennt, in den Weiher zu springen. Es ist die falsche Art von Würde, in der man professionell wird, wenn man sich längere Zeit nicht verliebt.

K: Nein, komm, jetzt muss ich deine Professionalität schützen. Sie ist etwas. Sie ist nicht dein Löschteich.

N: Aber! Sind wir jetzt das Maulwerk des globalkapitalistischen Flexibilitätsdrucks? Sind wir Selbstverwirklichung, positivistisch, zukunftsgläubig, immer bereit, geistreich durchzukommen? Müsste man nicht doch sein empfindliches Ich ein bisschen auch in der Trauer sitzen lassen? Dann würde sich zeigen, dass Artikulation nicht nur aus der managerialen Levitation herunterrieselt, sondern auch aus dem Schatten heraus sich artikulieren kann.

K: Was passierte also nach dem zweiten Symposion?

N: Jupiter Strich – so heißt der mit den Augen – ist ein Exzentriker, ein Musiker, Tänzer und junger Fisch. Alle kommen zu ihm und freuen sich an ihm, er macht ziemlich eigensinnig seine eigene Welt. Inzwischen mit einem immer größer werdenden Polster von Eitelkeit. Mir kommt vor, als ich ihn zuerst traf, war er noch nicht so selbstbewusst. Hier frage ich mich zum ersten Mal, was unser Verhältnis denn sein *könnte.* Besteht es nicht zu hundert Prozent aus seinem, Jupiter Strichs, Effekt und dessen Verwaltung? Darauf passt aber wunderbar, welchen Gebrauch ich davon mache, rein als Effekt auf meine Arbeit.

K: Gut. Aber fast fad.

N: Die Substanz dieser Effektbeziehungen ist, vermute ich, dann doch Begehren. Eine bedeckte heiße Flamme in Schoß, Herz und Gehirn. Von Anfang an weiß dieses Begehren, dass es nirgendwo anders hinwill als da, wo es gerade steht und begehrt. Du bist bereit, alles abzulegen, was einer Vereinigung hinderlich wäre. Das alles, hochgeregelt, wird zu einem blendenden Licht, bloßer Gier.

K: Gier nach Zeit.

N: Oder zu einer großen praktischen Angelegenheit.

K: In der die Praxis, und alle Würdetechniken, sich eifrig an die Arbeit machen.

N: Erwachsene, die ein Sandschloss bauen.

K: Einen Schneemann.

N: Gier nach Zeit. Ich will bloß mehr von solcherart mit Begehren wie mit Blütenduft gefüllter Zeit! Mehr Abend, mehr Luft, mehr Blicke, mehr Bewegungen seines perfekten Pullovers, seiner faselnden Haare.
Danach handelte ich. Ich reorganisierte meine Lebensumstände, um mehr Zeit mit dieser Gruppe von Studenten zu verbringen. Wie ein Hirtenhund, der sein Hirn weggeschmissen hat, umkreise ich sie, die Zunge flatterte mir wohl gelegentlich aus dem Maul, sie mochten meine Art zu sprechen. Ich mochte die Art, wie sie zusammen lebten. Ich ging oft zu ihnen …

K: Ich begann, seine Kunst zu studieren, und wurde eine Expertin darin. Es war schwierig, diese Kenntnisse in eine normale Konversation zu fädeln. Man kann ja nicht sagen, weißt du was, ich habe deinen Film auf UbuWeb angesehen, zwanzig Mal hintereinander, um etwas Brillantes darüber sagen zu können. Das dann in eine Unterhaltung flechten, als ob man den Film einmal zufällig vor Jahren irgendwo gesehen hätte. »Ach, dies erinnert mich ja an deinen Film.« Wieder eine sehr peinliche Sache.

N: Wie geht man mit jemandem um, den man als Badewanne verwendet?

K: Was, dachtest du, dachte er? War die Neigung gegenseitig?

N: Zuerst dachte ich, ja. Die Freude, mit der er in die Luft sprang, wenn ich ins Zimmer trat, schien klar zu sprechen. Doch dann gab er diese Hinweise zu seinem Blick. Und seiner Angst vor Klischees. Er meinte, man mache alles, um nicht lächerlich zu erscheinen.

K: So spricht nur ein Geck!

N: Wenn er sich nicht gerade für superior hält, hat er Angst, inferior zu sein. Ein Mädchen kann da nur zusehen. Er blicke, sagte er ein anderes Mal, nur deshalb von mir nicht weg, um nicht davonzulaufen. Hier antwortet ein Kern in meinem eigenen Empfinden. Ich kenne diesen paranoischen Ehrgeiz. Klassisch. Da ist jemand von Natur aus und ungewollt intensiv. Er ist aber gleichzeitig sehr häuslich. Er entwickelt also Strategien, um nicht immer dorthin zu geraten, wo man mit dieser Intensität hinkommt.

K: Eine Agenda also.

N: Ein Feind.

K: Ein Hindernis. Du siehst, wie er auf dich zu prescht und sich auf halber Strecke abwendet.

N: Ein leuchtender Ritter im Schnee.

K: Das Leuchten machst doch du. Er war vielleicht nicht fertig mit dem, womit er beschäftigt war.

N: Das kann sein.

K: Macht es dich traurig, dass du ihm nicht gefällst? Fühlst du dich alt?

N: Nein, es *gefällt* mir. Ich sehe es ein. Mein neues Hobby: Einsehen.

K: Scharfe Wende.

N: Natürlich wirkt es etwas devot, wenn mir die Haltung gefällt, die er mir aufzwingt, aus welchen miesen, feigen Gründen auch immer.

K: Die Gründe sind vielleicht gut, dir nur nicht angenehm.

N: Fehler meiner Person.

K: Oder Eigenarten seiner.

N: Er umgibt sich mit einem Lattenzaun. Ich will ihn niederreißen. Ist das etwa nicht frisch? Das Holz splittert: er wendet sich ab. In seiner Welt soll alles perfekt sein. Die Splitter kann er, wenn ich weg bin und alles still in der Wintersonne gut ausschaut, fotografieren.

K: Was ist wirklich geschehen?

N: Nichts.

K: Er hatte so kurze, schnelle Schenkel. Einmal sah ich ihn in Laufstrumpfhosen. Ich fragte mich, ob er überall Haare hatte. Er hatte einen kleinen, weichen Bauch. Über den machte ich mir Gedanken: Ob er weiß war? Behaart?

N: Wie sich die Umwege, die man gemacht hat, mit Schuld und Zittern füllen. Als wäre man von Geburt an verpflichtet, logisch und geradlinig zu handeln.

K: Und ob er auf mich ebenso neugierig war.

N: Bestimmt!

K: Oder nur etwas brauchte, um sich selbst zu fühlen.

N: Umwege.

K: Umwege auf dem Weg in die Bewusstlosigkeit.

N: Nein, es ist die einzige Methode.

K: Ist reine Sinnlichkeit, wenn es sie gibt, ein Umweg?

N: Ein Ausweichen?

K: Etwa vor dem Blick des anderen?

N: Ich schäme mich der Umwege. Umwege furchen mein Gesicht, ihre Vermeidung erzeugt neue Umwege.

K: Ich geriet in die Fänge einer großen Selbstunterschätzung. Ich brach das Ding ab, bevor es anfangen konnte. Ich fürchtete so sehr, es könnte nicht funktionieren, dass ich mir Gewissheit verschaffte, bevor es jemand merken konnte, um mich aus einem *embarrassing* Zustand zu retten.

N: Der darin besteht, ständig die Vorsätze zu wechseln und sie nicht zu befolgen. Um damit aufzuhören, muss man die Festplatte löschen.

K: Was eine gute und doch schlechte Haltung ist. Natürlich kann man solche Affären vergessen. Ich nenne es eine mittelalterliche Dusche. Man vollzieht ein Ritual und entledigt sich der Sache, und es funktioniert.

N: Aber man hat nichts riskiert. Nichts geschieht, und man ist frei von der Sache. Toll. Du willst zurück, nicht wahr?

K: Ja, und überraschenderweise geschah es auch. Als ich erreicht hatte, dass ich nicht mehr an ihn dachte, traf ich ihn woanders. Vielleicht sollten wir hier stehenbleiben. Ja. Ich weiß nicht.

N: Zurück – Stopp – da ist es ja. Mein Abgang. Ich reiste mit einem Rollkoffer. Mit diesem höllisch dumpfen Lärm. Peinlich. Ich verließ die WG mit meinem Rollkoffer und sagte auf die schlechteste Weise auf Wiedersehen. Noch bevor ich um die Ecke war, wollte ich wieder zurück. Ich hatte mir nichts ausgedacht, was ich sagen könnte, meine Stimme war in den Knien. Ich war den Vormittag in der Kleinstadt spazieren gegangen, in deren warmen Straßen, in deren Wald, am Bach entlang, in deren Industriegebieten, vor den Nasen von deren Pferden. Ich war ganz versonnen und dachte, alle wür den schon weg sein, wenn ich wiederkam. Dann waren sie da. Und ihre Väter. Bereiteten einen Umzug vor, freundlich, präokkupiert. Und ich versagte wie ein Zinnsoldat.

K: Du malst dich bunt an.

N: Wollte noch einmal zurückgehen, um mich besser zu verabschieden. Und ging natürlich nicht noch einmal zurück.

K: Hast also auch die mittelalterliche Dusche durchgeführt.

N: Nein, hab mir nur quasi die Hose vollgemacht und musste mich waschen.

K: Igitt. Aber du hast wahrscheinlich recht.

N: Er hat einmal seinen Vater zitiert, mit dem guten Rat, wenn man in eine gefährliche Situation hineingeht, sollte man sich etwas vornehmen …

K: Es muss eigentlich immer hardcore sein. Bei halben Sachen weiß man gar nicht, wie man reagieren möchte.

N: Hardcore Softporno ist der Sound von meinem Rollkoffer.

K: Zum Thema!

N: Was war das Thema?

K: Wie haben wir uns Techniken aus der Welt der Kunst bedient, um mit unseren Liebesaffären erfolgreich fertig zu werden?

N: Wir sind mit unseren Liebesaffären erfolgreich fertig geworden, ja?

K: Ja, fertig geworden ja.

N: Verschissen, gesäubert. Erfolgreich.

K: In Humor getränkt und angezündet. Erfolgreich.

N: Ich habe das Gefühl, diese Techniken aus der Welt der Kunst – der *Welt* der Kunst – haben mehr mit dem Erfolg zu tun als mit der Liebesgeschichte. Das ist also gar nicht das, was ich will.

K: Die Tricks kamen zu mir zurück. Am Ende war es sehr traditionell, Frau gegen Mann. Er tauchte in einem anderen Teil der Welt auf, zu einer Zeit, wo ich glaubte, alles wäre tot, nichts ginge. Wir trafen uns als Freunde. Wie Männer manchmal sind, kam er viel später auf die Idee als ich, es fügte sich viel später, als ich erwartete. Er hatte da und da eine Show. Ich reiste mit ihm und alles schien wunderbar. Aber eine andere Stimme in meinem Kopf sagte immer, du reist mit einem Künstler, der zehn Jahre jünger und viel erfolgreicher ist als du, du bist sein fucking Groupie, verstehst du?

N: Das ist doch entgleister Unsinn, sich solche Schablonen an die Brüste zu halten.

K: Natürlich kam das Desaster. Dann flippte er aus und alles war ausgeleiert. Es gab keinen *reset button*.

N: Was meinst du mit ausflippen?

K: Du weißt doch, du trittst in das emotionale Dingsda ein und sagst Ja zu etwas. Und plötzlich trifft die Wirklichkeit ein und normale Dinge werden zu Problemen, wie Zeit und Raum und alles, in dieser *extra* Situation. Und doch hast du immer das Gefühl, ich könnte es noch resetten. So weit bin ich da nicht drin, dass ich nicht sagen könnte, *okay, this was just, like, something.* Vergessen wir es und gehen wir zurück in die Normalität.

N: Am Ende ist es fatal, wenn dein Überlebensinstinkt um dich selbst als Mikrokosmos kreist. Wenn es Probleme gibt, ziehst du dich zurück. Der andere ist der andere. Dabei müsstest du davon ausgehen, wir hängen da gemeinsam drin.

K: Aber das siehst du nie! Immer denkst du, du bist es. Nie siehst du, dass beide in derselben Position sind. Du denkst, du könntest niemandem vertrauen als dir selbst.

N: Es ist das Allerschlimmste, so zu denken.

K: Und warum denken wir so?

N: Ich *weiß*, dass ich mir selbst nicht trauen kann, ich.

K: Aber es wurde gut. Wie kann man es sagen? In Amerika lernte ich diesen Begriff, *spouse hiring*, aus dem akademischen Kontext, das ist, wenn sie den Ehegatten von jemandem, den sie haben wollen, auch einstellen, um es für ihn einfacher zu machen. Dann wissen sie, dieser Mensch wird gut arbeiten, weil er in seiner Familie eingebettet ist. Dave führte mich in ein System ein, in dem ich vorher nie war. Ich hatte mein eigenes Leben innerhalb von dem Leben, das er hatte. Ich weiß nicht, ob das gut oder schlecht war. Aber es funktionierte.

N: Ist es nicht das Gegenteil von *spouse hiring*? Keine Arbeit?

K: Ich wurde mitgebucht.

N: Oh.

K: Durch seine Schwärmerei begannen die Leute, mich einzuladen. Er schwärmte aus zwei Gründen. Zum einen war er wirklich von meiner Arbeit überzeugt, zum anderen wollte er, dass es für mich auch so gut klappt, um keinen Stress in der Beziehung zu haben. Ich weiß noch immer nicht, was ich darüber denke. Musste immer aufhören zu denken, ich habe das nicht wirklich verdient, weil niemand verdient das wirklich, immer sagt jemand, schau dir mal die Arbeiten von der an, von dem.

N: Bei jeder Kunstbegeisterung ist entweder eine Art Flamme oder ein pragmatisches Interesse im Hintergrund.

K: Gab es bei dir eine Lösung?

N: Es gab wohl eine Lösung, die ich allerdings wieder versemmelt habe. Eine der WissenschaftlerInnen war ein Mädchen, sie hieß Iris Runzel. Sie und ich waren immer abwechselnd verstimmt, weil die andere sich Jupiter Strich im Gespräch gekrallt hatte. Dann wurde ich auf sie selbst aufmerksamer, und es gab für eine Weile eine neue Blüte. Ich hing mit ihr und diesem anderen Wissenschaftler aus der Gruppe, mit dem ich mich gut verstehe. Einer von denen, mit denen ich das letzte Mal so berauscht gestritten hatte. Ehrgeizig, ner-

vös und selbstkarikierend wie ich, und wahrscheinlich ebenso vernarrt in die pneumatischen Wolken-Wissenschaften
des Jupiter Strich.

K: Wie endete es?

N: Ich organisierte eine neue Begegnung. Die Art von Begegnung, die man nicht vermeiden kann, wegen Gastfreund-
schaft. Jupiter Strich holte mich auf dem Fahrrad vom Bahnhof ab, ich wartete, ein Buch von Raymond Roussel lesend,
neben dem Bach. Auf dem Gepäckträger seines Fahrrads
hielt ich mich gut, zu gut. Ich hatte ja schon gewittert, dass
er zwar irgendwas erwiderte, aber nicht das, was so laufen
würde, wie ich es kannte und wünschte (nämlich hineinstür-
zen, dann hinausstürzen), und aus einer völlig übertriebenen Art von Noblesse ließ ich die Hände von seiner Taille,
bis auf eine Stelle, wo es aufgrund des Bodens sehr holprig
wurde. Doch die Tatsache, dass ich die Holperer nur als Anlass genommen hatte, meine Entscheidung, die ich bereute,
zu revidieren, quälte mich so sehr, dass ich nur leben konnte, wenn ich die Hände wieder von der Taille nahm. Es war
eine dieser Situationen, in denen eine Entscheidung so
ungeschickt gehandhabt wird, dass beide Möglichkeiten zur
Qual werden.

K: Ich habe manchmal begonnen zu erfinden. Als genügte er
nicht. Und auf einmal wurde er stumpf.

N: Es, es möchte wohin. Ich möchte wohin, also: hinein. Das
geschieht selten genug. Und dann ist es unmöglich. Und
dann kann man herumtun, die Realisation der Unmöglichkeit auf Armeslänge halten. Du kennst das, der Fuchs, der
die Trauben nicht erreicht. Das macht vielleicht kurz ein
wenig Spaß. Aber ich will, ich wollte da hin. Ich schmeiß
mich trotzdem dahin. Auch wenn da eine Mauer ist. Besser,
als autark zu sein. Es ist unmöglich, autark zu sein!

K: Was für ein Wort.

N: Was komisch ist – und deswegen frage ich nach der Kunst, denn an der gescheiterten Liebesgeschichte kann es nicht liegen –, es ist wie ein verselbstständigter Algorithmus, der auf alles fällt wie Schnee: Ich freue mich über alles! Ich freue mich sogar über mein Potential, mich zu schämen.

K: Und du meinst, das hat mit Kunst zu tun? Du freust dich im Sinne von du wunderst dich? Heiterkeit durch Verfremdung? Drogen? Alkohol?

N: Vielleicht habe ich in letzter Zeit so viel Glück gehabt, dass ich jetzt dessen grobe Struktur mit anderen Materialien reproduziere. Mimesis. So wie Amseln Handymelodien nachpfeifen.

K: Mit Algorithmus meinst du, du verarbeitest selbst die eigene Scham zu Glück?

N: Ich habe einen Interpretationsmechanismus gefunden, der fast alles in eine Art von Erfolg verwandeln kann. In letzter Zeit freute mich das aber sehr wenig. Also bin ich froh, jetzt einen neuen Rohstoff zu verarbeiten. Einen, der unten Löcher in das Erfolgsgefühl brennt, *echte* Löcher. Nur, dieser führt mich bestimmt nicht mehr zum Erfolg.

K: Den hast du vielleicht schon.

N: Ja, das war Geschichte. Ich muss jetzt wohin, wo ich scheitern kann und wo mein Scheitern auch Konsequenzen hat.

K: Um diese Algorithmen zu stoppen.

N: Auf den Katalysator der Scham!

K: Auf ihn!

Ich hab mir o Gott vergib
die Bilder angeschaut   so viele
Zimmertüren sind   so knarrt der
Bodenlack wenn einer rüber geht
stolzierend in der Pracht des Elends –
Einsam ist, wer seine Arbeit an die falschen Stellen
brachte   wie ein Fuchs steh ich an eurer
Gruppentür und gehe wieder – deine Augen
leuchten wie ein Tier   doch nichts darin
wer schützt dich   wer ermöglicht dir
dass du das Tor zu einem See
bist, den ich nie gesehen

Idyllen. Chillen

Prätz' feinste Haare und die Kante seines Halses verschwammen, um sich wieder zu einem scharfen Horizont zu präzisieren, im Takt des Motors, der, so schien es, einmal im Bus nach vorn geworfen wurde und beim nächsten Takt sich im Bus hinten träge schleifte, um danach wieder nach vorne geworfen zu werden. Bodenwellen taten das, die auf der Straße immer ausreichend vorhanden waren, um den Überlandbus, die Marschrutka, auf seinen Rädern wieder einen halben Meter nach vorne zu werfen. So bildete etwas wie das sich herumblätternde Schlagzeug einer Freejazzformation den Grund des Verschwimmens und wieder Klarwerdens von Prätz' Hals, darüber die Locken und der ausgewachsene Schopf schwankend hingen wie das dicke Posament eines riesigen Samtvorhangs, der in meiner Meinung die Hälfte der Welt zu verhüllen oder, sich zurückziehend, zu offenbaren in der Lage war. Ich starrte darauf und war selbst in der Lage, den Bewegungen (Andeutungen) des Posaments mit nur leicht gemäß meiner Position im Bus variierten Schwankungen zu antworten. Diesen leichten Unterschied hielt ich für so etwas wie einen trefflichen Witz, und der stellte unsere Beziehung dar.

Dass ich diesen Witz Prätz nicht *mitteilen* konnte, war für mich ein kosmisches Ärgernis, dessentwegen ich schon seit Ternopil übelgelaunt auf der Rückbank fläzte. Oder dass er zwar verstand, es aber nicht so lustig fand. Prätz wirkte reglos dem Schwanken der Sitze ausgesetzt; ob er eingeschlafen war oder bloß nichts mehr zu seinem Nachbarn sagte, war von hinten nicht zu erkennen. Auf dem letzten Busbahnhof hatte dieser

63

Nachbar, ein Fernfahrer auf dem Weg zu seinem LKW, uns fotografiert. Wir standen auf diesem Foto nebeneinander und reichten mit unseren Mutmaßungen über uns selber nicht einmal an seine scheinende Oberfläche. Kinder! Aber ich darf ihn, Prätz, nicht so beobachten.

Ich griff in die Tasche zum Lermontow und zog schnell die Hand zurück, als hätte ich mich verbrannt. Auf der letzten Bank, wo mich niemand sah, konnte ich mir solches Treiben erlauben. Nur von hinten durch die dreckige Scheibe sah ein eben überholtes Fuhrwerk, wie mein Hinterkopf zuckte. Mein neuestes Steckenpferd war beinahe moralischer Art. Die Moral schien mir immerhin ein weites Feld, auf das es mich lockte hinauszureiten. Das Pferd meiner Liebe wurde von meiner Vernunft dressiert, welche vorgab, sich für die landwirtschaftliche Entwicklung von Feldern zu interessieren, eigentlich aber nur immer spazieren ritt und lauthals gegenüber dem Assistenten, welcher von Prätz dargestellt werden musste, fachsimpelte. Diese total unmögliche Kombination von Pferd und Reiter und Assistenten – dessen Pony nicht ohne eine eigene Geschichte mit ihm neben mir her strotzte – machte gemeinsam echte Fußstapfen in den Reif. Dieses bereifte Feld wurde beim ersten Griff nach dem Lermontow plötzlich zu einem Ballsaal des Ehrenpunkts, wo es von einem Ende bis zum anderen prickelte und glitzerte vor moralischen, also amoralischen Reizen. Und ich stand nun auf der Hinterbank sitzend dort am Fenster, kletzelte mit der Degenspitze an der Tapete und schickte von Zeit zu Zeit verbotene Blicke an –

Die Marschrutka sprang ziegengleich über ein besonders großes Schlagloch und plötzlich stand klar in der Luft, an was ich die Blicke schickte: eine Pupille (ja, zwei) in (je) einem hellblauen Reifrock aus flüsterndem Satin, unter dem zwei zitternde, trippelnde Füße die Seele – denn nichts anderes war diese mal riesig groß sich ausweitende, mal sich zu einem witzigen Punkt zusammenziehende Pupille – hierhin und dorthin trugen. Die Füße standen bereit, jede leiseste Regung der Seele aufzunehmen und in Bewegung umzusetzen, meistens Flucht, manchmal Annäherung. Roch sie den Duft meines Abgrunds, wenn sie mir nahe stand und, den Châle enger um die Schultern sich zerrend, sich darüberbeugte – gar ahnte, wie ihre Stimme, ihre Haut als Salbe dem sich unendlich erneuernden Reibeschmerz des Abgrunds diente – schauderte ihr, sie stürzte – sich weg –

Prätz verbot mir ja vieles, seine Person betreffend, woran ich mich ungeschickt hielt. Augen waren schwerer in Zaum zu halten. Ich bemühte mich nun, den moralischen Standards konservativerer Länder wie Japan und Algerien zu genügen, wo in der unendlichen Klugheit des Konservatismus, wie er sich babelhaft aus der tradierten Erde schraubt wie der grause Finger eines Totgeborenen, auch die Blicke expliziten Richtlinien unterworfen sind. Je mehr ich gezwungen war, mich abzuwenden, desto heftiger flammte die Idee von Prätz in mir auf, jedoch nicht immer gleich, sondern mal im Sinne seiner Schönheit, mal in dem seiner Fremdheit, mal als ein geradezu unendliches Potential an gemeinsamer Welterschaffung, mal als Lust, seine glatte, männliche Wange mit einem starken Schub zu versehen, der mehr mit dem Knochen kommunizierte als mit der Gewohnheit, niemandem wehtun zu wollen. So lebte ich mit meiner Fata Morgana, die zwischen mir und Prätz sich vor sich hin blähte und Sinkeanmut displayte – wie ein Hund oder Kobold, ja wie ein Lenkdrachen, beruhigte ich Prätz –, und es wunderte mich gar nicht, dass Prätz seltener durch diesen reflektierenden Nebel zu mir hereinkuckte als dass er sich in einiger Entfernung davon, müde des glitzernden Schauspiels, das ihn unermüdlich parodierte, schlafen legte.

Wenn ich mich aber Lermontows Wissen um das Schicksal, sei-

nem altklugen Zynismus und seinem bitteren Koller, den ich
Зной nannte, ganz überantworten würde, wäre es, als ob sich
Boy George wirklich vom Crying Game abwandte und zum Mond
petzen ginge – da könnt ich mich *gleich* umbringen, wie die
ungeduldigen Rationalisten sagen. So weit war ich noch nicht.
Ich schätzte, dass der Mond weniger gefährlich war als das, was
mir aus meinen Fantasien im echten Leben für Ärger erwachsen
könnte. Deswegen würde ich keineswegs zu ihm Zuflucht nehmen, sondern gedachte eigentlich, weiter meinen Unfug zu treiben und mit seinen echten Folgen zu spielen. Ich starrte aus
dem Fenster, es zogen Ziegen und Borten an uns vorbei, Bäume,
Zäune und mit Blech verzierte Giebelkammern. Keinen Augenblick fielen mir die Lider zu, die Stirn lehnte ich aus bloßer
Anschmiegsamkeit an das vibrierende Glas.

Die Marschrutka hielt, der Motor legte seine Arbeit nieder. Prätz
und ich taumelten aus dem Bus und zogen das Gepäck aus der
Ladefläche neben dem Hinterrad. Das Dorf Jeremtsche glitzerte
in der Sonne des späten Vormittags, den wir erst jetzt betraten.
Augen reiben. Ein Kulturzentrum, ein Bach, eine aufwärts füh-
rende Straße, die wir nahmen. Wie plötzlich unsere niedlichen
Füße sich vor einander legten! Vorbei war die lange Zeit der Vi-
bration. Die Luft war so klar wie unsere Schritte. Fallobst rollte
in Ritzen des Asphalts die Straße herunter, uns entgegen, in Rin-
nen im Staub, zwischen Grasbüscheln im Slalom.

In unserem Rücken, am anderen Ufer des Prut, befand sich eine
nackte Stelle, wo Fels gefaltet war, ein runder Ausschnitt sandi-
ger Kruste, wie der »verlorene Zeh« eines Pferdes auf halber
Höhe des Beins. Als ich die Stelle sah, stach mich hinter der Stirn
etwas, und ich wandte den Blick schnell ab wie von einer Bekannten, die auf der Straße auftaucht und einen an etwas erinnert, was man nicht wissen will. Scham schien es.

Die Straße hochgehend, klopften wir an die Gartentore, betraten die Gärten und fragten nach Quartier, wie man uns versichert hatte, dass es üblich sei. In den Gärten war aber kaum jemand zu finden. Einmal ein älterer Mann mit nacktem Oberkörper, der uns negativ beschied, einmal ein verrotzter Bengel, sie wiesen mit dem Arm weiter die Straße hoch. Eine alte Frau wusch in einem Bottich Kleider. Sie schaute langsam und lange zu uns herüber, wandte sich aber, als wir uns näherten, wieder ihrer Arbeit zu. Wir Zauderer kehrten bei diesem Zeichen um. Gingen weiter die Straße hinauf. Eine Pflaume fiel vom Baum, sprang noch zwei Mal und begann dann den Hang hinunterzurollen, während wir Schritt für Schritt an ihr vorübergingen. Nach sieben Häusern gaben wir auf und gingen weiter die Straße hoch, ohne anzuklopfen und ohne uns fragend anzublicken. Auf diese Weise drückten wir totalen Dissens mit der Lage aus.

»Schlafen wir im Wald!«, entschied ich schließlich, und Prätz, der die Möglichkeit schon zuvor laut erwogen hatte, noch bevor es klar gewesen war, dass wir unfähig sein würden, uns Quartier zu beschaffen, stimmte zu.

Wir schleppten die Rucksäcke den Berg hinauf, zuerst durch einen Friedhof, wo Tote auf emaillierten Fotos auf Lob für ihr Leben zu warten schienen; an dessen oberem Ende über einen Zaun und eine Schafweide, stolpernd wegen üppigen Lehms und dichten Frauenmantels am Boden, dann auf einem Weg, immer höher, auf milchigen, scharfkantigen Steinen, verschwemmt, mit Pfützen voll junger Frösche in allen Stadien.

Hier lohnte es, sich zu bücken und zu stochern. Ich versuchte Prätz zu beeindrucken mit der Beobachtung von Algen, die auf den Schwänzen der Kaulquappen wuchsen, krass, wo die doch so kurz nur überhaupt existieren. Während seiner ausbleibenden Antwort zeigte ich auf die Quappe, auf der ich dieses Phänomen zu entdecken vermeinte, und nach und nach kam es mir selbst wahrscheinlicher vor, dass das, was ich für Algen gehalten hatte, eine innere Zeichnung des Schwanzes war. Bei mehreren Gelegenheiten hatte Prätz bereits wirklich überlegenes naturkundliches Wissen vorgezeigt. Auch hier räumte ich nach einigen Sekunden, ohne dass Prätz auch nur den Mund bewegt hätte, freiwillig ein, dass meine Theorie höchst unwahrscheinlich und unseriös war. So verlief mein Veitstanz von Leben mit Prätz neben Prätz.

Aber der Frauenmantel, der Frauenmantel war mein Ding. Wie ich, Kopf in den Knaben, auf einer feuchten Senke letztens Frauenmantel geerntet habe – *I culled heaps of alchemilla* –, das kann ich kaum mitteilen, auch weil es peinlich und traurig ist, solche Freuden überhaupt zu bemerken. In den mit so großzügigem Winkel gefalzten Blättern fangen sich Perlen von Wasser, die zittern und zwischen einem ungeschickten Daumen und der Zeit, die es braucht, den Stengel zu greifen und zu biegen, entfleuchen, um in den Boden zu sickern. (Wein, den man für jemanden anderen hält, verschütten – sich mithilfe eines Zitats heftig ausdrücken – geborgte Ergüsse, denen in Reinheit keine gleichkommen.) Kleine Blätter, große Blätter, immer aber mit einem gewissen Verhältnis der Schwere, der Helle des Grüns, einem Hauch Flaum. Die kleinen sind eingefaltet und eingerollt; die großen verdienen den Namen Ferdinand oder Frauenmantel, weil sie diesen großzügig ausbreiten. Es war, als pflückte ich Jünglinge, so lockte mich ein Blatt ums andere, es zu nehmen, *zeigte mir den langen Hals* – reizend, wie mir meine eigenen Hände gefallen, mit Knochen und Fleisch in maßvoller Proportion. Und alle waren sie einzeln, keine Masse erhob sich. Und kein Vorwurf, als täte ich ihnen durchs Pflücken gar nicht weh. Nicht wie bei den Brennnesseln, denen ich einen kollektiven Schrei entlockte, als ich mit der Nagelschere auf sie losging, und nachts stand dann der große Brennnessel neben meinem Bett mit einem Messer, mir die Kehle zu schlitzen.

Weiters war der Weg gesäumt von Brombeeren, deren vollendeter Geschmack es falsch erscheinen ließ, sie zu essen. Ich bückte mich ein Mal, um eine Beere wie von einer bemalten Küchenfliese zu pflücken, und mit der präzisen Perfektion im Mund vergaß ich die nächsten paar Schritte. Prätz, der ja laut mir instinktiv alles richtig weiß, rührte keine Beere an. Da ließ ich es auch bleiben, mich noch einmal zu bücken. Konnte es nicht über mich bringen, mich weiter für Brombeeren zu interessieren, so einsam. In meiner Meinung war Prätz je nach Umgebung eine Art Waldelfe, eine zierliche Stadtwecke, ein Orakel oder ein Genius der Eisenbahn. Meine Übertreibung. Er mag es nicht. Heimlich doch? Und doch im breiten Leben, in dem, was die Handlungen entscheidet, nicht. Also versuchte ich ohne viel Aufhebens voranzustapfen.

Aber dieses Wissen, es strotzte aus jedem Blatt. Wie ein Blatt sich drehte, in einem eigentümlichen Luftzug, der nur es berührte; eine gelbe Stunde vor dem Abfallen. Mein Kopf drehte sich, antwortend, bis zum Anschlag, wo es leise klickte, wie beim Kopf einer Balletttänzerin oder Eule. (Dass Eulen sich knipsen wie Nachttischlampen, stellte ich mir vor: flauschige Trostvorstellung, Vorarbeit zur bald anstehenden Verarbeitung des Moments, wo wir unterm Wald liegen würden und Prätz sich von mir abwenden, sich einmummen und schlafen.) Dann zog mich meine Schrittfolge von der Ansicht des einen Blattes weg. Vor dem Zurückschnellen des Kopfes aber sah ich, wie Prätz meinen langen Rückblick gesehen hatte und wohl denken musste, er galt ihm. Nach ihm oder nach dem Blatt, man dreht sich nicht so um, weil man nicht allein auf der Welt ist. Prätz, erfinde ich mir, ist jung und klug und geht geradeaus, der Blick schwebend von einem ertasteten, erlauschten Sollen, das er sich selbst generiert. Nicht alt und bescheuert wie ich, ausweichend imaginären Ohrfeigen, gezogen an unsichtbaren Schnüren, bettelnd nach dem Blaugrün dieses Unterlaubs, verlachend den Himmel, doch immer bereit zu fliehen, unsäglicher Hofnarr der Natur, verzerrte Verzerrende, deren beste Eigenschaft es ist, halbglücklich verliebt zu sein.

Nein, ich wollte nicht klug sein. Nichts daran, nichts an seinen Folgen vermochte mich zu locken. Dinge stabil machen, die ich nach kürzester Zeit nicht will. Das richtige Handeln ist ein Weg, macht alles zum Weg, wo du immer nur nach seitlich willst ins Unterholz preschen. Das Problem ist, das falsche Handeln ist auch ein Weg.

Eine fette, tief violette Nacktschnecke ruhte in einer Wurzelhöhle. Prätz wandte sich kaum um, stapfte weiter, im bleichen Fluss des Gehens, des Leidens.

Einmal blieb aber Prätz stehen und wies mich auf ein naturkundliches Phänomen hin. Ganze Büsche waren am Wegrand in dicke Rauperei eingesponnen und leergefressen, offensichtlich von den Wesen, die in schweren Nestern, selbst in das graue Zeug gehüllt, von den verbogenen Zweigen hingen.

»Igitt!«, rief ich haltlos aus und wandte den Blick ab. Doch Prätz nahm meinen Kopf und richtete ihn wieder auf das kahlpräparierte Gebüsch. Die Raupen schlängelten sich über- und umeinander langsam, ohne scheinbaren Zweck.

»Gentrifikation«, brachte ich voller Ekel langsam heraus.

»Nein«, sagte Prätz, »das schaut nur so aus. Nächstes Jahr wachsen die Büsche nach, als ob nichts gewesen wäre. Ich kenne diese Würmer, es gab sie auf meinem Schulweg.«

Ich nickte, aber konnte mich nicht entspannen, zu massiv war der Befall der Masse, zu schlimm dieses Netz, das aussah wie die synthetische Watte, die ausgezogen über Zweige in Halloween-Auslagen verwendet wird. Ebenso verstörten mich die zuckenden, nach ihren Begierden sich faul drehenden Haufen feister Würmer mit ihren harmonisch übereinander fließenden Bewegungen. Sie erinnerten mich an Hipster und Networking-Partys. Prätz begann, mit einem langen Grashalm in einem Nest von Würmern zu stochern. Die einzelnen Wesen ließen sich, als ihre Umhüllung durchbrochen wurde, an Fäden hinab und griffen in der Luft suchend um sich. Man konnte Erbarmen empfinden für diese Kreaturen, ein Gefühl verpflichtender Milde, das sich mit dem Ekel vermischte, bis mir übel wurde. Prätz schwenkte den Faden der hängenden Würmer in meine Richtung, ich sprang ängstlich zurück. Er lachte, aber nicht laut, und mit einigem Respekt wand er die oberen Fäden, die von seinem Halm hingen, wieder um den Zweig, wo er sie hergenommen hatte.

Mit wachsender Höhe unserer Position auf dem kleinen Berg wurde es kühler und ein bisschen später, die Sonne kippte hinter den anderen Berg. Wir nahmen einen Abweg und begannen, fast senkrecht eine neblige, feuchte Wiese hochzustürzen, an Birken vorbei und an mittelgroßen Höckern aus Erdaufwürfen, mit borstigem Gras bewachsen. Eine Pappel residierte hier, wie im Prinzessinnenkleid. Buschige Kiefern, deren Kommentare nicht unberechtigt sein konnten. Pferdeäpfel von Elefanten oben, da waren wir wieder auf dem Weg. Auf einer Lichtung seitlich davon breiteten wir unser Zeug aus. Dem Beutel mit Essen entnahmen wir Essen. In schon fast gewohntem, notwendigem Stumpfsinn. Messer, Käse zwischen uns, Scheiben Brot milde Gaben, gröber, wenn ich, feiner geschnitten, wenn Prätz am Messer war. Danach ein Pfirsich, halbiert. Dann streckte Prätz sich aus, um zu schlafen. Ich stutzte clownesk die Wolken an, die über dem gegenüberliegenden Berg flockten. Meine Gefühle wurden aus meinen Augen geschoben wie Staubkörner auf Hörnern einer Schnecke. Ich mochte es nicht, wenn Prätz schlief, er verschwand dann und – nein, ich mochte es gar nicht, wo war er denn da? Nicht in den Fängen von Chimären, die auch keine Rechte auf ihn hatten und sich dennoch nicht so zurückhielten wie ich? Und wusste doch, ich sollte besser selbst schlafen als solchen I-Tüpfelreitereien der Verliebten frönen. Bloß es gefiel mir zu gut, die Bescheuertheit meiner übertriebenen Neigung gewissermaßen nackt zu sehen. Es waren einsame Vergnügen, die ich gerne für Abenteuer der weniger solipsistischen Art aufgegeben hätte. Schließlich konnte ich diese meine Spiele in beliebiger Menge nachproduzieren, wann immer ich wollte. Die Ökonomie in der Überlegung machte mich jäh aufspringen, mit gerunzelten Brauen, als hätte ich mir selbst mit einer Gerte Beine gemacht.

»Adieu«, sagte ich, »ich gehe wieder hinunter nach Jeremtsche, Wasser holen.« Die Karpaten nickten (weil ich den Kopf senkte, um von Prätz kein Murmeln zu verpassen) und tatsächlich, Prätz bewegte, ohne die Augen aufzuschlagen, ein wenig das Kinn.

Unten am Prut war es wärmer und feucht. Zum Fluss selbst kam ich nicht, Hunde verbellten mir den Weg, sobald sich eine Straße zu sehr zum Ufer neigte. Ich ging, hoffend auf Abzweigungen, prut-parallel an Häusern und Häusern vorbei, unter ihnen sehr viele Ski-Pensionen, einige Kirchen und ein Lungensanatorium. Der Weg führte mich an der Rückseite des Platzes mit dem Iwan-Franko-Denkmal entlang, belehnt von Kränzen und Rosen. Gelbe Äpfel und Birnen verendeten auf dem Boden, soweit aber eine Leiter und ein Mensch reichten, waren die Bäume gut abgeerntet. Die Blätter der minierkranken Rosskastanien krümmten sich auf dem moosigen Pflaster. Künstlerisch geneigte Graffiti-Maler hatten die ganze Länge eines Bretterzauns mit perlmuttschimmernden Seekühen bemalt. »Black Circle Festival« war dort getaggt und »плек цркл фестивал«. Hinter dem Zaun standen zwei verfallene Palais, deren Fenster eingeschlagen am Boden lagen. Barrikaden aus Brettern waren auseinandergerissen worden, das Dach hatte gebrannt und war eingestürzt. Man konnte durch Balkontüröffnungen in den ersten Stock hineinsehen, wo sich Müll und Schutt und Papierfetzen über das Parkett verteilten, und zur anderen Seite wieder in den Garten, ja sogar das andere Ufer des Prut war im Blickfeld. Ich ging ein paar Schritte nach rechts und die gerunzelte Felsformation rückte in den Ausschnitt der zweiten Balkontür.

Das morsche Tor zur Seite gestoßen und in den Garten. Grassamen warfen sich an meine Hosenbeine. Ich ging um das Haus herum und stieg eine Treppe hinab in eine ehemalige Küche, wo jemand vor Kurzem auf dem Boden ein Feuer unterhalten hatte. Hinter der Küche führte eine breite, quaderförmige Stiege mit abgerundeten Geländerecken in den ersten Stock. Auf halber Treppe hielt ich inne und zeichnete das gusseiserne Zierelement ab, weil es mich interessierte:

Auf meiner Zeichnung ist nicht gut zu sehen, dass die Linien aus quadratischen Röhren sehr fein gemacht waren, die Augen aber aus Schnipseln von Wellblech. Wo der geometrische Teil einer fein ausgebildeten Handwerkskunst folgte, waren diese Wellblechelemente eine primitivere Bastelarbeit: Beim Einbruch der Mimesis schien der Schweißkünstler die Nerven verloren zu haben. Die Augen gefielen mir nicht, es war ein Rückfall in eine primitivere Kunstauffassung als die, die einen lehrt, seine Psyche in abstrakte Muster zu gießen. Und doch konnte ich mich der Ausstrahlung der Augen nicht verschließen. *Die Katze des Realismus starrt mich an*, dachte ich in einer komischen Verdrehung: Diesen Satz denke ich, wenn ich erklären soll, wie ich zur Mimesisfrage stehe. Die Katze ist so etwas wie der kategorische Imperativ der Kunst, eine moralische Instanz in einer Kunstwelt voller Möglichkeiten, wo man mit der falschen Art von Willkür ernsthaft Schaden anrichten kann. Nun schien es mir – im kurzen Augenblick, wo mir das durch den Kopf schoss, als ich nach Abschluss der letzten Linie meine Zeichnung einmal ganz anblickte –, als ob jemand die Katze umgebracht hätte. Sie sei in das Muster gebannt und habe sich nur durch den Anfall von Mimesis, der den Schweißenden gepackt hatte, Ausblick verschaffen können. Ich lachte nicht wirklich, schüttelte mich und setzte meinen Gang durchs Stiegenhaus fort.

Im oberen Stock lagen die Fetzen von Papier verstreut in den Zimmerfluchten, so dick wie leichter frischer Schnee. Farbe war an die Wände geschleudert worden, besudelte Schlafsäcke existierten noch in Fetzen ihrer vormaligen Schutzfunktion, Verkohltes säumte sie und verschwand unter ihnen, und geschissen worden war, insonderlich in einer Ecke, wo das Parkett offen lag. Das Zimmer hatte eine Würde, eine landschaftsgleiche Weite, eine existentielle Nonchalance, die es, instand gehalten, nie gehabt hätte. Mit der Tatsache, hier zu sein, fing man etwas an jenseits der Ökonomie von Wärme, Schutz und Geld. Wahrscheinlich zog es uns deshalb immer zu den Ruinen, wenn wir einen klaren Kopf bekommen wollten, deshalb grüßten wir sie so überschwänglich mit Tags, Trinkgelagen, Techno, Pisse und Scheiße. Ich legte den Kopf auf die Schwelle zum Balkon und schmiegte die Wange gegen das aufgeblätterte Holz. Über mir winkten große Glasscherben im Rahmen der Tür. Eine Schwalbe flog herein, versorgte ihre Kinder und flog wieder hinaus. Zu schnell, kam mir vor. Das Nest lag in einem hellen Schatten, bis zu dem die beweglicheren Schatten der Bäume reichten, vom Türrahmen abgeschnitten, sodass es schien, als bestünden diese vielmehr aus ihren Zwischenräumen, aus Lichtstummeln. Ihre Ecken erinnerten mich an die grafische Darstellung von Cutoffs und Delays; Musik stieg in mir auf und Wehmut, der Gedanke daran, wie ein einziger, schichtenweise getaggter Türrahmen die Nächte der Clubs von den wiedergekehrten Tagen abgrenzte, sowie an andere Schwellen, Lippen, Worte, die so viel Einfluss hatten, indem sie aus räumlichen Toren zeitliche machten. Tricks, die man auch für die Zuneigung verwenden könnte, anstatt bloß, sich entschuldigend, gegen sie zu knallen, wenn man endlich das Morgenlicht sucht, bereit, sich von der wundgepeitschten Nacht, von der Pflicht zur Rührung und zum eigens ausgewählten Spaß erlösen zu lassen in eine immense, herzlose Einflussnahme durch nicht persönlich gemeintes Licht.

Während ich in die hellen, sich bewegenden Schatten hinaufsah, stiegen von unten meine schweren Augenlider hoch und brachten einen Nebel, den ich begrüßte, wie ich die Schläfrigkeit immer begrüße, wenn nichts Besseres gegen sie spricht. Ich muss sie wollen, so, wie ein Stück Eisen zu Boden fallen wollen muss. Und doch verschärfte sich eine gewisse Wehmut, als diese Schotten von unten sich vor meine Welt schoben, wie fernbedient von meinem störrischen, müden Herzen, den Daumen am Knopf, und meine Augen waren bereit, es nicht mehr richtig mitzubekommen, und ich blickte die Silhouetten der Birken in der Trauer eines Abschieds an: von ihnen, von meinem Willen. Schönheit als Decke.

Das Vogelgezwitscher verzerrte sich pumpend, regelmäßig, und mich berauschte kurz, was ich für ein zeitgeistiger Prachtkerl sei, dass mein Ohr noch in den Zuckungen seines Einschlafens die Natur griff und kundig mit ihr spielte, als scratchte ich Meisen und Eichelhäher. Doch der Effekt war zu massiv und unwillkürlich, um mich nicht eigentlich mehr zu verstören: meine Eitelkeit brannte aus und hinterließ ein glosendes Loch. Die Vögel schienen mir gesampled und zu einem geilen Track zusammengebaut worden zu sein, der alles aus einem herausreißen und ihm dabei noch einen eigenen Reiz, einen interessanten Drall geben sollte. Diffuses Begehren schwemmte mich. Oft war ich auf diesen Wellen vorübergeglitten, in der Hand eines Drängens, das sich mit Wehmut und Szenen früherer Wehmut, die sich in Schönheiten verwandelt hatten, mischte zu einer Art Aufhebung meines Herzens, die ich nun immer anstrebte, wenn ich auf dergleichen ging. Und gleichzeitig mit dieser endlich einsetzenden Leere kam die Angst davor, dass mein Herz vonnöten sein könnte gerade dann, wenn ich nicht willens war, es aufzugeben. Ich blickte mich um. Das Pumpen war tiefer geworden und blecherner, das Tageslicht war gleich wie vorhin, beschien nun aber, bleich und getrennt, eine Menschenmasse, die sich aufblähte. Vom Eingang, durch den ich vorhin selbst hereingekommen war, drängten immer mehr Menschen nach, die sich übereinander wanden und durch den Raum tasteten mit Blicken und erwartungsvollen Körperbewegungen. Ich schaute ihnen längere Zeit gebannt zu, und erst, als der Zug in meine Richtung schwenkte, erinnerte es mich daran, dass ich selbst auch da war und sie mich berühren konnten, und ich wich schreckhaft in eine Ecke zurück. Als ich mit dem Rücken an der Wand ankam, war etwas daran so sanft wie eine Hand. Und bald merkte ich, dass alle Menschen sich mit Vorliebe entlang der Wände zu bewegen schienen, als suchten sie – nicht anders als ich – irgendeinen Halt. Keine Stelle im Raum war sicherer als eine andere.

Waren es Lebende oder Tote? Ich wagte, ganz wie im echten Club, nicht, meinen Blick auf etwas Lebendigem ruhen zu lassen, als könnte jemand, der länger angeblickt würde, aus der Trennung von mir erweckt werden, mich entdecken und auf mich zukommen. Und gleich blieb mein Blick doch hängen. Ein Mädchen hatte sich mit der spitzen Nase darin verhangen und zog ihn ihr nach in die Menge hinein. Ob ich das Mädchen kannte, war die Frage, weswegen ich noch einen Blick von ihrem Gesicht zu erhaschen versuchte, noch einen, denn ich hatte ihr Gesicht seit einem ersten Augenblick nur verdreht von halb-hinten gesehen. Da wandte sie sich plötzlich voll zu mir um, blickte mich an und ein Mut verließ mich, dessen Anwesenheit ich erst dadurch bemerkte. Ihren Augen fehlten jegliche Pupillen.

Das Mädchen näherte sich mir mit ausgestreckten Armen. Ein vollkommen schönes Tier, lief sie barfuß und ganz nackt über den verdreckten, glasscherbenübersäten Boden, einen Fuß vor den anderen legend, selbstvergessen, als schwebte sie auf Seilen durch die Stadt. Sie redete zu mir, doch mein Ohr verzerrte, was sie sagte, zu urlangsam knarrenden Subwoofs. Sie erreichte mich und ihr Atem, feucht, warm, voller Leben, traf mich knapp unter den Augen. Ich wandte mich weg; sie nahm mein Kinn zwischen die Finger und zwang mich, sie anzusehen. Meine Augen wichen aus und wanderten über die Wände. Und doch winkte so etwas wie Erlösung in diesen Augen ohne Pupillen: als könnte man darin aufs offene Meer hinausschwimmen, wenn man sich nur traute. Wieder und wieder musste ich hinsehen, trotz der Angst, dass sie es bemerken könnte. Offen gezeigte Neugier hätte vielleicht noch Gefährlicheres aus ihr herauslocken können (Missverständnisse nämlich). Ich musste auskundschaften, um was es sich bei ihr handelte. Die Augen waren ja Augen, verschwommen, wenn nah; drückte ich meinen Kopf weg – ihre kleine Hand in meinem Nacken hinderte es zuerst, verstand dann und ließ es zu –, sah ich zusätzlich, ebenso verschwommen, das Rosa der Lippen, die radikale Kurve der Nase und den Mund, der sich zu einem begeisterten, amüsierten Grinsen verzog. Dieses Grinsen, vermeinte ich, steckte mich in ein Kästchen. Ich erinnerte mich daran, wie wir in der Mittelschule Photoshop entdeckt hatten und die Gesichter der Mitschüler mit dem Mauspfeil verzerrten. Wie Flammen durchzuckte es mich, als ich bemerkte, wie lange das her war, und uneingelöst – uneingelöst alles, was ich jemals wahrgenommen, empfunden, gedacht ... Ich löste mit Gewalt ihre Finger und flüchtete in die Ecke, wissend, ich gewinne nur wenige Sekunden Zeit. Diese aber genügten, um sie noch einmal von Kopf bis Fuß anzusehen, wie sie, gewiss, nichts Böses an mir zu vollziehen, lächelnd sich mir erneut mit leichten, langsamen Schritten näherte, dem Schritt eines Boxers oder eines Kranichs ähnlich. Nun hatte sie mich eingeholt, eine Hand an meinem Hals, mich streichelnd, die andere in meinem Haar, und die Augen knapp vor meinem Gesicht, leuchtend ohne Dunkelheit und ohne Ende. Ich zog mich zusammen und drückte sie, drückte sie zurück – sie flog zurück wie ein rollendes Bücherregal – ich aber fiel hin, als sie schneller wurde als ich drücken konnte.

Auf einmal stürzten sie alle über mich, rollten mich auf den Rücken mit hilfreichen Händen, zogen sich aus und es begann knapp über mich hinwegzufliegen: Bäuche, Schenkel, Arme, Lippen, Rippen, Haare, Mösen, Hintern, Schwänze und heiß glühende Nasenbeine. Die nackten Menschen sausten im Zimmer herum, wie von Mauspfeilen auf höchster Geschwindigkeitsstufe durch die Gegend gewirbelt: in unrealistischen Tempi. Ihre Gesichter verzerrten sich, Brutalitäten und Verstörungen erschienen, gierig auf Höhepunkte, um die Münder, die Augen indessen, verwirrt, pupillenlos alle, schienen immer noch irgendetwas zu suchen. Ich kam mir vor wie ein Flughafen im Zeitraffer: so viele Bäuche, landend, abhebend! – oder ein Schmetterlingsbusch zur höchsten Saugezeit, in violetter Glut meinen Zipfel von Nase schlaff auf die eine oder andere Seite hinunterhängen lassend, nach Ruhe schnappend ohne Chance, während das Schwirren über mir sich niemals zu einem homogenen Ton mischte, sondern andauernd aus ungezählten singulären, jeweils höchst dringlichen und einander widerstrebenden Soundbahnen bestand. Sie rieben sich an mir, mich verfehlend, während ihre Dringlichkeit sich an mir ablud, dabei aber größer wurde, anstatt abzunehmen. Es ging nicht nach Trost, sondern nach Aufregung, Behauptung von Brauchen; Notwendigkeiten wurden aus dem Nichts erzeugt, Bestätigung gesucht für etwas ganz Harmloses, verwirrt lag ich darunter, alle viere von mir gestreckt.

Auf einmal verdüsterte sich der Raum, die Lichtstreifen im Türrahmen wurden eingeschattet.

Ich kippte den Kopf nach hinten. Hätte ich können, hätte ich geschrien. Eine sehr große Heuköse war im Begriff, hinter dem Balkon zu erscheinen. Sie schwankte hin und her, während sie aufging wie ein ruppiger Mond, wie der Schädel eines ungekämmten Hundes hinter der Tischkante aufgeht, wenn er etwas zu essen riecht. Traumsicher wusste ich: Es ist die Urfrau, Frau aller Frauen, Mitte der Frauen, Gottheit der ewigen Eisenspänerei, und da sie auch in mir ihren Stützpunkt hatte, waren die üblichen religiösen und chauvinistischen Schmähsprüche, um sie zu bannen, wirkungslos. Meine Angst pochte in Ohnmacht zum Horror, die Schwänze, Mösen und Bäuche wurden immer schneller, nach oben konnte ich nicht kotzen – da erinnerte ich mich an einen Satz von Gogol.

Frauen sind so ein einfältiger Menschenschlag, streckt man ihnen im Dunkeln hinter der Tür die Zunge raus, fällt ihnen das Herz in die Hose.

Ich blickte mich um: Türen gab es hier nicht, sie waren alle ausgehängt. Abgesehen davon, dass ich sie kaum erreichen würde.

So musste ich es mit der Hand versuchen, hielt sie mir in der Form einer Tür vor den Mund, wälzte mich auf den Bauch und streckte der Heuköse hinter der Hand die Zunge heraus.

Die Köse aber kam unaufhaltsam näher. Sie wurde dabei immer größer und immer ungestalter, obwohl sie Heu in rauhen Mengen verlor. Käme sie über mich, ich erstickte schon am Heustaub! Schon begann ich zu husten, musste Heustückchen von der Zunge picken, die herbeigeflogen kamen wie Regen von Pfeilen in Kung-Fu-Filmen. Da kam mir eine verzweifelt fantastische Idee, die Szene von heute Nachmittag im Bus nutzend. Was für ein Glück, dass Vorstellungsbilder nicht verschwinden! Wieder stellte ich mir Prätz' Hinterkopf vor als Posament eines schweren samtigen roten Vorhangs. Behände zog ich am Posament, ließ den Vorhang vor mich gleiten und streckte der Heuköse hinter dieser Scheidewand die Zunge heraus.

Zugleich warf sich diese über alles, dumpf auch über mich, es war dunkel und stickig und flüchtig-staubig und roch nach Heu, aber war harmlos, ich lebte.

Hell war es wieder, ich fühlte mich plötzlich sehr alt, und alles war noch um eine Dimension schrecklicher. Ich hatte die Identität gewechselt, ich war nun das Geländer: die Kunstschmiedearbeit, die ich vorhin abgezeichnet hatte, beziehungsweise vielleicht das Wesen darin, die »Katze des Realismus«, und fühlte mit stummem, zum Klingen bereiten Eisen-Entsetzen, was das bedeutete. Ich konnte mich nicht bewegen, sah alles und konnte nichts ändern. Einer nach dem anderen stiegen die halbnackten Feiernden auf mich auf und rutschten auf mir die Länge des Stiegenhauses hinunter. Ich versuchte, die Augen sofort wieder zuzumachen, da das aber nicht ging, möglichst noch sehend das Bewusstsein zu verlieren.

Als ich die Augen aufschlug, war der Raum leer, meine Perspektive die von vorher und auch sonst schien alles sozusagen in

Ordnung zu sein. Die Graffiti kuckten harmlos wie Spatzen aus dem Staubbad. Obwohl ich ganz erschöpft war und den ersten Augenblick nicht mehr wusste, in welchem Land sich dieses verfallene Gebäude überhaupt befand. Derartige Ziegelhallen gibt es ja überall, wo die Industrialisierung begonnen wurde, zumal an Flüssen, zum besseren Abtransport ... – Auf einmal fiel mir ein riesiges Kaninchen in der Ecke auf. Ich schrie, aber konnte nicht schreien, denn es starrte mich an, und ich kannte es. Dieses Kaninchen hatte ich einst von einem Grab gestohlen; es lag zu Hause auf meinem Fenstersims. Seine roten Augen glühten, von einem schrägen Sonnenstrahl erwischt – nein, es war ein Gewandhaufen, der bloß aus Überzufall die Gestalt eines Kaninchens aufwies. Ein Strassrubin von einer Jeansbluse blitzte im Licht auf, im Übrigen war der Haufen über und über verdreckt. Ich atmete wieder und dachte nach, versuchte es.

Ich fragte mich, was eigentlich schrecklicher sei, ein Tod wie Rache, die es auf einen abgesehen hat, oder ein bloß allgemeines Verenden, begleitet von irgendwelchen verhallenden Vorwürfen derer, die man einst im Umgang mit banalen Dingen kränkte? Oder das, was am Leben auch erschreckte, wenn man es sich vorstellte, ein unendliches Haschen nach Hoffnung? Ich stand zittrig auf – mein Kopf überragte nun die kurzen Baumschatten im Türrahmen, die sich schon sehr nach der linken Wand streckten, als welkten sie ihrer Ablösung durch den Sonnenuntergang entgegen. Prätz' Gesichtszüge schwebten vor mir, symmetrisch, zentral, es waren die von jetzt, ein Gegenüber, keine müßige Frage, eine Gegenwart, die ich so gerne aufsuchen wollte. Fort, Gespenster! polterte ich, als ich ging. Die Stufen hinunter, eilte, doch noch klopfenden Herzens, durch das hohe Gras – alte Freunde! – zum morschen, beiseitegestoßenen Gartentor und befand mich wieder auf der staubigen Straße im Spätnachmittagslicht. Ein Hund sah mich, schwieg.

Es gab hier mehr heißes, brennendes Licht, als ich gedacht hätte, es war höchstens fünf Uhr. Benommen, ganz als hätte ich vergessen, dass und wann ich lebe, ging ich zum Supermarkt, kaufte zwei Flaschen Wasser und begann den Treck den Berg wieder hinauf, über den Friedhof.

In einem offenen Grab bewegte sich etwas – ein Kaninchen. Ich schnell weiter.

Auf halbem Weg die große Wiese hinauf kam mir Prätz entgegen, pittoresk unter seinem Strohhut ausschwingend wie immer, als baumelten seine Füße an Schnüren vom Kopf, in jedem Augenblick von Entscheidungen eines Bewusstseins gelenkt, doch etwas bleich, verschlafen, verstört. Er habe einen seltsamen Traum gehabt, sagte er. Ein Mädchen habe sich neben ihn gesetzt und versucht, ihm etwas mitzuteilen, doch habe er nichts davon verstehen können. Darauf habe sie geseufzt und ihn umschlungen und geküsst. Das sei aber zugleich die Lärche gewesen, unter der er geschlafen habe, die im Wind rauschte. Er habe sich im Schlaf gewunden, bis er aufgewacht sei, er habe Angst gehabt, sei aber zugleich gerührt gewesen. Er glaubte, er habe mit ihr geschlafen. Als er aufwachte, war die Lärche gelb – er schwöre, als er sich hingelegt habe, sei sie noch grün gewesen.

»Wolltest dus?«, fragte ich.

»Weiß ich nicht«, sagte Prätz. »Es war schon zauberhaft, aber nachher fühlte ich mich sehr verwirrt und vor allem missverstanden.« Prätz zuckte zusammen – wie mochte ich es, dass sein Gesicht so transparent für plötzlich eintreffende Betrachtungen war: »Dein Haar ist anders!« Er nahm den Schopf in die Finger, fächerte ihn zwischen den Fingern auseinander. »Du hast weiße Haare.«

»Hab ich schon lange!«, prahlte ich, aber es stimmte nicht.

Prätz wollte jetzt um keinen Preis wieder hinauf, um die Sachen zu holen. Man setzte sich, irgendwie hilflos trotz aller Sprache und Kraft, auf den Boden und beobachtete die Bergflanken auf der anderen Seite des Prut und den Himmel, der dunkler wurde. Das Land legte sich in einen graublauen Schleier, Fledermäuse lösten die weit flitzenden kleinen Vögel ab, es wurde kühl. Jemand spielte Popmusik, die in Schwaden zu uns hinaufwehte.

Beim letzten Licht standen wir auf und stolperten den Weg hinunter, kamen zum Zaun vom Friedhof, vor den Lichtern des Dorfs im Tal fast unsichtbar, kletterten drüber. Als wir am offenen Grab vorbeikamen, blickten wir uns an. Ohne uns in der Dunkelheit wirklich zu sehen, unterhielten wir uns optisch mit unseren Silhouetten, indem wir nichts sagten, froh um die Solipsie. Prätz ließ sich ins Grab hinunter. Ich folgte ihm. Da war es eng und etwas warm. Hoch schoben sich die Wände aus Erde, als wir uns hinlegten, um das längliche Loch, von dem aus der Himmel noch viel heller aussah. Leise lachte ich, beruhigt, beunruhigt, beruhigt. Prätz fragte nicht, warum ich lachte, sondern lachte auch, wir tauschten ein paar Gliedmaßen, soweit es ging, arrangierten eine Umarmung und schliefen, trostreich zur Bescheuertheit entschlossen, Stirn gegen Schulter, ein, ohne zu verhindern, dass wir träumten, wahrscheinlich, etwas, woran keiner sich je erinnern wird.

Vor Kälte zitternd zugleich erwachend, fanden wir uns in einem offenen Grab auf einem Friedhof in den Karpaten! Wir sahen uns auf die Augen und an ihren Rändern deuteten sich an Amüsement und Frohheit. Wir drückten uns fester aneinander, doch die vom anderen nicht erfasste Fläche war immer zu groß, um uns vor dem kühlen, feuchten Grab zu bewahren, das uns mit unendlichen langen Fingern, Wurzeln, Kühlnissen zu durchdringen zu suchen schien. Wir sahen uns an: Es war schon genug von diesem weißen Licht des Morgens da, um unsere Züge auszumachen. Es tagte: Ein Vogel rief, sang beinahe, sang. Probierte neue Melodien aus, schob seine Geste als Veränderung durch die Melodie in der Zeit. Wir begannen, uns zu küssen. Lippen kühl ließen Zungen gehen und kommen. Unsere Hände belebten die Welt mit kleinen Tieren, an den Taillen, den kleinen Schulterblättern, dann immer größeren Tieren, um die Brüste herum, die Hintern, den ganzen Leib. Launisch herumgeisternde Orgasmen wärmten unsere kompliziert verflochtene Zivilisation, wie Kernkraftwerke, dachte ich verschlafen. Wir lieben einander! dachte ich erleichtert, wenn ich der humoreskischen Auren der Liebe in ihren schwellenden Ausmaßen gewahr wurde. Als Prätz kam, *auf die dunkle Erde*, ging voll milchig diesiger Morgenfreude im ganzen Himmel endlich die Sonne auf.

Wir sprangen auf und stießen uns mit kraftvollen kleinen Muskeln aus dem Grab, putzten uns den Lehm von den Kleidern und stapften und sprangen den Hang, den Friedhof hinab. Jeder in sich ein verschmitztes (europäisches) Grablicht, unnötig nun im Sonnenschein, aber richtunggebend in der Nacht! Unterhalb des Friedhofs zog, immer heller werdend an den bläulichen Wollrücken, eine Herde Schafe mit ihrem schlaftrunkenen Hirten an uns vorbei, umschwirrt von einer nebligen Glöckchenwolke wie von Mücken. Ich blickte nach hinten: Über uns auf der Lichtung leuchtete, vom Schatten des anderen Bergs frisch verlassen, eine gelbe Lärche in der Sonne auf. Ich blickte Prätz an, er schlug die Augen nieder, dann wieder und wieder hoch, seine Lippen spielten mit der Unterscheidung eines Lächelns. Neue Idee: Wir fingen an, den Berg hinaufzurennen. Schmetterlinge waren da, umtanzten den Wankelmut, die Halme.

Als wir bei den Sachen ankamen, wurde mir fast übel – als könnte sich die Geisterwelt, die ich mir immer freundlich dachte, doch als feindselig oder immerhin als von unserer vermeintlich unschuldigen Tölpelei beleidigt herausstellen: Unsere Sachen waren von Substanzen überzogen. Während aber Prätz' Tasche süß duftete, glühte und glitzerte, im Goldton übergossen vom

Harz der Lerche, schienen sich auf meiner ein paar hundert Nacktschnecken eine Orgie geliefert zu haben.

Erschöpft von Ekel und Angst, den Tränen nah, spürte ich zum ersten Mal so etwas wie Neid auf Prätz' Jugend und Schönheit, seine unberührte Zukunft und sein märchenhaftes Geschlecht, mit dem er sich trocken wie ein Halm zwischen den weiblichen Büschen der Welt aufrecht hielt. Prätz aber, ein Held in solchen Momenten, wo er etwas witterte, nahm meinen Rucksack und ließ ihn den Hügel hinunterrollen, seinen eigenen hinterher. Wo sie von selbst steckenblieben, holte er unsere Schlafsäcke aus ihnen heraus und wir legten uns noch einmal in die Morgensonne, um zu schlafen, nicht ohne einiges aus den Wasserflaschen getrunken zu haben. Es war schon Nachmittag, als wir aufwachten, sonnegekitzelt, mit erhitzten, feuchten Gliedmaßen, die an ihrer Füllung klebten, dick verquollenen Augen. Der weiße Flaum an Prätz' Schläfe hatte diverse Fichtenzweigchen und Grassamen aufgesammelt; er pickte, mich schläfrig anlächelnd, bröslige Blätter aus meinem Haar. Unsere Köpfe knallten wieder auf den Boden, für noch eine Stunde dämmerten wir ein, unwillig, uns der Welt auszuliefern, mal eine Hand zu der des anderen gesellend, mal sie zurückziehend in erfrischende Einsamkeit. Wir wollten einen Zug erwischen. Schließlich standen wir auf, packten die Schlafsäcke ein und marschierten mit unseren seltsam übergossenen Taschen, in unseren verklebten Leibern, auf unseren wackligen Knien hinunter.

Als wir am offenen Grab vorbeigingen, schauten wir noch einmal hinein und erschraken. Wo wir gelegen waren, bedeckte eine Lache frischen Bluts den Grund und ein Kaninchen, von irgendeinem großen Vogel zerhackt, lag ausgebreitet wie ein Kopfkissen. Waren wir darauf gelegen? Das hätten wir doch gerochen. »Ich fühle mich«, sagte Prätz, »als klaffte mein Unterleib fleischblutig, und möchte den toten Hasen dagegenreiben.« Er schob die Hand in die Erdwand und bewegte die Finger, vorsichtig, probend. »Blutsbruderschaft mit Mutter Natur!«, kam aus mir heraus, nuschelnd, nachdenklich, weil ich ihn küssen wollte, die spukende Annahme von Einmütigkeit zu verscheuchen. Grimmig gingen wir weiter, schüttelten uns. Oben am Himmel eine kleine Wolke, die sehr ausdrucksvoll schien, aber keine Ahnung, was sie sagte. Sagen war eher mit den Füßen, links und rechts die Grabzeilen hinunterspringend.

Durch das Dach des verfallenen Hauses, bemerkte ich, und es schien mir neu, war ein Haselstrauch gebrochen, der sich in Form einer Atomexplosion entfaltete.

»Das ist«, sagte Prätz, »ein ironischer Orgasmus.«

Ich öffnete den Mund, weil ich dachte, ich müsste ihm von meinem Nachmittag erzählen, schloss ihn wieder. Stattdessen, wie oft in Verlegenheit, hob ich Prätz in die Höhe und wirbelte ihn, so weit ich konnte, was nicht sehr weit war, herum. Er blickte dabei verlegen, verständnisvoll auf meinen Kopf.

»Zugleich ein Opfer«, sagte ich und kratzte mir beschämt den Schädel, blickte zu Prätz auf, traf seine wie oft erstaunten Augen, landete gleich darauf mit dem Blick erleichtert am Fluss und schüttelte des Blicks Gefieder wie eine Wasseramsel. Es gab Zeit, und ich konnte Prätz noch einmal kurz ansehen und er mich, und dann das Gras, die Gebäude, die Gleise, die Größenverhältnisse – bis die Verdachte, die Missverständnisse verloren gingen, der Zusammenhang und der Drang, wie Zufluss von klarem Wasser einen verdreckten Fluss reinigt, und schließlich war ausreichend Raum vorhanden, um hinzuzusetzen, was ich mit Opfer meinte: »eine entschiedene Verschiebung.«

Wie man Geistern behagt

Niedlich ist es nicht zu nennen was du findest.
Du siehst die Güte andrer als wohltuend kühlen Sack,
in den du deinen Kopf legst. Was macht er?
Er schultert ihn und legt ihn in die Bibliothek,
in den Kühlkasten der Cafeteria. Kopflos
kann man dich aushalten, sagt er. Sein Ellbogen
ist dein Kehlkopf. Ihr redet leise. Er legt
einen Finger quer über die Wunde und aus der Wunde
strömt bis in seinen Mund eine wunderlich nackte
Musik, es ist die Zukunft von dem, was er sagt.

Reiben

Es kann nicht sein, dass sie schläft. Man streichelt nicht im Schlaf. Es lehnt, muss ich einsehen, ein waches, urteilendes Bewusstsein neben mir und hält es für gut, mich zu streicheln. Wir fahren durch Steppe und Wüste, das Licht ist aus. Der ganze Bus schläft oder träumt. Träumt mit dem Busfahrer, der mit einer kleinen bunten Lederpeitsche im Takt der Musik auf seine tapezierte Umgebung haut, dass die Troddeln wackeln. Etwas – eine E-Gitarre, eine Flöte oder eine Frau – schlängelt sich durch die hohen Gegenden des menschlichen Hörvermögens. Unten am Spektrum, nahe bei uns, drückt ein Karkabèn, Klappdoppeleisen, seine ruhige, regelmäßige Aufregung aus. Der junge Mann im gelben Kaftan, der sich immer hinter die jeweilige hinter dem Fahrer platzierte junge Frau setzt, um, die Wange an die Hinterseite ihres Sitzes gelehnt, ihr Verschiedenes zuzuflüstern, und der bei der ersten Rast, während ich rauchend unsicher Stand- und Spielbein wechselte, als Frau mich unnötig komisch fühlend wie ein Esel auf Hufen, die Landstraße überquerte, um auf der anderen Seite eine gelbe Asphodele zu pflücken – auch er hat den Kopf nun still an den Vordersitz gelehnt, auf dem die Schöne, der er zu nahe getreten ist und die ihn mit der Übung der Gewohnheit ignoriert hat, schläft oder sich immerhin gerade hält, ohne sich zu bewegen. Die zwei Jungen, die ohne Gepäck eingestiegen sind, um dort, wo sie der Bus entlassen wird, ein paar Monate zu arbeiten, sind wach und flüstern sich etwas zu. Hinter ihnen die Mutter, vor ihnen 700 Ziegen, dazwischen, dominant im Augenblick, ihre Schönheit, die Eleganz ihrer Art, ihre kundigen Füße. Draußen läuft die Dämmerung den Städten davon, durch die der Bus fährt, die staubigen Straßen lang unter einem rosig scherzenden, deutliche Hinweise versprühenden Abendhimmel. Es dämmert für alle Einwohner, die trödeln, eilen, herumhängen, jemanden im Kopf oder ein gewisses Problem, das wie ein alter Kanister abgewetzt und mit dem Staub jedes Tages neu benetzt wird. Und Leute in Geschäften und auf Familienbesuch, deren Innenleben mir ganz unvorstellbar ist.

Zwei verschwitzte Frauenköpfe lehnen aneinander, kullern im Takt der Straße, etwas versteckt, gestreift von deren Licht. Über unseren Schößen liegt Krassas leichtes Tuch, ein Trick, um sich darunter Bewegungsfreiheit ohne Beobachtung zu verschaffen. Ihre verschwitzten kleinen Hände verwenden das kleine Reich, um die meinen zu streicheln. Zwischen Krassas Daumen und Fingern gerollt, frage ich mich, wann es wohl aufhören wird, ihr Hin und Her, hin und her. Sie streichelt und streichelt. In Wolken, in Schwärmen, in Schulen, in größer werdenden und abebbenden Reichweiten.

Nehmen wir bitte diese Szene auf, sie kehrt nämlich wieder, um mich zu quälen. Und ich würde mir gerne durch eine Erklärung mit Gespenstern von der Quälerei abhelfen, die es bedeutet, mit der Vernunft allein das praktische Problem zu behandeln, dass man sich gar nicht orientieren kann, während man tätig ist. Nicht, dass es mir um Epiphanie ginge, … aber warum nicht? So etwas Ähnliches will man beim Geschlechtsverkehr, beim Verliebtsein doch bekommen, und es ist ein verteufelt deprimierender Verdacht, wenn es stimmen sollte, dass man sich dabei eigentlich bloß darin abwechselt, einander einen Rausch zu erleben zu geben, den man selbst nicht spürt, den man nur im Verdacht hat, und neben dem man sich möglichst so unauffällig benimmt, dass der andere ihn in vollen Zügen zu Ende leben kann.

Es ist eine moralische Frage, an der ich hänge, und auch eine physische: Wie kann es sein, dass einer liebt und der von ihm Geliebte ihn ablehnt? Ist es denn nicht eine Sache, die nur gemeinsam, zum Mindesten in einer Art Feedbackschlaufe entstehen könnte? Von der Seite der unerwiderten Liebe haben wir genug Berichte, und angesichts ihrer, und angesichts der Supermärkte und des Tourismus und vieler anderer vernunftloser Auswüchse der Einseitigkeit schiene mir, dass es sich hier um eine Delusion handeln könnte, eine reine Selbsttäuschung. Und es ist wieder kein Zufall, dass die Bebilderung von Delusionen eine Spezialität der Literatur ist.

Dass Liebe eine absichtliche Verirrung ist, weiß ich. Ich dachte aber immer, sie sei eine Verirrung in die Wahrheit aus einem Labyrinth von gesellschaftsformenden Lügen. Was mir jetzt zu denken gibt, ist die Frage, ob ich, indem ich eine Liebende ablehne, die Wahrheit verrate und mich dann zum Schutz vor ihrer Rache in ein Schutzbündnis mit der Gesellschaft begebe. Ich habe mich aus diesem Grund immer geweigert, einzusehen, wenn sich jemand in mich verliebt hat, und auch jetzt schiele ich nach dem bequemen Weg, zu behaupten, was diese Verliebten umtreibt, sei bloß ein Haarknäuel von Klischees, nicht Liebe – sonst wäre ich ja ganz bei ihnen.

Nun aber bin ich in der Lage, Bericht von der anderen Seite zu erstatten, und willens, es mit dem besten Herzen zu tun. Ich zerschelle an anderer Leute Windschutzscheiben, alle sechs Beine von mir gestreckt, die letzten intakten Organe hörbar verröchelnd in meinem eigenen Blut. Es wäre nun sinnvoll, daraus ein Fazit zu ziehen, irgendetwas Philosophisches, was mich leiten könnte, wenn ich mir Prinzipien bastle, wie man einen Hemdkrepp mit Kreide … Im Verdacht habe ich natürlich seit Langem meine indulgierten Idiosynkrasien, und wie mich, genau wie die anderen, die eigene Ängstlichkeit zu Monstren deformiert; imprimis aber macht mir Sorgen, dass anscheinend meine Meinung, ich müsste zuerst mit mir selbst klarkommen, bevor ich mich anderen zumute, Brutalität erzeugt. Wie kommt das?

Ich will geradeheraus meinen Ekel vor der ganzen Situation dieses Lebens ausdrücken, meine Unlust, an diesem verblödeten Panorama mitzuwirken. Vielleicht ist das sogar dringlicher als meine Sehnsucht, vom Gegenteil überzeugt zu werden. Ist aber Ekel so diktatorisch überzeugend wie Liebe, so lässt er sich wohl ebenso wie sie in seine Einzelteile zergliedern. So schrecke ich erst einmal zurück, um aus einer gewissen Entfernung fasziniert zuzusehen.

Fassen wir Liebe auf als den Verdacht, begründet oder unbegründet, einer irgendwie *wichtigen* Gegenüberstellung – ähnlich wie ein Gedanke eine entworfene Beziehung zwischen Sachverhalten ist –, so wäre es tatsächlich dieselbe Situation und dann dieselbe Arbeit, wie im Gespräch etwas zu erörtern. Und so wie dort erfasst mich unwiderstehliche Ungeduld, sobald ich meine, der andere befinde sich auf einem toten Weg. Ab da kann ich nur zusehen – sofern er mich wenigstens ästhetisch fasziniert. Krassa war sehr grausam: Sie rückte mir mit ihrer Kompetenz, ihren entschiedenen, vernünftigen Meinungen gefährlich auf den Leib, ich musste meine Unvernunft vor ihr verteidigen. Gleichzeitig saß ich allzu ruhig da und wunderte mich: was in ihr vorgehen mochte, und über das Spektakel ihrer Hässlichkeit. Die Frage, die ich mir stellen muss, ist, ob – ob ich dabei irgendetwas dachte.

Die lange Zeit, die ich damit verbrachte, sie im wörtlichen und im übertragenen Sinn unverwandt anzustarren, während sie, mir gegenüber, irgendeinem Duft nachschnupperte, kommt mir jetzt vor wie, ausgedehnt, der Moment einer Wahl. Max Klingers »Urteil des Paris« fällt mir dazu ein, ein riesiges Gemälde, wo sich, auf einer hoch gelegenen Terrasse, eine Göttin nach der anderen dem auf einem Sitz im Schatten posierenden Mann nackt zeigt. Sie sind selbstbewusst, sattsam prunkumhüllt von bloß der launigen Beschäftigung, und doch zittern sie vor den schmerzhaften Resultaten von Nuancen – hier ist die Grausamkeit eines Scherzspiels wie auch seine Freiheit und Weite zu sehen. Die Figuren sind lebensgroß, die Luft so hell wie Tageslicht, man meint den Wind an der großen Hautoberfläche der Nackten zu spüren, die Temperatur erraten zu können. Ich weiß noch gut, wie das Bild mich beeindruckt hat, besonders, als ich es in München zum zweiten Mal sah. Es war Oktober, und ich sollte einen Test machen, der mir ein bestimmtes Niveau an Sprachkompetenz im Japanischen bescheinigte. Am Abend zuvor hatte ich mich aber mit dem Münchner Freund Godiv verabredet. Er tauchte mit zwei Kommilitoninnen auf, blond alle drei, ein Mädchen irgendwie fadenscheinig, das andere cremig mit Muttermalen. Es quälte mich, dass ich Godiv, wie er hier erschien, nicht mehr begehrte. Er reckte sich nicht, wie sonst mit mir, verwundert in eine gleißende Person, die er an sich selbst kaum kannte, sondern verrannte sich in verzwickten Argumentationen in Studentensprache mit den Mädchen, mit denen er sich offenbar maß. Und während ich versuchte, ihn entweder an die Mädchen abzugeben, damit er dort zu irgendeiner Art von Pracht gedeihe, oder ein Thema zu finden, das ihn sich aufrichten machen würde, tranken wir einen Wodka nach dem anderen. Am Ende war es sozusagen gelungen: Er verschwand mit den Mädchen in die U-Bahn, und im Moment, wo die Türen zugingen, sah ich endlich diesen weitäugigen, furchtsamen, fragendrufenden, ganz präsenten Blick, den ich hatte sehen wollen.

Doch es hatte zu viele Wodkas gebraucht, um hierherzugelangen. Mehr wie eine Blüte denn wie ein Mensch schwebte ich ins Hotel, liebkoste die bronzenen Handläufe und schlief die drei Stunden, die mir vor dem Test blieben.

Durchschwappt von Kaffee, der mir die Augen aufhielt wie die Campingmarkise eines Dauergasts im Regen, saß ich dann auf der Uni in einem Neonklassenzimmer vor dem Blatt und musste lachen. Zehn Multiple-Choice-Fragen starrten mich mit erwartungsvollen kleinen Augen, mit zierlichen falschen Wimpern an. Ein Zeichen war schöner als das andere. Aber was bedeuteten sie?

Mir kam es ja völlig bescheuert vor, mein Wissen dazu zu verschwenden, zwischen richtig und falsch zu unterscheiden, zumal die Prüfer ohnehin schon wussten, was sie mir aus der Nase zu ziehen versuchten. Zwei von drei aus völlig berechtigten möglichen Teilen zusamengesetzte Schriftzeichen sollte ich durchstreichen, um dieses Spiel mitzuspielen. War es nicht viel wichtiger, sie alle für sich zu kennen und zu lieben? Sie zu schützen – die richtigen, die falschen und gerade die nicht existenten Zeichen –, indem ich die Wahl verweigerte?

Von den drei Zeichen der ersten Frage stellten zwei gemeinsam eine häufige Kombination dar. War es Wort, Literatur, Buch, Studium oder Warnung? Das dritte Zeichen war dasselbe wie das erste, bloß stand auf der linken Seite beim einen ein Mensch, beim anderen Wasser. Wie ich mit Grauen feststellen musste, hatte ich diesen Teil, wenn ich das Zeichen schrieb, immer ausgelassen! Die Zeichen waren so interessant. Ich zeichnete sie nach, in immer kleiner werdenden Kalligraphien. Liebte sie ab. Schriftzeichen sollten, egal, wie sie beschaffen sind, immer in einen Quader einer bestimmten Größe passen, man glaubt aber kaum, wie schwer das zu machen ist. Nachdem ich mich eine Weile in die Schönschrift vertieft hatte, wusste ich erst recht keine Antworten. Etwas wie eine Ahnung hauchte mich an, gleich darauf ein leichter Widerwille gegen die linke Seite des Blatts. Doch der Widerwille, räsonierte ich, dürfte viel eher auf das richtige Zeichen denn auf ein falsches zeigen, weil ich ja immer *gegen* das Richtige war. Dufteten nicht die falschen Zeichen mit den interessanteren Düften des Inexistenten? Schließlich gab ich drei Blätter Kalligraphien ab, aus denen ich ab dem zweiten Blatt kleine Pinup-Figuren gebaut hatte, und ging ins Museum. Ich fühlte mich drei, äh, frei. Frei von Sprachkompetenz, frei von Kalligraphie.

Im Museum meinte ich die Rillen im Boden zu spüren, wo immer vor den Bildern stehengeblieben und weitergeschlurft wurde. Vor dem Bild »Das Urteil des Paris« setzte ich mich auf eine Ruhebank und versuchte dabei, die Beinhaltung des Paris zu imitieren. Dann saß ich vor einem Kokoschka, dann vor einem Schiele-Ölgemälde. Wie hatte der Maler denn die Oberhand über die Farben behalten können? Früher hatte ich das allerdings auch gekonnt, hatte, alle sechs Buntstifte flink wechselnd, durch Modulation der Mischverhältnisse alle Nuancen der Hautpartien getroffen; dazu schaute ich oft durch geschmälerte Augen. Aber heutzutage konnte ich, obwohl ich mich längst auf Zeichnungen mit schwarzer Tinte reduziert hatte, nicht einmal da mich als Herrin über meinen Strich durchsetzen: Der Strich führte mich dahin, in Figuren, zu denen ich nicht hingewollt hatte, er und ich im Bann eines Vorsatzes der Treue zu etwas, von dem ich nur den kleinsten Teil kannte. So war alles ein Zwang und notwendig, was ich tat; so trat ich, wenn eine *Wahl* aufkam, zurück, wie in Trance oder wie ein Tier, das man mit einem einfachen Trick, einem In-die-Augen-Sehen etwa, bewegungsunfähig machen kann. Wie ein Kind, das man durch solche Wahlmöglichkeiten tatsächlich außer Gefecht setzen kann; wie eine Bande von Räubern, die man durch eingeschleuste Konversationsbeiträge in unendliche Diskussionen verwickeln kann, um aus dem Baum über ihnen zu entkommen. Also stürzte ich mich, wenn ich konnte, auf jede Laune, jede Eigenlogik, jede zwingende Konsequenz, die Wahlen erübrigte. Meistens so etwas wie Verschwendung oder Durch-die-Gegend-Brettern. Während ich aber in der Zeit, die verfloss, oder der Lampe, die leuchtete, weltvergessen schwelgte, lag ein Anderes unbeachtet daneben. War das denn keine Wahl? Nein, denn es beinhaltete kein Urteil.

Vor dem Fenster zieht Wüste vorbei, flüchtig beleuchtet von unseren Scheinwerfern. Eine Stadt nach der anderen. Auf meinem Handrücken Krassas heiße Fingerkuppen. Sie rubbeln mich noch in den Wahnsinn. Ich kann nicht schlafen, drifte aber doch davon, in den angenehm schwarzen Kosmos des Nichts. Dann kommt wieder eine Welle Bewusstsein, gezerrt von Krassas Fingern auf ihr Bewusstseinstablett, wie von Kerzen beleuchtet: frau frau frau frau frau, jemand wünscht etwas. Ich bin großzügig, ich bin großzügig, es macht mir nichts aus, ich atme tief, ändere meine Position im Sitz, etwas Luft für die Lende, zehn Zentimeter für den unteren Teil des Hinterns werden mit weniger für die Schultern erworben, die Hände werfe ich anders hin, und – geiler Nebeneffekt – sie fallen weit weg von Krassas puffigen Fingern. Luft! Freiheit! Sein und Atmen! Nun in den blanken Kosmos, schlafen.

Die Erfindung, in einem hohen Zaungatter der Genusslogik eingepfercht zu sein, bleibt noch im Schlaf bei mir. Zugleich befinde ich mich in einem Offiziersjackett der zaristischen Armee und stehe, die Hand unsicher am Schnurrbart, vor einer Reihe von Wodkagläsern. Ich erinnere mich nicht, wie ich hierhergekommen bin, aber ich weiß, ich muss eine Frau verteidigen, die ich gekidnappt habe, damit niemand sie beleidigt, denn sie ist eine Ausländerin, eine Wilde. Was die Wodkagläser sollen, weiß ich nicht. Ich glaube, ich wollte mich duellieren, aber jemand versucht es in ein Wettsaufen umzuwandeln. Ich protestiere! Hochaufragende Klippen will ich, Morgengrauen, abgezählte Kugeln! Man sagt mir, ich solle sie heiraten. Das nähert sich wie ein Teppich einem geifernden Hund! Man deutet an, dass man sonst keinen Respekt vor ihr hätte. Schweine! Nun denn, heirate ich sie, heirate sie dreimal, kirchlich, staatlich und teuflisch, wenn ihr wollt! Bloß ekelt mich jetzt schon ihre Abhängigkeit von mir. Du musst sie erziehen, sagt mein Freund, feuchter warmer Hauch ins Ohr, ein guter Ratschlag, aber ich schüttle mich. Sodass sie dir in der Gesellschaft ein ebenbürtiger Gegner ist. Das ist zu schwierig. ZU schwierig! Trinkt! rufe ich. Ich leere nur zwei der Becher und gehe. Damit habe ich ein Dutzend Freunde auf einen Schlag verloren: Sich über ihre Spiele zu erheben, ist unverzeihlich. Jetzt bin ich von der Gesellschaft der Frau abhängig, die ich entführt habe. Ich stehe vor dem Casino und starre in den Sternenhimmel. Hohn.

Da beginnt etwas, etwas Kleines, ein Impuls, eine Miniaturbewegung – ja, ein Wetzen auf meinem Schenkel. Zum Teufel, sind Krassas Hände nun auf meinen Schenkel gefallen! Dort, wie eine Prozession Seidenspinner, beschließen sie – liebe Kreaturen, die Hände in all ihrem Denken sind –, den Weg langsam über meinen Schenkel zu machen. Es wird in diesem Tempo eine halbe Stunde dauern. Noch mehr als dreizehn müssen wir durchleben, in genau dieser Position …

Ach, was soll ich denken? Soll ich mich vielleicht auf die Suche nach Gründen machen, die Prozessionsspinner von ihren Prozeduren, die mir nicht schaden, abzuhalten? Ich fege sie mit der Hand weg, das müsste genügen. Ich tue so, als würde ich schlafen, ich kann nichts dafür, wenn mein ehrliches Inneres im Schlaf unverhohlen nach seiner Notwendigkeit handelt. Rohe Gewalt nehme die Stelle gewundener Überlegungen ein. Warum Krassa nicht gleich irgendwie ganz abschaffen? In den Kosmos mit mir! Ich schlafe fast schon, fühle Fahrtwind des Nichts aufkommen, von Weitem winken meine Offiziersfreunde, die aus der Tür gestolpert sind, um mich zu suchen. Ich rufe aus den

Sternen, ich höre mich nicht. Ich bin die entführte Tscherkessin und von den Sternen gewiegt in einem Lied, das ich auf der Flöte spiele, während der Offizier im Casino ist. Der Offizier starrt in die Sterne, die einen Sog, das Zwingende einer Melodie zu besitzen scheinen, die er nicht ganz erfassen kann. Es bin ich, stehe auf dem Boden, nein, meine Füße schweben fast, getragen von einem Bus durch die Wüste über den Vibrationen des Motors. Die Leselampen leuchten, während die meisten schlafen, auch die drei Kabylen, von denen einer vorhin aufgeregt erzählte, hier – und er zeigte ins Dunkle, wo am Horizont das Leuchten einer großen Raffinerie zu erahnen war – habe er zehn Jahre lang gearbeitet. Krassa nimmt einen tiefen Atemzug und schnarcht ein bisschen.

Das Komische ist, ich bin überhaupt nur hier, weil sie ein falsches Bild von mir hat, in mich verliebt ist. Dächte sie, wie ich will, dass sie denkt, hätte sie keinen Grund gehabt, mit mir eine Reise in die Wüste zu unternehmen. »Schon manche«, sagte sie gewichtig, während wir Reiseführer durchblätterten, »haben, nachdem sie aus der Wüste zurückgekommen sind, nie wieder ein Wort miteinander geredet.« Gelingt es mir, ihr Denken so zu verändern, dass es mit meiner Wahrnehmung übereinstimmt, nämlich, dass sie keinen Grund hat, sich Liebe vorzustellen, dann wird meine Präsenz hier problematisch. Wenn ich hingegen mit ihr mitginge, dann wäre ich doch auch bloß woanders, wie ich es so gerne mag, oder? Ja, aber da kann ich nicht sein, da ist sie schon so massiv. Kann ich nicht? Ich meine, dass es physisch keinen Platz für mich in ihrem Denken gibt. Aber es ist Denken, da kann es nicht um physischen Platz gehen. Man kann aber auch nicht zugleich mehrere Versionen von etwas denken. Sie begehrt mich, vielleicht, aber ich glaube, sie mag mich nicht besonders. Das ist der Übergriff, die Gewalt, das Missverständnis. Aber es ist bloß meine Behauptung. Sicher ist: Ich mag sie nicht besonders. Warum nicht? Sie ist doch großartig. Nein, sie ist furchtbar: Sie merkt nicht, dass ich nicht will, oder es ist ihr egal. Sie hat einen Traum, darin soll ich eine Rolle spielen. Ich soll ihren Traum wollen, soll ihn genießen wollen. Soll sie wollen. Sie genießen wollen. Es geht nicht, ich kann nicht, ich schnappe nach Luft, da fängt sie wieder an zu streicheln. Langsam. Dann gewinnt sie Sicherheit, wird methodisch, ja regelmäßig. Gründliche Zartheit, selbstsichere Handgriffe. Ich stoppe sie wieder. Ein paar Muskeln spannen sich in ihr an und langsam, wie eine überlebensgroße mechanische Jahrmarktfigur, dreht sie sich zu mir um. Ihre Glubschaugen stehen viel zu nahe vor meinem Gesicht, ihre aufgeworfene, vor Selbstbewusstsein strotzende haarige Oberlippe spuckt aus ihre volle, warm tönende Stimme: »Tu n'aimes pas?« Aus mir quiekt es, trotzig, verschlafen, ärgerlich: »Non. Je n'aime pas. Je n'arrive point a dormir.«

Ich spüre den Schock, der Wellen durch ihren Körper schickt, dann schütteln sie ein paar Seufzer. Sie wendet sich von mir ab, richtet sich anders hin, wie man ein Kissen aufschüttelt, und versucht wieder einzuschlafen.

Die Tscherkessin, die Tscherkessin, ja, verdammt, ich hatte sie kurz vergessen. Dabei ist sie den ganzen Tag über in meinem Zimmer eingesperrt. Ich will ihr nicht beibringen, eine Dame zu sein, ich wollte es haben und will es weiter haben, wie sie wild im Zimmer wütet, mit fliegenden Haaren zu mir kommt oder mich mit heißem Schweigen umweht, nicht bestraft. Sie, sie ist das Tier in mir, ich bin ihr Teppich, das Gefäß für ihre Worte; sie versteht nicht, was ich mit Vernunft meine, mit Freiheit als von Urteilsvermögen abhängiger zerbrechlicher Stimmung; ihre Worte, denen so vieles in mir nicht erwägenswert ist, gesellschaftliche Bedingungen keine Argumente, auch all meine vermeintlichen moralischen Verpflichtungen. Sie hat ihre eigene Moral, und die verlangt von mir eine eigene, wilde Art von Treue. Meine Kameraden, adieu.

Morgens kommen wir an, es wird bald tagen. Die Musik fährt mit dem Bus davon und wird von Vögeln ersetzt, die mit der ihnen eigenen Drastik den Morgen begrüßen. Ein Mann aus dem Ort nimmt uns mit und setzt uns mit seinem Freund an einen Tisch vor einem Café. Die Luft wird immer heller. Mein Herz zieht nach der Musik, ersehnt den Tag, möchte nur gehen und gehen, und dass mit der Luft meine Hose um meine Beine knattert. *Laissez-moi voir venir le jour.* Ich muss hier sitzen bleiben. Ich stehe auf und gehe auf und ab. »Was ist mit dir?«, fragen sowohl Krassa als auch der Aufpasser, der uns vor irgendwelchen Gefahren, Räubern, Dämonen und unserer eigenen Unbeholfenheit schützen soll. Schützen ist Höflichkeit in einer auf ihre Wildheit stolzen Gegend. »Setz dich hin«, sagt Krassa, sie möchte nicht, dass ich den Aufpasser unwillig mache. »Non«, sage ich, »je ne peux plus être assise.« Ich wirke als Schwächling, der nicht so lange sitzen kann, wie es die Höflichkeit gebietet. Ich rolle mir eine Zigarette und zünde sie an. Krassa und der Aufpasser glotzen mich wütend an. Wer tut, was ihm passt, während die anderen es sich verkneifen, bekommt ewigen Neid und bittere Rache auf Umwegen. Mit dieser Zigarette habe ich unsere Feindschaft besiegelt, aber wie sich herausstellen wird, ist Krassa mehrere Male bereit, mir wenigstens für die Dauer des Rests der Reise zu verzeihen.

Wir warten, niemand weiß auf wen oder was. Irgendjemand hat irgendjemanden angerufen, und vielleicht wird daher jemand, der etwas mit unserer Herberge zu tun hat, auftauchen aus der Dämmerung, aus dieser großen Wüstenwelt mit Stadt, vor der geschützt wir unter der Markise eines Cafés sitzen, das ungefähr so sehr funktioniert wie vom Schlaf noch verklebte Augen. Die Vitrine ist voll Brot und irgendwo bestünde die Möglichkeit, Minztee zu machen. Draußen die Welt, berauschend schön in der spielerisch wie Meer weichenden Dämmerung (wie sie bis in die höchsten Höhen des Himmels an dieser Stelle so spielt, lässt mich grenzenlos bewundern das Ausmaß der physikalischen Gegenstände), die Welt, die hier anfängt und die ich so sehr begehre, aber ginge ich, die menschlichen Verpflichtungen hinter mir lassend, in sie hinaus, wüsste ich nicht mehr, wer ich bin. Da wir hier Wüste haben, ginge es nicht anders aus als mit Verdursten, wie schon Tausende Leute verdurstet sind. Scham, wenn ich gerettet würde. Ich lasse mich zur Einschränkung verpflichten und mache kleine, ach so kleine, und langsame, alptraumhaft beschränkte Schritte in meinem Größeres suggerierenden Gewand von Pluderhosen und kobaltblauem flatternden Hemd. Ich setze mich wieder auf den weißen Plastikstuhl.

Eine Markise von unten anzusehen erinnert mich an ein Bild, das sich mal in mein Kinderhirn einprägte, an einem Regentag auf der Arts and Crafts Fair, neben meiner Mutter, die spann. Die Tropfen begaben sich an den je tiefsten Punkt der regelmäßig gebauschten Markise, um hinabzufallen, jedoch an einer Stelle nicht, wo sie schon bei einer weniger tief hängenden Schlaufe zum Fallen verführt wurden, weil sie nicht *wissen* konnten, dass gleich nebenan eine viel tiefere Stelle war. Ich wollte es ihnen mit meinem eifrigen Seelchen erklären, aber fand keine Worte, wie man mit Tropfen reden könnte.

Endlich kommt der Herbergsvater Pierre, ein trotziger, freundlicher Franzose, ein junger Großvater, ein Konvertit zum Islam, Einzelgänger in Khakihosen. Gehen, gehen! Zu dritt gehen wir durch das heller werdende Dorf, die Hosen und Haare flatternd wie vom Wind einer Zeit. Wir legen in der Küche der Herberge die Sachen ab und trinken den alten Kaffee aus unserer Thermoskanne. Dann führt er uns spazieren. Durch das Labyrinth von Lehmmauern, die weit über unsere Köpfe gehen, in knappe, von Palmengeflechtkonstruktionen überdachte Tunnel, die Vorräume der Häuser. Es gibt nicht öffentlichen und privaten Raum, das wäre absurd, es gibt Stufen der Höflichkeit. Nicht einmal die Familien sind wirklich privat, nicht einmal der leerste Teil der Wüste ist wirklich öffentlich, weil man so angewiesen ist auf Geflechte der Kultur, um zu überleben. Kilometer weiter, unsichtbaren Pfaden gefolgt, kommen wir an ein Gebäude auf einem Felsen, der Wind pfeift durch die offenen Fenster des einzigen Hindernisses in so großer Weite. Drei Heilige liegen in ihren Gräbern, darüber steht ein kleiner Raum, eine Teekanne aus Blech. Wind weht durch die offenen Fenster seit Jahrhunderten. Drei Münzen im Sand. Koranverse im Mund. Hilfe der sozialen Geflechte. Hilfe, die sozialen Geflechte. Man muss sich also überall gut benehmen, nehme ich mit leiser Bestürzung zur Kenntnis. In die Wände der Stadt sind Zeichnungen, ist Schrift geritzt, Markennamen wie Coca-Cola und Toyota, Bilder von Menschen und Autos und Comicfiguren. Ich kann es nicht verschweigen, es ist mir wirklich neu. Wir verlassen das Labyrinth auf einer größeren Straße, die zur »Festung« führt, die als Hotel dient. Hinter dem Abhang voller Palmen breitet sich der Salzsee aus, *le Grand Erg*. Am Hang liegt die Quelle, von der das alte Bewässerungssystem ausgeht. Pierre führt uns hin, weist uns an, die Schuhe auszuziehen und in den Tunnel des Kanals hineinzugehen. Wir gehen barfuß im kalten Wasser bis zu einer Biegung, wo durch ein Loch von oben Licht hereinkommt. Kühle schmal und luftig, und das grelle Licht eine Erinnerung an die Hitze, die die Kühle noch labender macht. Krassa und ich sitzen kurz auf seitlichen Sandstufen im Licht. Dann kommen wir wieder heraus. Die Hitze ist freundlich erdrückend, wie eine Mutterliebe. Ich tränke mein Tuch im Wasser und mache mir dunklen Turban dagegen. Gehe dann unter dem Turban herum, ein fremder, theaterhafter, triefender Pilz, atemlos von der Schönheit, zurückhaltend, Schritt vor Schritt wie auf dem Mond.

Krassa auch. Ihre Feierlichkeit schwebt auch, ihre Pluderhosen, ihre Sandalen, ihre sicher und rauh tappenden Füße in den hässlichen Sandalen. Es macht uns schwindeln und blendet uns. Ich fühle mich wohl wie auf einer Wippe, vor der die Balance verlangt, keine Angst zu haben.

In der Herberge legen wir uns abends schlafen. Gelbe Zimmer ohne Fenster umschließen uns, schwarz-weiße, krass gemusterte Wolldecken an den Wänden und auf den Fußenden der Betten erinnern an die Außenwelt und dienen als Fenster, gegen die Klaustrophobie. Krassa weht in einem weißen, griechisch anmutenden Quadrat herum, Zähne putzend. Am Ende ihrer Ärmel stehen ihre kleinen Hände, nicht ohne Anmut, olivbraun hervor, ihre kleinen Füße tappen unter den weißen, großen Beinen herum. So patscht sie durch die Herberge, dies und jenes richtend. Ich habe mich in den Kleidern auf mein Bett geworfen. Bin dann wieder aufgestanden, habe die Decke zu den Füßen aufgerollt, meinen BH entfernt, meine Hose entfernt, mich mit dem Leintuch zugedeckt und die Augen fest zugemacht. Krassa hievt sich auf ihr Bett und liegt in Fötusstellung, ihre Front mir zugewandt.

»Tu ne veux pas venir chez moi?«

»Non.«

»Alors tu ne vis pas la même chose que moi.«

»Non, je ne vis pas la même chose que toi.«

»Hm«, sagt sie. »J'ai pensé que si.«

»Triste, eh?«

»Oui, c'est triste.« Ein Vorwurf, ein Lauern, eine Hoffnung steckt noch darin.

Soll ich denn doch noch zu ihr hinüberkommen? Sie mit dem Gegenteil überraschen – fabriziert, ohne Überzeugung? Sie mit meiner Brutalität überraschen, meine einzige Antwort auf ihre Zärtlichkeit? Über ihr, um sie herum – ich schwöre, ich müsste nach zwei, drei Sekunden innehalten, mich leitete nichts. Eigene Straßen bauen, asphaltene, und später, mich litte es dort nicht, so nahe bei ihr. Jede ihrer Gliedmaßen wäre mir zu viel, ihre Hitze eine unschöne Hölle, ihre Nähe bedeutet meine eigene totale Entfernung. Ich lobe mich, dass ich liegenbleibe und die Augen weiterhin fest geschlossen halte, kühl bin ich, kühl, und schlafe ein, kühne Gedanken an die Decke schickend.

»Tu ne vis pas, alors, la même chose que moi?« Ich schrecke hoch und antworte noch einmal: »Non.«

Wir haben kein Ziel, wir brettern über die Steinwüste und die Dünen, mit Kurven, wir stürzen über die Dünen, steigen auf sie wie auf den Himalaya, Staub in Lungen, Herzen, Händen, kampieren in der Flanke von einer. In den Dünen kommen Sterne herauf, es ist still, aber die Stille prickelt, es ist leer, aber die Leere wirkt wie ein geschmeidiges, gefährliches Tier. Es jagt meine Gedanken in Strudel, wie ich mit kreisenden Beinen die Dünenflanke besteige, um über Kilometer die Lichter dreier Städte zu sehen, im Norden, im Westen und im Süden. Wir haben zweimal die Räder gewechselt, nachdem Dornen sie aufgestochen haben. Ahmed späht nach dem Verlauf geheimer Pfade. Wir stehen unverwandt vor riesigen Wadis, die Gewänder flatternd, wenden uns um und hören aus dem 4x4 noch immer Manu Chao. Wir trinken Wasser aus den chinesischen 1.5-Literflaschen, deren Verschlüsse kreisförmig aufreißen, wenn man sie fest zuschraubt. Die Sinnlosigkeit unseres Rumbretterns ist schrecklich, sollen wir über das Wadi, über die Weite, über die Tatsache, dass ein dritter Dorn uns stranden ließe, jetzt Gedichte schreiben? Wäre es besser, hätten wir eine Mission: Leute zu unterdrücken, zum Beispiel, Rache, oder Handel? Hingerissen und doch übel gelaunt winde ich mir andauernd den Turban neu, kritzle umständlich Zeichnungen, verzerrt von der holprigen Fahrt, ins Heft.

Abends auf dem Dach der Festung sitzt Krassa, in ihrem Leintuch von Nachthemd, mit den Innenseiten ihrer weißen, großen Schenkel auf meinen Händen, die ich vor mir auf die Bank gelegt hatte, auf der ich rittlings sitze. Ich extemporiere weiter. Ich glaube, ich erzähle eine Geschichte von irgendeinem Geliebten. Ist es schon Rache, ist es bloß eine sadistische Art von Verführung? Es bereitet mir Lust, mit einem merkwürdig zwingenden Sog, mein kühles solipsistisches Spiel weiterzutreiben, während ich ihr gegenübersitze. Ich befreie die linke Hand zum Gestikulieren. Von der anderen entfernt sie sich quasi freiwillig und setzt sich zurück, ein schweres, menschlich gefülltes Gespenst.

Die Dämmerung zieht ein mit ihrem Tross, wir sehen sie zwischen den Zinnen unserer Festung, riesiges Phänomen, über den großen Salzsee kommen. Auf dem Salzsee kurvt ein unstetes Licht herum, ein Quatre-quatre mit einer sehnsüchtig vergnügten Seele darin. Die ganze Stunde, die wir oben sitzen, blinkt das Licht an den verschiedensten Stellen, findet schließlich seinen Weg zurück in die Palmeraie, in das Labyrinth der kleinen Lichter und nachbarlichen Gänge durch die Dunkelheit, die heiße Aufregung eines Körpers, der, da es kühler wird, sich zur Ruhe begibt und in den familiär gestalteten Festungen seine Feste feiert.

Wir gehen in unser Zimmer schlafen. Meine Blicke folgen Krassa im quadratischen Nachthemd, unter dem grellen gelben Sturmlicht, durch den Raum. Sie kommt aus der Dusche mit der Haarbürste, sie steht auf dem Bett, sitzt, bürstet die Haare, rollt sich herum, sie liegt nun auf dem Bett, das Nachthemd bis über den Rücken hin aufgeschlagen, und liest einen Essay über Ästhetik. Blanchot, aus Paris besorgt. Ich blicke auf vom »Helden unserer Zeit«, den ich zum zweiten Mal lese, und schon liegt mein Blick auf der Rückseite ihrer Beine. Wie unfassbar hässlich sie sind! Weißes, unregelmäßiges Fleisch, durchzogen von schwarzen

Borsten, die an verschiedenen Stellen, wo durch die Menge des Fetts Falten notwendig werden, sich verdichtend Kommentare abgeben, die so widerwillig die Welt zu bezeichnen scheinen wie Buchstaben. Ich verstehe, wie notwendig es ihr sein muss, dass jemand das liebt, dass man es liebt und vergisst – was ist Liebe als Vergessen? – und darin, da hindurch ihre Seele ertastet … Ich wende mich wieder ab, halb aus Angst, sie könnte meinen Blick ertappen und falsch deuten, halb aus der feigen, lahmen Zuneigung zu den so regelmäßig disziplinierten Buchstaben, die mir Reihe für Reihe die Geschichte Petschorins darlegen und zwischen den Reihen meinem Gusto erlauben, sich schlank, elegant und degentragend zu verhalten. Mit einer Gerte schlendere ich durch die Buchstabenreihen und streichle runde Rücken, die weichen Unterseiten von »u«s, kitzle die »k«s. Ach, hätte ich den russischen Text da, das y zöge mich als Rutsche in süße Höllen hinunter, ich würde kommen, würde wirklich mitgehen.

Zeit vergeht. Die Sonne blinkt draußen auf das fröhliche, dennoch etwas wehmütig wehende Laub der Götterbäume, die den Parkplatz säumen. Sie scheinen zu wissen, dass ich meine Zeit schlecht nutze. Kinder schreien im Kindergarten neben dem Friedhof. Eine Kreissäge geht manchmal. Wo ist der quirlige Mut, mit dem der Prätz eben zu mir gekommen ist, mich gefasst hat und gelockt, wieder in die undefinierte Gegend zu kommen, die sich um ihn herum auf meinem Bett hielt? Ich habe das Feuer unter den Kartoffeln, die ich uns zubereitete, abgedreht und bin Prätz im Abstand seines Vorsprungs, der ihn mir unsichtbar machte, gefolgt, pirschend durch meine Wohnung, atemlos. Die Spur führte durch die gesamte Wohnung zu meinem Bett in der letzten Ecke, wo ich Prätz' Rücken fand: Der Prätz lag angezogen mit angezogenen Beinen auf dem Bett und rührte sich nicht.

Der Rücken sah aus wie eine Anleitung, vielleicht wie ein Musikprogramm, dachte ich, das einerseits anzieht, den Newcomer reizt, es zu erkunden, andererseits abweist, unter anderem dadurch, dass man nicht weiß, ob, und schon gar nicht, wie. Ich hatte bei solchen Programmen so schwer gelernt, mehr und öfter zu probieren, und auch dann blind loszugehen, wenn ich hoffte – nicht nur in schwarzwütiger Nachtstimmung, wo nichts schiefgehen konnte, weil ich nichts erwartete. Probieren, so, wie Prätz redet. Wenn er redet, ist es, als spritzte Freude ein Satinband aus seinem Mund und hielte es in der Luft, im Auftrieb. Dann manchmal spuckt und murmelt er, Richtung Boden gerichtet, und manchmal ist er still, das ist begreiflich. Prätz' Fluch ist es, so schön zu sein, dass es einem fast egal sein kann, wie er sich benimmt und ob er funktioniert.

Prätz lag da und wartete ab. Es gab vor mir die weiße Hinterseite seines Beckens, eine süße Feuermauer, die in die Hose hinein verlief. Der verdeckte Teil der Hüfte erschien mir so unerreichbar wie eine Gegend hoch oben auf einer hofseitigen Fassade, apathisch rosa beschienen von Morgenlicht. Eine Falte des T-Shirts gab einen müßigen Kommentar ab, der mir auch nichts erklärte außer sie selbst, die Falte. Prätz' Nacken, verwirrt zielstrebig geformt, verhindert im Spiel wie die Panke, ein kanalisierter Bach mit langen Algen im Strom; wie die Wolken in einem dramatischen Sonnenuntergang hing der Nacken zwischen seinem Kopf und dem oberen Ende seines Rumpfes. Vor Prätz gefiel mir mit der rechten Hand sein Bauch, der mir, weicher als sonst, fast ein wenig in der Hand lag. Weiter oben wurde es fest wie die schmale fliegende Strebe einer Kathedrale. Alles auf Zentimeter nah, berührbar, alles völlig unerreichbar wegen der Stummheit des Programms. Ich sprach. Es murmelte: mhe. Ich fragte, es antwortete einsilbig.

»Du schläfst nicht, oder?«

»m.«

Ich warf mich grimmig auf die andere Seite dieser grauen Entität und sah, dass dunkle Augen unter Lidern hervorsahen.

Etwas wie ein Vorwurf in der Frage entfuhr meinen Augen, die zu sehr suchten. Ich entschuldigte mich und schubste den Hintern der Entität, während ich mich vom Bett auf die Beine katapultierte und ging, um etwas Sinnvolles zu machen.

Dieses rätselhafte Programm Prätz liegt in mir wie eine schwere, nicht sonderlich nahrhafte Speise. Gut, dass es Dodos gibt, gut, dass es Platypusse gibt, man soll sie nicht abschlachten und nicht fragen, was sie für Tiere sind. Man soll ihnen Frühstück machen und immer wieder fragen, ernsthafter sein und anders fragen als bisher, sagte ich mir. Die Sonne schien weiter, es war später Vormittag, früher Nachmittag, später Sommer, früher Herbst, ich hatte viel zu tun, ich hatte viel getan, ich schlurfte in gespieltem Eifer durch die Wohnung wie eine japanische Sekretärin durchs Büro, ich sprang mit schweren Trümpfen durch meine Wohnung wie ein übermütiger Jaguar im Baum, *pounce, pounce, pounce.* Griff mir Kopfhörer, machte mir Musik an, Gruppa Leningrad, o nein, T. Rex, o nein, Can, checkte Emails, zappelte mit den Beinen, ging Eier holen, immer noch ziemlich verwirrt.

Prätz' Blick hättet ihr sehen sollen, als er in der Küche erschien. Gesicht aus Bleibad, darüber algenähnliche Haare müde freundlich und mehr mit der Luft über seinem Kopf im Bunde als mit ihm selbst. Hat man Verräter als Haare, muss man sich immerzu nach oben stechen. So verstehe ich Prätz, das genügt völlig, man soll einen anderen im Verständnis seiner selbst ja auch nicht überholen.

Im Nachtbus kann ich die Striche zählen, die Prätz' Finger über meinen Arm fahren. Mit Erstaunen stelle ich fest, wie weit davon entfernt es ist, mir unangenehm zu sein, obwohl es genau das gleiche ist, was Krassa mir angetan hat. Ich denke, und führe mir Prätz' langen weißen Arm vor Augen. Sein Gesicht, das mich hinanzieht, ja hochschupft, anstatt mich vor sich her zu schieben wie das Gesicht von Krassa. Da machte ich mich zum Schubkarren und zog ihr in der Fantasie Gummistiefel an. Das war mein Sadismus, von ihr aus hatte sie Prinzessinnenfüße. Ich blicke auf zu Prätz, er blickt auf zu mir, wir holen uns Freude, etwas mehr noch, als man sich holen kann, indem man an einem fast beliebigen Tag zum Himmel guckt. Als wären seine Züge eine Schrift, die ich einmal verstehen könnte, das ahnend, bemühe ich mich, sie zu lernen, sie sieht heute aus wie

今 (ima, jetzt).

Schönheitstheorie

Was kennst du für Schönheitstheorien?

Beim ersten Versuch blieb ich stecken, als mich die Überzeugung flutete, man müsse zu einem Thema, worüber man schreiben will, die Literatur kennen. Anders gefasst, ich wollte nicht allein sein.

Das Wort Schiller knatterte mir im Kopf wie eine Fahne, deren Emblem ich nicht lesen konnte, an einer Fahnenstange.

Die Verfertigung der Gedanken – wo? wie? – dann in die Badewanne. Da würden sie gebrannt, wie im Tonofen.

Jedenfalls blieb ich an diesem Punkt stehen, kannte keine Schönheitstheorien, in meinem Hinterkopf wartete aber geduldig die Überzeugung, dass es immer besser sei, dem Gefühl nach zu schreiben und das, was entsteht, erst nach seiner Entstehung mit den Theorien der anderen zu vergleichen. Trotzdem schnitzt sich auch die eigene Theorie erst dann nach und nach aus der Faulheit, wenn man schon mehrere Theorien gelesen und wieder vergessen hat, weil man, als man sie las, noch nicht beurteilen konnte, ob man sie für richtig hielt oder nicht.
Ich gehe die Aufgabe also wieder an. August, morgens, es ist schon hell. Jetzt ist mir wirklich ganz egal, was es schon für Schönheitstheorien gegeben hat. Prätz schläft drüben auf dem Boden. Ich sitze am Ziertisch im Flur und schreibe um mein Leben, um meine Würde, da kann man nicht irgendwelche fertigen Produkte anwenden. Wir haben gestern Abend jeder ¼ LSD

genommen. Wir haben eine Rolle Tischtuchpapier entwendet und im nächtlichen Prater ausgerollt und Wellen damit geschlagen, bis es riss. Wir lagen auf dem Boden, bis uns kalt wurde, fuhren dann mit dem Rad durch die Stadt. Es passierte nichts, wir blieben getrennt und kooperativ, kommentierten

a a a

Der Horror abwesender Heftigkeit ist ungreifbar, aber ich kann nicht einschlafen.

Am Trip – diesem Hauch von Trip – interessiert mich ein triadisches Prinzip der Wahrnehmung, das besonders beim Fahrradfahren deutlich wurde. Es kommt sonst nicht so rhythmisch vor, eher quälend, schuldbeladen schleppt man sich in einem pflichtschuldigen Realismus dahin und liefert, wenn man kann, als Surplus die Leistung der Fantasie. Hier traf, als Wirklichkeit und als Gedanke zugleich, ein Schock nach dem anderen ein, weder unfreiwillig noch automatisch, sondern irgendwie bezaubernd wie eine Anleitung, der man endlich folgt, worauf es wirklich klappt: *Hier* bin ich ja! (einige Freude über die bekannte Straße) – ein Check: Fahre ich auch nicht in ein Auto rein? – darauf die Antwort Nein: also weiter im Gedanken von vorhin …   …
Schock: *Hier* bin ich ja! – etc. Wenn es auf den ersten Blick nichts weiter damit auf sich hat als die Behinderung von Vorgängen, die das Bewusstsein normalerweise mit links, trotz der fehlenden Behinderung aber mehr schlecht als recht erledigt, so lockt es mich doch, etwas darin zu sehen, ein Verhältnis von Qualitäten der Realitätsarten, ein Naturgesetz des Verweilens und Abfallens, als wäre die Taktung des Bewusstseins, und nicht der Inhalt oder das Prinzip, das Festeste, was man benennen könnte. Als bestünden Moleküle, Atome und Gedanken alle aus ei-

nem gemeinsamen Material, den Rhythmen. Aus auf verschiedene Arten gestörter Zeit.

Dass das Übersetzen der Wirklichkeit, die als Schock eintrifft, in pragmatische Strategien – was vielleicht als letztes die Zersetzung der Zusammenhänge überlebt, wie man an der zeitlupenhaft monströsen Pragmatik der Drogenzombies sieht – ein Tanzschritt ist, nicht anders als der zurück zum Gedanken. Dass die *chute* in die Pragmatik eigentlich gleich weiterführt in die Unpragmatik, das Abstrakte oder Geträumte, Übertriebene – ach, es überrascht mich nicht, aber dass die Musik davon schön sein kann. Als ob sich Kristalle daraus bauten. Kristalle wie die, die Stendhal beschreibt, Gedanken wie Vögel, die dem Leib aufsitzen als einem Leimzweig, einem wiederum selbst bildungslogisch ausgezweigten Zweig, in eine Mine gehalten, wo Kristallisation in der Luft liegt, werden die Ideen aus der Luft gegriffen und kommen von der Störung her zur Konkretion. Und dann kommen einförmige Flächen, Ausdehnungen, an denen wir notwendig kleben, solange sie dauern. Wir nuckeln die Milch dieser Pausen, bis sie aus sind und wir weitermüssen.
Und dass es – wie jede Musik, summt ein Backgroundchor von Ethnologen – eine Musik der Arbeit ist, eine Triade wie die, wenn einer dem anderen die Ziegel zuwirft, der sie einfügt, wo ein dritter gespachtelt hat. Wie die Aufmerksamkeit geht vom Ziegel, der in die Hände fällt, zum Prinzip einer Mauer, dazwischen aber das Prüfen besorgt: noch bevor der Ziegel eintrifft, schmiegt sich schon seine Idee in die Hand.

Nun aber die Schönheit. Was ist die Schönheit. Und was Freude.

Ich blase jetzt den Begriff der Schönheit unverhältnismäßig auf. Weil ich meine, dass in ihr genug steckt, um damit die Kunst zu verstehen. Weil die Zuneigung zur Schönheit uns besser machen kann – wenn aber nicht, was dann? – doch, doch: Wenn man an sonst nichts glaubt, überzeugt sie einen; nur sie ist ein ausreichend starkes Gegengewicht zur Angst, zur Gier, zum Konformismus, und kann in dieser Funktion Ideologie und Moral ablösen. Die Schönheit verführt einen sogar wieder zur Religion, und sei es zu der der Fototechnologie, ihr alternden Blumenvoyeure! Man muss die Schönheit nur vom Konsum, mit dem sie in einer tristen Ehe gefesselt ist, für immer entkoppeln.

Und dann, und dann? Dass man im Leiden, in den Süchten nach einer bestimmten Schönheit, in den Labyrinthen der Vorlieben und unerklärlichen Kränkungen, nicht in die Schwäche zurückverfällt, sich mit irgendwelchen Resten von Moral zu umhegen.

Wie wissen wir, dass es sich um Schönheit handelt? Durch unsere Reaktion. Worin besteht die?

Möglichkeit 1 – Weinen angesichts von Schönheit. Die Betonung liegt auf »weinen angesichts«, man weint eigentlich wegen dieses »angesichts«.

1 A: Weine ich vor Freude, Rührung oder Sehnsucht, in verwirrter Hoffnung. Da stürzt eine Augennässung heraus, über die etwas mobile Linie zwischen Augäpfeln und Lidern hinaus, sich bemerkend. Bleibt auf halbem Weg stehen, hat Zweifel, hat sich vielleicht geirrt. Im Gesicht gegenüber ist derselbe Zweifel als schlagartige Trübung des Gesichts zu sehen. Was drüben ist, verschwimmt und bestätigt so die böse Ahnung, die Schönheit wäre nicht stärker als man selbst, sondern verschwände, wenn man Fehler macht oder nicht mehr weiterkann.

Wie schnell springt die Empfindung auf und eilt ihrer vermeintlichen, der ihr entgegenkommenden Erwiderung entgegen; wie schnell sackt sie, schon von der Möglichkeit entmutigt, dass sich die Entmutigung mit gleicher Macht wie die Freude an der effektiven Interpretation der Welt beteiligen kann, vorauseilend abwinkend wieder ein.

1 B: Weine ich vor Selbstmitleid: Ich, außerhalb des Schönen, kann es *nur anschauen*. Meine Regungen perlen an der Schönheit ab und erzeugen nur allein bei mir Strudel von Emotionen, immer alles nur auf mich angewandt und von mir kommend und mir zugeschrieben, eine Hölle der Langeweile: ich, ich, ich. Darin gefangen ich und kann nichts mit der Schönheit, die von mir durch eine gläserne Mauer getrennt ist, anfangen, und soll in dieser Lage wohl resignierend irgendwas fristen. Wozu das? Also wünsche ich, Schönheit zu erwidern! Aber wie? – Hierin liegt das Ansteckende der Kunst.

Etwa, ebenso unnütz, Möglichkeit 2 – Schreiben angesichts von Schönheit. Um nicht zu weinen, lieber schreiben. Da kann ich wie in der Musik, während ich den Strahl schwarzen Unmuts, ohnmachtschwelgenden Widerwillens gegen die Einrichtungen absondere, diesen Strahl selbst launisch und anmutig gestalten. Fähigkeit, Resultat und Tätigkeit geben mir etwas Trost: Ich vergesse mich dabei (wie beim Schifahren), ich mag mich dabei, denn ich unterscheide mich dabei nicht von der Anmut jeder beliebigen schwarzen Tinte.

2 A: Schreiben ist übrigens wegschauen. Unerträglich ist der erwartungsvolle Blick, der Hoffnungen an Schönheiten heranträgt. Sowohl für den Hoffenden als auch für den Angehofften. Frage gestellt, warten auf Antwort, wenn sie mehr als eine Schlagsekunde ausbleibt, wird es nichts Gutes. Wenn also nicht sofort die Hoffnung im Blick entgegengenommen wird wie aus der Hand des Briefträgers ein Brief, der an die richtige Adresse

gerichtet ist, der Adressat seinen Namen richtig geschrieben mit der korrekten Postadresse auf dem Kuvert liest und bestätigt, ja, das bin ich, das ist für mich – dann blicke ich weg, schreibe etwa »ich weiß es ja schon«, nur um nicht etwas zu wollen, was die Schönheit wegen Ohnmacht, Angst, diverser eigener Probleme ablehnen muss. Das ist demütigend und deprimierend. Auch weiß man, dass die eigenen Hoffnungen sich vielleicht nur aus willkürlicher Caprice, ohne besonderes Recht jedenfalls an die Schönheit richten, weil man sie eben gerne ansieht, und wenn man schon die Hoffnungen auf etwas setzen muss, dann kann man sie doch auf etwas setzen, was man gerne immer wieder sieht.

Lieber, also, als die volle Enttäuschung zu leben, ein Labyrinth schreiben. Das Stil und Zivilisation nennen. Deswegen ist ein gemaltes Bild mehr wert als sein Modell, weil die Künstlerin ihre Trauer zu einem Trick, einem Tanz gegenüber dem im Leben notwendig Enttäuschenden gebogen hat: der Oberwitz.

Ein Labyrinth an Theorie gilt es also zu schreiben, gegen Ablehnungen des Wunsches, der am besten erst anlässlich seiner Erfüllung in Erscheinung tritt: des Wunsches nach erwidernden Funken (Leben) aus dem Kosmos (dem Schönen). Und weil der Wunsch bei endgültiger Ablehnung sein Versteck verlassen muss, wird gegen Vollzug von Ultimaten verkompliziert, gegen die Zeit filibustert.

2 B: Wenn zum Labyrinth die Kraft fehlt, wenn ein Schock die Zahnräder aushängt, oder man bloß die Geduld verliert, unzuversichtlich, untröstlich, begeht man Grobheiten – haut das Klavier in Stücke. Grobheit angesichts von Unmöglichkeit – Schaffen ist an sich schon Grobheit, getan in Ermangelung von Zartheit, die zarter als die Sprache wäre, was man daran merkte, dass man nicht sprechen kann.

Ich ging auf Zehenspitzen um meinen Stuhl herum und warf den leichtesten der Blicke auf die leichten Schultern, die glänzenden Wangenknochen von Prätz, wie er unter dem Sofa schlief. Auf Zehenspitzen zurück an meinen Platz, den Stuhl hochgehoben und anderenorts abgestellt, nicht geschoben, vorsichtig meinen Hintern darauf, keinen Laut, still die Wange der Hand aufs leere Blatt geklebt, nur das eine Klicken, wenn man den Deckel der Feder abnimmt.

Ich brauche Schlaf, ich kann nicht schlafen. Ich muss schlafen, ich kann nicht schlafen. Ich will nicht allein sein, ich bin allein. NEIN! G e r a d e l i e g e n! Schluss mit der weinenden Crevettenhaltung. S t i l! Kommunikation, Kommunion durch Stil!

Schönheit = Möglichkeit

Schönheit ist nicht – auch wenn der Schöne es meint und dagegen um sich schlägt – etwas Konstatierbares, was man sozusagen in Zellophan einwickeln könnte. Ja sie ist kaputt, behaupte ich, wenn ich nichts mit ihr anfangen kann, außer sie zu betrachten. Ist sie kaputt, im selben Maß macht sie mich dann auch kaputt, sofern ich mir von ihr etwas verspreche, eine intrinsische ungewusste Weisheit etwa, Andeutungen über den Bauplan einer Welt, die mir gefiele, die nämlich so wäre wie diese Schönheit, die mir gefällt.

– – Odaliske: Sie schaut mich an! – –
Nein, es war nur ein Seufzen im Schlaf, eine Täuschung.

Vor mir breitet sich die schwarze Oberfläche des filigranen Ziertischs, ich pecke mit dem Deckel der Feder daran, leise, dann mehrmals. Erinnere mich dabei an Spechte, ihre Musikalität, wenn sie guter Laune sind.

Ich habe plötzlich eine Idee, die ganz brav und tapfer ist: Entschiedenheit sei notwendig, um Schönheit zu erzeugen, also: dass etwas ab jetzt wirklich *ist*, und nicht mehr auch etwas anderes ist – dann wäre erst möglich, dass es schön ist. Eindeutigkeit wäre schön, Hingabe, Konzentration, Selbstvergessenheit, Bewegung.

Oder – hab dich im Verdacht! – extrapoliere aus der Schattenseite: Alles, was unangenehm ist, ist nicht schön: Konflikt, Dummheit natürlich, Zweifel, hilfloses Oszillieren.

Kann das alles nicht schön sein? Ein gefressen werdender Zierfisch, sein Zucken? Wie er durchsichtig ist für ein Leben an Theorien, die ihn durchjagen und ihm nicht helfen?

Lass es, du machst Ideologie.

Ich starre aus dem Fenster. Unbeweglich und blass stehen Blumentöpfe in meiner Sichtweite herum.

Es bleibt die Hoffnung, die Schönheit *rede* mit mir. Es geht nicht um ihre Intentionen, aber darum, dass sie fähig ist, mir Dinge mitzuteilen, auf die ich alleine nicht gekommen wäre.

Alle Methoden und Anweisungen aber, mit der Schönheit *fertigzuwerden* – diesem Phänomen des In-die-Welt-Lockens ohne jegliches Versprechen, dort nicht weiterhin völlig allein zu sein, ohne jegliche Andeutung, dass man mit der Schönheit etwas anfangen können wird –, durch eigene Arbeit und Leistung an sich selbst als ertragendem Wesen irgendwie zurande zu kommen, lassen mich kalt. Sie sind nicht erträglich genug, dass ich mich damit schlafen legen könnte. Ich will nicht ohne die Schönheit leben, nicht ohne ihre Utopie: dieses In-Aussicht-Stellen, dass es wahr ist, es gäbe einen mir und der Schönheit gemeinsamen Lebensfunken. Aber das ist die Täuschung: Er ist schon da; mehr aber gibt es nicht.

Ich will mich nicht mit einer selbst alleine an sich selbst zu leistenden Arbeit abfinden, die dazu dient, mich damit abzufinden, dass das Einzige, was ich wirklich wünsche, unmöglich sei.

Die Erscheinungsform deines Wunsches ist verfehlt, sagen sie, als Trost gemeint. Ich soll weiter an mir arbeiten: mach deinen Wunsch so, dass er erfüllbar ist.

Aber ich habe den Wunsch doch von der Erscheinungsform gelernt, wirre ich mir traurig das Haar.

Ich muss schlafen, ich kann nicht schlafen. Ich *will* schlafen, der Schlaf aber nimmt mich nicht auf. Ich muss hier über den Fliesen fristen, sitzen hier im Flur. Ich muss mich abfinden, ich kann mich nicht abfinden. Könnte ich doch schlafen, ohne bloß zu verschwinden, könnte ich gehen der Schönheit in die Hand. Der Schlaf meidet mich, dabei bin ich doch so müde, sitz im Licht und seh es nicht.

Die Schönheit ist der Andere.

Das schreibe ich mit besonders noblen Buchstaben. Ich bin nicht eine von denen, die sich selbst als Schönheit betrachten und die anderen als Betrachter! Will ich, dass die Schönheit der Andere ist, so muss ich ihm eine Subjektivität setzen, ein Wünschen und Meinen. Ich muss, was ich ja möchte, ihn hören, in Erwägung ziehen, ihm Raum geben zu formulieren. Er wird sich vor mir verstecken, schützen wollen, müssen, um sich unbefangen in ausreichender Selbstvergessenheit zu entfalten. Denn Selbstvergessenheit, *isn't it what we all want*? Und wenn ich die Anschauung eines anderen benutze, um mich selbst zu vergessen, so ist das eine Lage, die nicht lange gut gehen kann, wenn der Angeschaute nicht gerade ein sehr ausgeprägter Narziss ist.

Spricht er ein Verbot aus, habe ich ihn wohl bedrängt mit meiner Art von Existenz und Stürmerei mit Worten. Er zieht einen Kreidekreis um sich, weil er Angst hat, und macht mich damit zum Dämon. – Und doch bleibt er hier, sucht mich, nur um mir wieder und wieder die Grenzen zu zeigen. Mir, dem hündischen Dämon mit Telleraugen, der ich vergessen habe, ich zu sein. – Nun kann ich, nach Belieben, wenn es Tag wird, mich in den Schatten verziehen oder zu Staub zerfallen. O wüsste ich nur, wie letzteres geht! – Still – wart ab – noch ist es nicht sicher, ob dies alles zutrifft. Hör hin:

Wie redet Schönheit?

Wie Pflanzen, indem sie sich verändert. Nähmen wir die Veränderung als Reden wahr und setzten ein Subjekt dahinter, so hätten wir eine Bewegung, eine Sprache vielleicht. Ein Subjekt, das identisch es selbst bleibt, und seine Ausdrucksmittel. Aber wir haben wie bei der Pflanze, wie bei körperlichen Veränderungen der Menschen etwas, was sich ganz und gar verändert, willkürlich oder unwillkürlich, unterm eigenen Auge oder selbstvergessen, und diese Veränderung sagt mir etwas. Die Schönheit kann nicht lügen, außer unter Einsatz ihrer ganzen Existenz.

Ein Mann, etwa, wird älter und die Züge um seinen Mund sagen mir, was er mir nie sagen würde oder könnte: etwas über das Leben und seine Haltung zu ihm; und weil ich diese Züge sich langsam ausbilden und fortentwickeln, auch vertiefen sehe und den Mann mag, ertappe ich mich dabei, mich damit anzufreunden, mich überreden zu lassen, das durch die Falte angedeutete Verhältnis zwischen dem Mann und der Welt und meiner Ansicht darauf als akzeptabel, ja sogar als liebenswert zu nehmen.

Nein! Ich schneide neue Kurven, frische, vom Leben ganz unberührte, ins Gesicht dieses Mannes.

Ja, aber fühlt er sich davon denn so getröstet bezeichnet, wie wenn ich die Fältchen, ihre Linien entlangfahre und zulasse, dass ein sinnloses Lämpchen der Liebe zu gerade dieser Kurve in mir angeht, sodass die Wärme ihn glauben lässt, ein von ihm (in mirakulöser Weise) ausgehender Gedanke oder Funke oder eben seine ihm selbst unerwünscht vermachte Gestalt erwecke, ihn mir darstellend, *logisch zwingend* meine Liebe, und er weiß nicht, wie es geschieht, aber dass es geschieht, was er am Lämpchen sieht, versöhnt ihn mit der Welt? Nein!

Meine neuen Kurven sagen ihm nicht, er sei gut – außer als Leinwand für mehr –, sie bieten ihm nur an, sich selbst zu verlassen. Nicht aber, sich zu mögen. Meine neuen Kurven, die geschnittenen, sind brutal wie ein fremdes Gedicht. Die Brutalität kann berauschend sein. Man frage ihn selbst, ob er eigentlich da hineingehen wollte und sich nicht traute, oder ob er mir das Messer immer wieder aus der Hand nahm, weil er es wirklich nicht wollte. Ich weiß es nicht.

In plötzlicher Sorge, er könnte dies hören, oder lesen, springe ich auf und betrachte noch einmal Prätz, schlafend. Seine Arme hängen aus dem Schlafsack in den Raum.

Was gilt denn als Schönheit?

Vor der Beantwortung dieser Frage lecke ich mir die Lippen, blicke über die Reihe von denkbaren Schönheiten, die sich bis hinter den Horizont zieht, so wie Kaiser Friedrich seine Armee mustert. Wähle eine aus. Ich merke, ich mag es, seine Stimme zu hören –

Das aber gehört nicht zur Schönheit, denn ich kann dieses Mögen in keiner Weise von außen betrachten. Vielleicht ist »Schönheit« von meinem Versuch einer kühlen, unengagierten Betrachtungsweise erzeugt und als Beziehung *genau* das, wogegen der Schöne sich verwahrt.

Aber ich sagte immer schon Schönheit zu jedem Objekt der Neigung. Es war immer so, wie es war, und ich änderte mich, bis ich es schön fand.

Interessanter ist:

Gehört Ähnlichkeit zur Schönheit? (Etwa sieht er manchmal aus wie ein herrisches großes Mädchen.)

Ich meine, Schönheit könnte aus Ähnlichkeiten bestehen, so wie Moleküle aus Verbindungen bestehen. Zwischen den Verbindungen freilich liegen Elemente, die teils einander gleichen, teils anders sind; wesentlich sind aber die Anordnung, die Konstellationen der Verbindungen, noch im Relativen charakteristisch; und auch mit ganz anderen Inhalten. Das hält mir die Welt zusammen, das Wiedererkennen von Konstellationen aus den unterschiedlichsten Materialien: Sound, Wald, Beziehungen, Muster, Bewegungen, Gedanken, Zweige, Wegverläufe, Proportionen. Sie sind wie gesprochene Verse, die das Universum verknüpfen, mit den Fluchten ihrer Schnitte und Gleichnisse durchleuchten. Dieses Universum, das sonst lose gestapelt in Schwärze durch Masse nebeneinanderliegen würde.

Aber es ist nicht alles schön. Aber alles ähnelt allem auf unendlich viele Weisen, wissen wir. – Schönheit wäre also Ähnlichkeit plus Selektion? Übel.

Das Zimmer ist voller Bücher! Herrgott, was für ein konzentrierter Irrsinn!

Und woher kommt die Lust, die Kraft zur Beurteilung des Schönen? Das muss man wohl streng überprüfen. Wer hält etwas aus falschen Motiven für schön: Schöne oder Nichtschöne? (Ausschlaggebend für die Einteilung ist jeweils nur das eigene Selbstverständnis.) Der Schöne ist befangen, weil er merkt, er redet über sich selbst, wenn er über die Schönheit redet. A) Er kann sich darüber freuen und die Beschreibungen der Schönheit auf seinen sonnengebräunten Körper regnen lassen wie kühlendes Wasser. B) Er leugnet, entweder mit einer Kompensationstheorie, indem er »dafür« seine schlechten Eigenschaften aufzählt oder die charakterlichen Gefahren, die mit der Schönheit verknüpft sind, oder mit einem zukünftigen Kompensationsversprechen: Er nimmt sich vor, dass er besonders nett sein muss, und läuft zu dem Hässlichen hin. Macht sich selbst hässlich. Das machen oft die wirklich schönen Schönen, die, die immer schöner werden, denen der Zufall zur frappanten Fresse auch noch eine schöne Seele gegeben hat.

Die Nichtschöne kann A) die Schönheit zu etwas Jenseitigem, Natürlichem, Unwirklichem, Göttlichem verklären, B) eine Kompensationstheorie kultivieren: Schönheit versus Intellekt, Schönheit versus Moral. Sie wird die Schönheit nicht als Normalität sehen, die Schönen für Leute halten, die dem Stempel des Besonderen nicht entkommen – und sei es auch nur dank des Blicks der Nichtschönen.

F) Was ist mit Erhabenheit? Die Elefantenfrau ist die Allerschönste, da die Wahrnehmung ihrer Schönheit die größte innere Bewegung des Betrachters bewirkt: erfordert.

C) Beide können, wie eh jeder immer, alles zerteilen und analysieren, bis die Begriffe nicht mehr zusammenhalten.

Eigentlich geht es ja um die Frage, welchen Status die Moral hat. Soll sie die Dinge in unserem Denken unter Kontrolle haben? Dann müssen wir in Fiktionen leben. Dann leben wir Kompensationstheorien, und unser ganzes Denken ist einer Art Ökonomie der Moral unterworfen. Nemesis Divina sorgt für die

Balance, die die Naturlehrbücher an der Natur bewundern. Oder aber die Moral fuchtelt neben der Hingerissenheit und dem Empfinden und den körperlichen Phänomenen dahin, beleuchtet von der Sonne der Schönheit, von allen als unerklärliche Gottheit anerkannt.

Ich bin schon ziemlich runtergekommen. Die Dinge leuchten nur mehr grau, wie schlafende Augen. Schlaf jetzt. Morgen spät, so ich will, seh ich wieder, seh ich wieder alles ein. Moral soll mir die Füße waschen wie ein Meer, in das ich nicht gehen muss, wenn es mir zu nass ist.

Birkenhäuschen

~~Lieber Vasja!~~
~~Lieber Vas~~
Lieber Vasja,
sie sind alle rausgekommen und sind jetzt da, die Blätter.
Ich wollte, sie hätten mehr von ihren Zweifeln gehalten, und
doch haben sie recht, da zu sein, auch wenn sie nur verwel-
ken werden. Sie gehen raus und schütteln sich danach, wie
es ihnen einfällt, aber dem Rückgrat nach stellen sie bloß
ihre Programme dar.

Sie scharen sich um die eine futuristische Datscha, wo der
Komponist drin wohnt, in flockigen Haufen, wie die Leute
in Chiffonkleidchen und Sommeranzügen, die es hier so
reizend finden, wenn sie mit Privatautos zu den Hauskon-
zerten angefahren kommen. Diese futuristische Datscha
besteht zur Hälfte aus einer dunkel gebeizten badewannen-
förmigen Ausbuchtung, dreistöckig, der Rest ist Stiegenhaus und Klo oder so.

Rote Dachrinne, die Unterseite des Dachvorsprungs ist weiß.
Um die Datscha herum die irrsten Blumen, penetrante
Stockrosen, von denen bei Wind mal die einen um die eine
Ecke lugen, dann die anderen, Belugten, zurück, Neugier-
wippe. Dazu spielte letztens der Komponist seinen »Launi-
schen Schmetterling«, dessen langsame, ach so langsame
Entwicklung ich in den letzten Wochen verfolgen durfte.
Eitelkeit! Er spielt es zehn Mal, dabei geht es ein oder zwei
Mal nur um irgendeine Änderung, die er ausprobiert.

Die Bäume in Berlin kriegen viel zu sehen, und was sich ein

Mensch nur denken kann, um andere gutzuheißen, denken sie – es hilft nichts, sie werden verletzt, entwurzelt, bewundert, gestutzt. Ein Ahornblatt ist mir gegenüber, während ich dies schreibe; es spreizt sich, bietet mir seine ganze Fläche zum Anschauen. Dass es mit seinen eigenen Gedanken beschäftigt ist, muss ich mir einbläuen, um mich über das Spreizen zu beruhigen, diese so appellativ wirkende Geste. Nein, nicht nur verlangt dieses Blatt nichts von mir, ich gehe in es ein, als Teil des Bildes der Umgebung, das in Form von mehr und minder Licht einen Abdruck von sich hinterlässt. Mein Blick und ein Abbild von mir erreichen das Blatt, das sich mir zufällig entgegenspreizt, jeden Augenblick von Neuem und es merkt, muss ich denken, nichts davon. Umgekehrt weiß ich aber, dass ich das Blatt brauche: seinen Anblick vor allem, die Vorstellung der Hingabe, die es verströmt, indem es sich entschieden hat, herauszukommen, sich herauszubilden. So spreizte sich auch diese Band Chuckamuck letztens vor dem Publikum, die Gesichter offen entgegengestreckt allem, so arg, dass sie schon voll Tics sind, ihre Körper herumwerfen, die ganze Band ein tosender Baum im Wind der Musik, dem Publikum den Atem verschlagend, neuen Atem gebend. Gestern sah ich in der Verfilmung von *Ulysses*, wie Bloom eine Frau auf dem Strand sieht. Was mache ich hier? Mir kommt vor, was ich hier mache, sei Nietzsche auf Englisch, ein sprachliches Avantgardegebilde verfilmt, ein Blatt gebraucht. Unnötig, anschaulich, Kopfkissen für den Intellekt, der eine Folie braucht. Majakowski sagt, die Sterne gibt es, weil jemand sie braucht; dies ist, wie mancher Trost, Unfug mit Kausallogik getrieben, Poesie mit Kausallogik hochgepeitscht, wofür ich nur Abscheu übrig habe wie für Gewächshäuser, die ihre Blumen durch grausame Tricks zum Blühen bringen, aber es steht fest, dass ich selbst aus denselben Gründen oder ohne dieselben auf der Welt bin wie das Blatt. Denken tu ich bestimmt weniger schlüssig, weniger gut, sehr ungelenk, trotzversessen, gehe für mein Leben, für meine Zwecke in ganz falsche Richtungen. Das System des Brauchens ist ein System von Freiwilligkeiten, von Einbildungen und dankbaren Launen. Ich brauche, was ich nicht brauche.

Der blonde Junge im Bauernhemd legte die Feder nieder, stand vom Tisch auf, die Bank nach hinten umstoßend – wofür er, da es jedesmal so geschah, kaum mehr einen Fluch übrig hatte –, und steckte den Kopf zur Fensteröffnung des Birkenhäuschens hinaus. Ein Rascheln – eine Amsel, ein Reh oder Nina? Eine Amsel. Er setzte sich wieder hin.

Die Berliner Jungs wissen das schon lange. Schon das Schloss Charlottenburg ist eine *folie*, wer damit aufwächst, weiß, was das ist, wie man von Heiterkeit, Helligkeit, Freiwilligkeit lebt, von Stil, den man nicht hat, sondern jeden Tag neu in die Luft wirft. Dagegen muss man sagen, dass die Leute in Wien zum Beispiel alles tun, um zu vergessen, was sie tun, um es selbstverständlich werden zu lassen, mit dem Zweck, sich, im *Besitz* dieser Gewohnheit, besser als andere zu fühlen.

Die Feder zitterte in der Luft des Frühsommers, durch die Birkensamen flogen, wenn der Wind wehte. Sie sahen aus wie Buchstaben. Nein, wie Formen der Teile einer Kinderschaukel, noch nicht zusammengebaut. Nein, wie die eine Form, die man neben Quadrat, Rechteck, Dreieck und Kreis als Kleinkind in den Steckprüfer hineinfädeln muss.

Seit ich nach Berlin gezogen bin, sind meine Blätter am Welken. Gleichzeitig sprießen neue, die etwas mehr Ahnung haben, warum sie das tun. Aus bloßem Wagemut. Je schlimmer der Sommer zu werden verspricht, desto kräftiger jubelt der Wagemut. Die neuen Blätter sind blasser, kleiner, voll Flaum, machen aber ungleich mehr Spaß, weil sie neu sind. Ich traue ihnen alles zu. Ich bin ein neuer Mensch, aus dem Kompost der Reste des alten braut sich unter dem Kochlöffel meines Muts ein neuer Konstantin zusammen.

Das mit dem Stil, den sie machen, aber nicht haben, wissen die Berliner Jungs selber gar nicht so genau. Sie sollen es auch nicht genauer wissen als in Form einer Ahnung. Oder? Müssen wir, um Männer zu werden, nicht doch alles wissen, was wir uns als Jungen weigern zu wissen? Wie soll es gehen, wenn Frauen nicht mehr Geheimnisse wären, sondern Bälger von Schwächen, wie es in einer Ehe wie der meiner Eltern ist? Mein Vater ist ein alter Zweig, der sich neigt. Die Mutter nimmt ihn nicht ernst, und er hat den ganzen Tag Nachsicht mit ihr. Wozu soll das gut sein? Man verachtet sich doch nur und bleibt immer noch am Leben. Ließe man das! Hätte dann das Begehren eine Chance, einen über die Einsamkeit hinwegzutrösten?

Irgendwas erlaubt den Berliner Jungs, sich so frei zu bewegen, wie sie sind, und dabei noch freundlich und großzügig zu sein. Wenn ich versuche, so zu sein, gehe ich gleich zu weit. Keine Vorsicht, kein Plan steckt dann in meinen Handlungen, sie sind ein Rausch, ein Fahrtwind, die Berliner Jungs lachen mich aus, wenn ich bald wieder lande und nicht weiß, wo ich hingeraten bin. Bin so ... ich bin ein Flaum, glaube ich, eines Augenblicks, Pappelflaum, ja, Humor von Luft, Luft, meine ich, verdichtet zu einem Lachen über sich selbst, das die Form dieses Flaums annimmt.

Dadurch, dass die Luft sich im Lachen verdichtet, nimmt etwas Form an und entfaltet sich. Etwas Konkretes, das Gegenteil von Möglichkeiten, die Realisation von Möglichkeiten oder Absichten.

Der Flaum des Morgens ist der Nebel. Von ihm umgeben zu sein heißt alle Zweifel vergessen. Gestern wachte ich mit Nina in der Wiese auf, in eine Decke gewickelt, im Dunst. Wir hatten nur einen Augenblick geschlafen. Es ist ein verwirrendes Gefühl, so sicher zu sein, ohne Gründe. Wie auf einem Fels, der rundherum von Wolken und Luft umgeben ist. Gedankenansätze erzeugen eine geistige Undichte, ebenso eine Verliebtheit, die sich anfühlt wie ein ganzer Haufen von Gedankenansätzen in fast greifbarer Nähe. Was Gedankenansätze so zu bündeln versteht, ist allein die Schönheit – die niemals kein Fokalpunkt von Information ist.

Nun stell dir vor, Vasja, du bewunderst eine Pflanze, und sie kuckt zurück. Ja greift nach dir, fragt nach dir, sucht dich wiederholt auf.

Vasja, ich will nicht solche Dinge einsehen. Hilf mir bitte, mach, dass ich es will, oder sag mir, wie ich es anstellen soll, dass ich es nicht muss.

Dein Kostja

Lieber Kostja,
die Philosophen sagen es, die Mutter sagt es: Menschen sind nicht zum Betrachten da. Ich habe das nie richtig eingesehen. Als die Ideologien von mir abfielen, habe ich bemerkt, dass ich sie wirklich alle nur anschauen will. Dass das nicht in Ordnung ist, vermute ich, weil sich herausstellt, dass es ganz anders ist, sobald man zur Kommunikation schreitet.

Wie du mich erschreckst, wenn ich dich verstehe! Dein

Nahen von hinten. So schnell! Ist es das Internet, sein Breitband, das dir die Stirn mit Frottee bekränzt, dass du sie länger und wirkungsloser gegen Beton hauest? Mit zwölf alle Arten von Pornos, mit sechzehn David Lynchs Gesamtwerk, ich hab es doch gesehen, du bist mit David Lynch, oder soll ich sagen der Bizarrerie der Fiktion, vertrauter als mit mir, dir selbst, der Realität.
Ich sollte dir lieber nicht davon reden, das ist
– aber das musst du sagen, nicht ich! Sag: »Lass das ruhen, Vasyl, ich kapiere schon, es ist mir nicht ganz unbekannt –«
Um auf deine Frage zu

Es klingelte an der Tür. Vasja sprang auf, war in drei Sätzen bei der Tür. Er bewegte sich in seiner eigenen Wohnung auffällig nervös, genauso gegenüber anderen Personen. So konnte sich manches nicht entfalten. Die Vermieterin brachte einen Brief. Er riss ihn ihr aus der Hand, dankte und raste zurück an den Schreibtisch. Auf dem Stuhl nach rückwärts gekippt, wobei seine Beine unter dem Tisch ihn am Umfallen hinderten, riss er den Umschlag auf, verwendete den schwarzen einhornförmigen Brieföffner nicht, der doch so nahe unter einem Stapel Papier lag, und sah die Krakelhandschrift seines alten Liebhabers Stefan, der ihm gelegentlich paranoische, prophetische oder bedeutsame Botschaften zukommen ließ. »Das Schweigen der Hämmer« stand diesmal auf der Karteikarte.
Vasyl zerknüllte sie und warf sie in die Zimmerecke. Dort lagen schon zwei andere. Er wandte sich zum Brief an Kostja und nahm den Satz wieder auf.

rückzukommen: Solange du meine lebende Leiche zwischen dir und dem Erwachsenenalter stehen hast, bist du davor beschirmt, dich selbst dort zu sehen. Du musst nie erwachsen werden.

Mach es gut und vögel gut im Moos rum,
doch spar den Stern mir auf, denn er wird groß und
rot wie Saturn, wenn ich ihn nur liebkos.

Dein

Vasyl

Lieber Vasyl,

du bist dir so sicher, dass ich dir gehöre! Ich bewundere dich. Dabei liebe ich ein Mädchen! Sie heißt Nina und strolcht hier manchmal im Gebüsch herum. Sie ist genauso wie ich: genauso groß, genauso blond, genauso braun, nur dass sie strolcht und lacht und in der Wiese liegt, während ich schreibe.

Bald schreibe ich dir vielleicht mehr, jetzt habe ich keine Lust.

Kostja

Lieber Vasyl,

schildere mir doch, was in deinem Inneren vorgeht, wenn du mit mir bist! Ich sehe nur immer deine graue Wange wie einen geliebten Felsen, höre deine Stimme wie einen Wasserfall, den ich bei ganz unterschiedlichem Wetter kenne und aus dem Geräusch tausender anderer Wasserfälle, an einem Flughafen zum Beispiel, augenblicklich heraushören würde, ohne zu zögern. Das reicht für mich als Mysteriöses völlig aus, und ich glaube auch nicht, dass es zerstört würde, wenn ich mehr über dich wüsste.

Bei Nina ist es etwas anderes. Ich weiß, dass sie keine

Dryade ist, aber ich will sie als eine. Sie ist jung wie ich und wird sich noch verändern. Es passieren mir winzige Momente, in denen ich aus unerfindlichen Gründen sauer auf sie bin – sie flitzt, balzt, sie mir entschlüpft –, und dann stelle ich mir vor, wie ihr Busen wächst, wie sie Kinder bekommt, grantig wird, ein Blockhaus baut und ganz später zur dürren Hexe wird, die zu viel weiß und deren Lachen anderen Grauen einflößt. Sie müsste, denke ich, dann traurig sein und leiden, um andere zu rühren. Wenn man die Kraft hat, sich trotz des Wissens um die schrecklichsten Dinge der Fröhlichkeit hinzugeben, flößt das denen, die noch Angst vor solchen schrecklichen Dingen haben, Grauen ein.

Dann erschrecke ich vor mir selber, dass ich so etwas denke. Das ist doch für niemanden gut. Küss mich, dass ich's vergesse!

Kostja

Ich erwache im Morgennebel, mir gegenüber erwacht ein Auge. Sobald es mich sieht, fängt es zu lachen an. Ich oder es blickt weg.

Der Busch erwacht zum Leben. Natur oder Metaphysik? Eichhörnchen!

Lieber Kostja,

du bist ein kleiner roter Homunkulus in meinem Inneren. Ich sehe dich darin wie in einer Tropfsteinhöhle herumtappen. Was geht, meiner Meinung nach, denn in diesem roten Abenteurer vor? Keine Ahnung. Du hast einmal gesagt, wenn du dir – gemäß der »Goldenen Regel« – vorstellst, alle seien wie du, wird dir die Welt grauenvoll, du verlierst einerseits das Vertrauen in sie und andererseits jegliche Lust, dich in sie hineinzubegeben. Logisch, wäre ja dann alles schon bei dir, würde alles nach dir schmecken. Ich frage mich, ob du nicht eitel genug bist, dass es dir doch schmeckt: dass du das dir Unbekannte an dir in der Welt entdeckst.

Du schreibst und deine Briefe kommen, wie ein Baum neue Triebe macht; die alten, verkrusteten dienen als Hintergrund.

Das Schöne an jungen, störrischen Frauen ist, dass sie Sachen nicht wahrhaben wollen. Darin kann man ihnen gut folgen. Richtige Frauen sind natürlich etwas anderes. Ihre Liebe hat etwas Vollständiges – als wäre ihnen »nichts Menschliches fremd« – und neben den Momenten der Dankbarkeit dafür scheut man sie wieder, weil man sie selbst nicht ganz wahrhaben kann, wenn man nicht vor Entsetzen kapitulieren will. An Männern ist es schön, wenn sie wissen, wie es ist, und trotzdem wacker weitertun. Das Tun ist bei Frauen gewissermaßen unsichtbar, weil man sich angewöhnt hat, sie als statische Bilder zu betrachten; wenn man sie also in Aktion sieht, wirkt es unwiderstehlich drollig, besonders wenn sie in den Kleidern der Bilder stecken. Natürlich ist an der Jugend schön, wie die Tatsache, dass sie nicht alles glauben kann, wovon sie hört, weil sie so Schreckliches noch nicht erlebt hat, ihr grenzenlosen Mut erlaubt. Nach und nach verwandelt sich dieser Mut der Ahnungslosigkeit, der Hoffnungen nicht ausschließt, in den Mut aus Verzweiflung. Man ist dann bereit, sich für die kleinsten Nebensächlichkeiten aufzugeben. Für die Welt ist das natürlich schlecht.

Einmal saß ich neben dir im Auto, du fuhrst, und fuhrst mich, nachdem ich länger geschwiegen hatte, an. Wegen der bedrückenden Langeweile. In diesem Moment klärte sich die Welt, die sich in mir irgendwie mit dem Moment verknotet hatte, und ich wusste: Wegen eines Nickens von dir, einer Verfinsterung deines Blicks würde ich Städte und Länder in die Luft jagen oder die kompliziertesten Dinge unternehmen. Das klärte eben, das war logisch, und ganz offen, ohne Bedingungen, ohne Verbindungen, seine Existenz in der Dauer unendlich und nichtig zugleich. Damals holte ich ein Buch heraus und las dir vor, eine Erzählung von Papageien und Konfektionsanzügen. Es muss dir kläglich vorgekommen sein, wie ich mich duckte und bückte und hastete, deiner Unzufriedenheit zu begegnen. Warum nur verachtet man die, die in einen endlich so vernarrt sind, dass es eine Absolutheit hat?

Konstantin! Ich rieche deinen Geruch, vermischt mit Wald und Wiesen – feucht duftende schwarze Erde und ein Flug von weißem Zeug – die Fußsohlen, Staub und der Algensaum eines seicht gewordenen warmen Teichs – deine überaus gestreckten Kniekehlen am grauen Holz des Stegs, am Ohr die rauhen Schilfblätter – oh gott wäre ich bei dir ich würde dich so was von ins Wasser werfen.

Vasja

Herzallerliebster Vasja,

wie du weißt, hast du hier nichts zu suchen. Und auch deine Beschreibungen nicht. Ich werde dich nicht los! Und sitze ich dann mit Nina auf dem Steg, schwebt dein Zauberstab von Wort daher übers Wasser, kommt triefend aus dem Schilf wie eine strenge, naive Nixe und klopft mir auf die Knie, worauf um jedes ein Lichtschein von Bezeichnung entsteht. Nina merkt, wie ich erstarrt auf meine Knie starre, und fragt mich, was ist, ich kann nicht antworten, mich nur umdrehen, sie auf die Bretter drücken und vögeln, wobei

die ganze Zeit meine Knie leuchten. Ich meine sogar, du klebtest an der Unterseite des Stegs, wie die Spiegelung eines Wasserläufers, deine linienartigen Beine zuckend um ihre Schultern und Hüften, du, aus den Lichtlinien, vom trüben Algenwasser aus der Sonne reflektiert, wie ein zerknittertes Gewand klebst du Licht an den nassen Unterseiten der Bretter, an ihren triefenden Algenbärten wie Fotze.
Kostja

Kostja!
Meine Tränen sind dein Badeteich.
Ich komme zu dir, ich ertrage das nicht.
Und Nina? Wie kann sie das denn ertragen? Weißt du nicht, oder?
Vasja

Lieber Vasja,
jetzt schreiben wir gemeinsam an dich, weil ~~du~~ Vasja unglücklich ist mit ~~der Art~~ den Briefen, die er von mir Kostja bekommt. Er weiß, dass es nicht anders geht. Dass Kostja Grausamkeit markiert, weil er in Wirklichkeit sich gar nicht verschließen kann. Aber Vasjas Briefe sind auch nicht unproblematisch. »Meine Tränen sind dein Badeteich.« – Was soll das?! Nun ist Vasja hier und sitzt neben Kostja auf dem Steg. Sie schreiben diesen Brief mit Vasjas Füller, auf Kostjas Briefpapier, aufpassen, dass es nicht nass wird. Da: *Furuike* … ein Frosch springt in den Teich. Ein Witz? Küss mich. Deine Knie (haarig) über meinen zwei weißen, am Rand vom Steg – Brief liegen lassen, ins Wasser stoßen die Körper! Tropfen spritzen, Arme ringen. Lieben wir uns oder

hassen wir uns? Wasserläufer ergreifen die Flucht. Ist doch besser als die stehende, grillensirrende Zeit, Luftraum, Nichts. Ist doch besser. Wasser! Nicht besser!

Nina hat sich zurückgezogen, aber sie wartet. Was hält sie davon? Woher soll sie das wissen? Es ist grausam von dir, gekommen zu sein. Du weißt, dass du Macht über mich hast. DU weißt, dass du Macht über mich hast.

Bald gehen wir zum Briefkasten, diesen Brief an Vasja einwerfen. Es war wirklich unsinnig von dir zu kommen. Nein, war es nicht! Schon wegen dieses Kusses!

Kostja

Ich unterschreibe nur widerwillig: Vasja

Lieber Kostja,

war es schlecht von mir zu kommen? Für einen halben Tag nur – dann hast du mich wieder zum Zug geschickt. Es war nicht widersinnig, ich musste dich sehen. Es ist nicht *deine* Grausamkeit. Das ist das Grausame an dir, dass die Unerbittlichkeit der Natur sich durch dich bloß ausübt du Arsch. Nixe, Höllenschlund. Dein Körper, die hellste Larve; dann machst du den Mund auf, und deine Gedanken, fermentierte Welt, strömen heraus wie Nacht und Kosmos, voller Zeichen, deren Bedeutung ist, meine illusorischen Dränge nach der Reihe zu erstechen.

Komme ich, naht dir noch vor mir ein langer kühler Schatten, ein Finger, der dich berührt wie die Erinnerung an den Abend. Die Eichhörnchen zerstreuen sich mit panischem Geschnatter: Der Drache kommt. O du musst mir Jünglinge schicken, jährlich sieben, in deinem Abbild, Briefe, Abbilder deiner selbst, anmutige, zitternd vor Hingabe, nackt, lang, mit weißer Haut. Bleiben sie aus, komme ich und bringe

Feueratem, schweres Atmen, sengende Beschwerde und Schwaden von schwarzem Rauch über deine heitere Landschaft, deren Unterseite mir vertraut ist, die du nicht wahrhaben willst.

Hüte dich nur, schlage nach den Alten wie nach lästigen Tieren. Da kauern sie ringsum, ihre Wänste hechelnd, die Schuppen krachend, nicht zu überhören ihre Präsenz, ihre Körperwärme wie langsam, überlangsam sterbendes Feuer, ihre reptilienhaften Bewegungen, ihre immer noch lebhaften Augen, die nach jeder Bewegung schnellen.

Es tut mir leid, dir mich zuzumuten. Wir sind zusammen im Licht der Wahrheit. Du wolltest es auch so, es geht auch nicht anders. Es tut mir leid, dir mich so zuzumuten. Ich begehre dich unendlich. Du musst mich fliehen. Ach Kostja – könntest du deinem eigenen Wesen entfliehen, nur so könntest du meinem Verlangen nach dir entschlüpfen. Nein! Nein! Ich werde nicht mehr kommen, dir nicht mehr schreiben. Mir ist klar, dass die Freiheit nur eine Rodung ist, man muss sie sich mit der Axt nehmen, die Natur und die Anderen mit Waffen zurückschlagen. Von Natur aus sind wir nicht frei, und das Alleinesein wäre bloß ein dreckiges Geheimnis, nur wir können es zum Paradies umdeuten, durch eine Art von Lust, die auch eine Art von Brutalität ist.

Ich werde versuchen, mich zu beschäftigen. Die helle Liebe zu dir auf die Welt anwenden. Es wird auf dich ankommen, wenn du kommst, falls du kommst, und um was zu tun? Um mich zu erschlagen? – Wahrscheinlich, um mich etwas zu fragen, kurz mit mir zu sein und dann wieder wegzugehen. Das Aller-Unerträglichste! So muss es wohl sein. Kostja. Tränen-Sonne.

Vasyl

Der blonde Junge im blauen Bauernhemd zerknüllte den Brief, der dazu gemacht schien, auf dünnem Reispapier geschrieben, und warf ihn aufs Gras, wo er die Feuchtigkeit aufsog und sich gleichzeitig von der Sonne trocknen ließ. Die Menge an Reue, die er in ihm erweckte, glich der Menge an Ärger darüber. Der Junge sprang auf, ging im Kreis über die Lichtung, schlug Räder, ging auf und ab, setzte sich wieder aufs Gras und begann sich eine Zigarette zu drehen. Das Zigarettenpapier glich dem Briefpapier in seiner milchigen Biegsamkeit und Transluzenz. Der Junge fluchte.

Wie gut war es, sich zu ärgern!

Und was war mit dem Hall des Ärgers im Platz, den ihm Vasja einräumte? Wie wenn man an einem Spiegel im Flur vorbeigeht, wurde der Ärger kleinlaut, als ihn der Gedanke streifte, dass auch andere diesen Ärger kennen könnten.

Ärgerlich, ärgerlich ging Kostja, das Hemd wehend, die Kippe unangezündet im Mund – dass der so trocken war, darauf war er stolz, er konnte eine Kippe stundenlang unbeschadet zwischen den Lippen tragen, wo Vasyls feuchter Rand das Papier um den Filter längst aufgelöst hätte –, die staubige Straße zur Bahn entlang. Warum machte er das? Nina hatte er nur einen Brief hinterlassen, kryptisch, mit angedeuteter Not, ohne wirklichen Hinweis darauf, wann er wiederkommen würde, um sich frei zu halten, aber so gewendet, als schriebe er es deswegen so, um die dramatische Romantik nicht zu sabotieren. Dreckig zufrieden, wie das zusammenfiel. Die Welt will betrogen werden, weg ist weg. Aber er kam ja nicht weg, er lief gleich woandershin, zu Vasyl, dessen tragischen Heldenmut er nicht so fett werden lassen konnte, ohne draufzuspringen wie auf eine Hüpfburg – und sofort würde Vasyl dann auch die Luft rauslassen, erleichtert, beglückt. Sobald die draußen war, könnte er, Kostja, wieder abreisen. Eine Nacht vielleicht bleiben, neben dem Balg des Drachens schlafen. *Seines* Drachens, dessen dicke Rückenstacheln ihm Schnuller, dessen Feuer- und Fäulnisodem ihm Gutenachtlied.

Ohne Vasyl im Hintergrund interessierte ihn Nina auch nicht mehr. Der so bitter ziehende Kontrast wäre weg, und er würde sich womöglich wirklich mit Ninas Welt beschäftigen müssen. Muss man denn alles aufgeben, was man eben erst betreten hat, diese luftige Wiese, wenn man sie so luftig behalten will? Verflucht! Der Junge warf den Kopf herum, um die Locke nicht mehr im Gesicht zu haben, fischte in der Tasche nach dem Feuerzeug, erreichte die Haltestelle mit ihren schiefen Betonstufen, erkletterte den Perron, wartete. Ein dünner Faden Rauch fuhr in den Sommertag, wie Buchstaben. Er setzte sich aufs rostige Geländer. Oben auf einem Telefonmast schlenkerte ein Kabel im Wind. Eine Krähe kam herbeigeflogen und setzte sich auf den Mast. Dann noch eine Krähe, fantasierte der Junge, der ersten auf den Kopf zu scheißen. Die würde losflattern, verwirrt, und die zweite Krähe setzte sich auf den Mast.

Der Zug rauschte ein, Kostja stieg ein, mit wehender Bluse, wehender Hose, drolligen Füßen. Setzte sich, pittoresk wie immer, auf die eine richtige unter den Holzbänken. Eine Geste, deren Bedeutung er erahnte, Verständnis wäre hier übertrieben, aber die Geilheit, die er empfand, als sein kleiner Hintern in der dünnen Hose sich auf dem kühlen Holz der *richtigen* Bank breitmachte, jauchzte wie eine Gasflamme in ihm auf. Ob dieses Gas der Jugend sich je verbrauchte? Das konnte er sich nicht vorstellen. Ich bin Ölquelle, einmal angezündet – von der ersten Sexualität –, geh ich nicht mehr aus. Meister Lampe. Sauge die Welt aus wie ein Docht mit meinem Brand. Er schaute aus dem Fenster, durch den milchigen Spritzdreck hinaus, auf die Perrons jeder Station, die vorbeischwirrenden Laubbäume, die Leute, die warteten, die Leute, die in ihren

Gärten das Obst ernteten und die mit Fahrrädern und Hunden durch die Felder zogen. Es war Samstag, alle hatten frei. Was machen sie nur?

Lieber Vasja,

wo bist du? Ich war bei dir und deine Vermieterin sagte mir, du seist nach China geflogen! Ich war in deinem Zimmer, roch die Wisteria, die um dein Fenster blüht, sah deine Handschrift, deine Katze, das bucklige Bett, aus dem ich immer hinausgerutscht bin, um lieber Tee zu kochen, als zu sehr zu dir zu fallen. Ich sah deine Brüste auf der Fensterbank im Formalin schwimmen und den Staub auf deinen Mappen. Vasja, wo bist du hingegangen? Es kam mir einen Augenblick vor, als wärst du schon ins Jenseits davon. Und dann einen anderen Augenblick, als wären wir uns nie begegnet, und dann einen anderen, als wäre ich bloß eine Figur in einem deiner Träume.

Ich habe die Brüste in deine große Tasche gesteckt und mitgenommen. Warum hast du sie eigentlich abgeschnitten? Schreib mir, bitte, dringend! Und komm zurück! Ich hoffe, dass diese Adresse überhaupt stimmt. Die Vermieterin sagte, da wohntest du immer, wenn du in China bist.

Dein Kostja

P. S.: Habe mir deinen Crawley ausgeborgt.

Vasja legte die Stirn in Runzeln. Dann legte er sich mit dem Rücken auf die Matratze und starrte den Ventilator an, der im Kreis ging, als bearbeitete ein elektrischer Mixer, den er nicht ausschalten konnte, sein Herz durch seine Augen. Es war zu viel. Es war zu weit.

Eine Ewigkeit verging. Schließlich stand er auf, zittrig, wartete, bis die Sternchen vom Kreislauf verschwanden, und holte einen

Text, den er geschrieben hatte, als er hier angekommen war, aus der Lade, um ihn noch einmal durchzulesen.

»~~Zwei Erklärungen~~
Der Nebel am Fels, der Fels jenseits des Nebels

Zur Dokumentation wohl, falls ich stürbe und man sich fragte, warum ich ein paar merkwürdige Dinge gemacht habe.«

Immer diese Suche nach der Vernunft, es war wie Gemüse zu schälen, die herben, signifikanten Oberflächen wegzulegen – nur um sich über die Insignifikanz der nackten Sellerie umso ergebnisloser zu wundern.

»Das chinesische Alphabet zu studieren begann ich im selben Jahr, in dem die Pissoirs begannen, mich anzuziehen, und ich, mich dem auszusetzen. Das war zwei Jahre vor der OP und vier Jahre, bevor ich Konstantin kennenlernte. Ich war damals in Japan und fühlte mich von allen Seiten genötigt, Einführungen in die japanische Kultur zu lesen, als wäre ich mit einem Menschen aus schwierigem Hause verlobt. Da begann ich mich auf einmal heftig für das Chinesische zu interessieren. Verfolgte dieses Interesse. Das Manöver kam mir zwar läppisch vor, es sprudelte aber wirkliche Freude aus dem quasi unendlichen Brunnen der Zeichen, das genügte mir als Grund, es weiterzupeitschen, und weil sich so etwas ab einer gewissen Vertiefung exponentiell beschleunigt, konnte ich bald genug, dass es nicht mehr lohnte, aufzuhören.
Ich war dreißig, und meine Tätigkeit als Komponistin hatte mich inhaltlich an den Punkt geführt, wo ich die Zukunft ausschließlich in der Kunst des Shamisen sah. Das war gewiss auch

eine trotzige Caprice. Ich hatte eine geradezu physische Abneigung gegen alle Mitglieder meines gesamten Soziotops entwickelt, diese um ein paar Förderungstöpfe schwärmenden aufrechten Männer und Frauen, die alle Kraft dazu verwenden, an ihre eigene schöpferische Arbeit zu glauben. Deswegen schrieb ich mich in den einjährigen Shamisen-Kurs in Kyoto ein. Es beruhigte mir die Seele, mich mit keiner Wimper um die japanische Sprache zu bemühen, sondern nur ernst zu nicken, wenn man mich ansprach. So konnte ich die feine Prosodie des Shamisen lernen, als lernte ich vom Instrument selber, als wären meine Lehrmeister alle Teil des Gegenstands; keine verbalen Anweisungen, kein Verdacht eines Missverständnisses. Eine tiefe Ruhe breitete sich in mir aus, wie ich sie noch nie gekannt hatte, das Spiel war heiteres Vergnügen und diabolisches Kichern.

Als ich zurückkam, inskribierte ich an der Sinologie und meldete mich für die OP und die Hormone bei einem Arzt an, der mir von meinem Freund in Japan, dem Wirt einer kleinen roten Gay-Bar im Viertel, wo ich wohnte, empfohlen worden war. Ich zog mich in diese pittoreske Untermiete am Stadtrand zurück, wo ich heute noch wohne, ging nicht mehr aus, trank nicht, außer das gelegentliche Schnäpschen mit der Wirtin, lernte, bügelte, ging mit dem Dackel der Wirtin spazieren, kurz, ich spielte mit regelmäßiger Lebensführung. Es war eine Art Verpuppung; ich fühlte mich bereit, zu leben, zu wagen, was ich begehrte, und zu sein, was ich sein musste, weil das Sein mir anders unerträglich gewesen wäre, wenn langsam die Fiktion der Jugend, es sei nur temporär so, abzubröckeln begann. Während der Verpuppung hatte ich allerdings noch einiges zu verarbeiten. Schluss sollte nun sein mit dem Chaos der Jugend, von dem nur noch die Besenreiser unter meinem rechten Auge und unterhalb der Brüste kündeten, die den Arzt, der mir letztere entfernte, lachen machten. ›Unregelmäßige Ernährung, unregelmäßige Verbrennung‹, diagnostizierte er. Es war ein stark berlinernder Chinese, seit 40 Jahren in der Stadt. Bei seinen Weisheiten flackerte in seiner Stimme auf, warum. Er fragte, ob er die Besenreiser gleich mit wegmachen solle. Nein, er solle sie lassen, entschied ich, denn sie fielen knapp unter die blaue Linie, wo die Narbe sein würde, und würden, dachte ich mir, aussehen wie die Wimpern geschlossener Augen. Ästhetik der Hässlichkeit, Aberglaube, das Spuken der Schriftzeichen, oder bloß mein bitterer Koller, Sachen stehenzulassen, die anderen nicht gefallen: Seht nur selbst, was ihr seht, wenn ihr so seht, Hässliche!

Damals waren meine Brüste manchmal sehr schön. Das Leben am Waldrand ohne Alkohol hatte mir die Haut gereinigt, ich erstrahlte wie ein Teenager. Der Brüste feste Schwellungen wölbten sich in den Himmel wie perfekte Pagoden, wie den Taj Mahal reflektierte sie der Wasserspiegel des Sees. Ich hatte Shin Fun gefragt, ob er die OP auch im Wald durchführen könne. Er hatte sich über den Vorschlag sehr gefreut. Es wurde dann ein Ruderboot daraus, und vorher ging ich noch ein letztes Mal mit den Brüsten nackt im See schwimmen.

Wie sie lustig vom Wasser getragen wurden, wie sie wie weiße Caspare mich scheu grüßten und an mir hingen, während ich Purzelbäume machte! Ich lag auf dem Rücken im Wasser und mein Bauch, in der engen Badewanne von einem lebenslangen Wettrennen um die Vorherrschaft unter den Drei Inseln geprägt, schob hier im Freien die Brüste selbstlos nach oben. Sie fügten sich genau in meine knochigen Hände – aber nein, das ist bloß die großzügige Gefügigkeit von Brüsten, sie lassen jede Hand glauben, in sie passten sie genau hinein, als wären sie dafür gemacht – und seien es die eigenen Hände. Sie waren einander müde, Hände und Brüste, wie alte Ehepartner, und sahen sich doch jetzt, wie alte Geschwister, verblüfft neu – und ich gratulierte mir zum Mut, uns alle mit ihrer Entfernung zu erfrischen. Ich sprang an den Strand – sie wackelten, bald würden sie mich aber los sein! Ich fluchte der Einsamkeit meiner Unversehrtheit – wenn ich ein Tempel wäre, strafte Gott die Bevölkerung, die so fern bliebe, mit Seuchen – und trocknete mich ab.

Shin Fun lauerte im Schatten über seinem Kreuzworträtsel.

›Komm jetzt!‹, rief ich. ›Weg mit ihnen!‹ Da kam ich mir vor wie Salome, die zweimal ihren eigenen Kopf auf dem Tablett bestellt.

Shin Fun befahl mir, mich auf den Boden zu legen, und fotografierte mich von allen Seiten. Den lieblichen Baumschatten in verschiedenen Stellungen auf Schwarzweißfilm, die flüchtigen Finger der Weidenblätter. Heute würden die Brüste schneller weg sein als sie, die ihre Schatten noch lange in den sandigen Berliner Schlamm bohren sollten. Da würden die Brüste schon in einem Kübel liegen. Shin Fun half mir ins Boot, desinfizierte meinen Oberkörper, besprenkelte mich mit DEET, um die Insekten fernzuhalten, und klappte mir den Äther übers Gesicht. Der Assistent schob uns vom Ufer weg und ruderte los. Ich sah einen großen Vogel im Himmel kreisen und dachte an nichts.

Später saßen wir am Lagerfeuer, ich mit verbundenem Oberkörper.

›Du bist sicher, dass du keinen Schwanz willst‹, sagte Shin Fun. Shin Fun betastete vorsichtig die Hühnerkrallen, die er über dem Feuer röstete. Sie dampften mit feinen Fäden in die Baumkronen hinauf und hingen vom eigenen Dampf aufgedunsen am Spieß. Ich dämpfte meine Zigarette aus und öffnete knackend eine Bierdose. Ich konnte nicht ewig bei Shin Fun mittrinken.

›Keinen eigenen‹, sagte ich. ›Der wäre schrecklich.‹

›Die Mitglieder der Kommunistischen Partei Chinas durften diese Mitgliedschaft behalten, wenn sie als *Individuen* in die

Kuomintang eintraten, so wurde es 1921 beschlossen‹, lächelte er.

Ich hatte Bilder von solchen künstlichen Schwänzen gesehen, aus Hüftfleischpartien oder dergleichen zusammengebastelt, und obwohl ich deren Ähnlichkeit mit den falschen Meerjungfrauen aus St. Pauli schätzte, wollte ich so etwas nicht an mir. Als ich erfahren hatte, dass, was möglich war, niemals zu einer Erektion fähig sein würde, war eine Welt zusammengebrochen – das war allerdings lange bevor ich mich zur OP entschloss. Ja, der Entschluss ging sogar zum Teil gerade daraus hervor. Solange mir eine Geschlechtsumwandlung wie eine Möglichkeit erschien, leuchtete sie mir wie ein ferner Stern, mit dessen Licht ich die Kraft fühlte, es weiter als Frau zu versuchen. Als ich erfuhr, dass ich niemals als Mann einen Menschen vögeln würde können, wurde dieser Stern plötzlich zu einem kläglichen terrestrischen Asteroiden, und mit der üblichen leichten Verachtung für alles, was mein Fuß betritt, nahm ich ihn als Zukunft und Heimat, leichter noch: in so etwas wie einem dauerhaften Einfall, so wie andere einen Ehepartner oder vielleicht einen Job. Nun ging es nicht mehr darum, irgendwelche Wünsche zu erfüllen, eine Aussicht, die mir immer das größte Schlottern einjagte, ich würde nicht imstande sein, mich darüber ausreichend zu freuen. Es ging jetzt bloß darum, mit drastischeren Mitteln als bisher zu entkommen. Ich verstümmelte meinen Frauenkörper, um auf jegliches Bemühen, ihn gegen die Zeit zu bewahren, zu spucken. Ich brauchte einen Körper, der dazu da war, strapaziert zu werden, und ein Geschlecht, dem das nicht als Makel, sondern als Schönheit angerechnet wurde. Meine immer größer werdende Hässlichkeit, die Mondschattenhaut des Erlittenen, sollte nicht Mitleid, sondern Bewunderung, allenfalls Schaudern erregen.

Aber kein pissendes Plüschtier zwischen den Beinen! Ich sperre mich eben immer in die Zellen und hocke, mal von Scham geschüttelt, mal euphorisch trotzig in High Heels. So zähle ich mich mit einem gewissen Stolz zu den Defektesten des männlichen Geschlechts und bewahre auch unversehrt meine gesamte weibliche Sehnsucht nach der Nonchalance, mit der ein Junge lernen muss, am Pissoir zu stehen; zu stehen auch gebeutelt von Lust und Scham, und seinen Urin wie einen Satz aus dem Mund in einem klaren Strahl loszuwerden. Er darf sich nicht und muss sich doch einbilden, es ginge nur ihm so.

Meine Stimme ist wie ein kenterndes Schiff. Ich lache, es kentert. Wie gerne poltere ich die Stiegen hinunter, verhasple mich mit meinem Regenschirm. Stolpere den Gehsteig lang, in Berlin, in Shanghai, in Kleidern, in Stiefeln. Hier merke ich, wie sehr mir schon lange alles egal ist, Regen oder Schimpf oder Sexualität, und was für ein guter Einfall diese Experimente waren, um ein wenig Protokoll, um erkennbare Phasen in mein Taumeln zu legen. Jetzt muss ich wirklich nicht mehr, wie ichs von der Jugend als Mädchen gewohnt war, meine Seltsamkeit durch arge Sprüche beweisen, man sieht mir schon auf den ersten Blick an, wie sehr ich mich von jedem unzwielichtigen Topos entfernt habe. Mein eigentlich lieber Charakter konnte sich nun ungehemmt entfalten und trug auf den Schultern wie einen Papagei den wilden Drachen, mein Geburtsjahr. Die Pflicht zur Hoffnung war weithin gebannt. Alle Lust musste mich überraschen. Die Orte, nach denen mir das Herz pochte, betrat ich jetzt. Wenn man mich abwies, so wegen eines persönlichen Makels, nicht eines Gattungsmerkmals. Ohne die Brüste, die wie eine T-Shirt-Aufschrift mein Geschlecht verkündet hatten, war ich alleine Träger meines Charakters. Zumindest war ich etwas weniger. Als nächstes werde ich mir eine Hand abhacken müssen – wenn ich nicht mehr schreiben will? Die Frage, ob ich lächerlich sei, wächst nach. Durch die Gabe von Blut entkommt man der Lächerlichkeit – nicht.

Es hat sich also im Grunde nichts geändert. Ich sitze auf niedlichen, ordentlichen Spielplätzen auf Bänken, das Shamisen auf dem Schoß, gegenüber dem friedlichen Auge des Pissoirs, das mit seinem Neonlicht freundlich in die Nacht hinausleuchtet. Ich bade in der völligen Unmöglichkeit, hier tätig zu werden. Indessen ist jede meiner Gesten eine Andeutung, die niemanden bedrängt, da die anderen sich aussuchen können, ob sie zugeben, dass sie sie verstehen. So auch mit den chinesischen Schriftzeichen. Ich zeige nicht mein Können, mein Hineinschlüpfen oder irgendeine Art von Identität, sondern die nie zu durchwirkende Trennung zwischen mir und dem begehrten Teil der Welt.

Ich war auf dem Weg nach Shanghai, als ich Kostja kennenlernte. Ich hatte zwei Stunden im Frankfurter Flughafen zu warten und lungerte in der Nähe der Toiletten herum, um hin und wieder einen vogelhaften Schluck aus dem Trinkwasserspender zu nehmen, der mich nicht befriedigte. Ich denke, ich trinke da falsch. Ich stand dort, weil eine bestimmte Ruhe um die Türen zu den Toiletten herum herrschte, dank dem einen Ziel, das die Menschen dort hinzog, das sie zu ihrem einen körperlichen Selbst herunterbrachte, egal wie sie sich im Dutyfree-Bereich parfümierten. An mir vorbei ging ein Junge zur Toilettenanlage, der sich nach mir umdrehte und lange, mit unglaublich hellen Augen, meinen Blick hielt. Dann wandte er sich mit einem Schwung seines Haars und verschwand in die Anlage. Ich schwöre, sein Hintern sang ein Lied: ›Wie schade, dass unsereins dieses Spiel nicht ernster nimmt!‹ Ich folgte ihm. Er stand am Pissoir und war im Begriff, seinen rosa Prunkschal wieder über die Schulter nach hinten zu schmeißen, der ihm, während er den Hosenstall öffnete, offenbar nach vorne heruntergefallen war. Ich lief hin und zog mit beiden Händen am Schal, gerade so, dass ein zärtlicher Druck entstand, atemlos; er lehnte den Kopf zurück, lehnte sich mit dem ganzen Gewicht an mich. Ich nahm seine Taille in die Hände, fuhr mit der Hand unter Hemd und T-Shirt, fühlte mit den Handflächen seinen Bauch, die Ansätze seiner Schamhaare, und mit der Außenseite meiner Hände seine Hände von innen, die seinen Schwanz hielten, von dem er einige Tropfen abschüttelte, bevor er sich zu mir umwandte und mich leidenschaftlich zu küssen begann – dann aber losbrach, zu den Waschbecken ging, im Gehen seine Hose zuknöpfte, sich den Mund abwischte, die Hände mit Seife wusch, eine Zahnbürste und Zahnpasta aus seiner Hosentasche holte und begann, sich die Zähne zu putzen. Verwirrt, doch so atemlos wie zuvor näherte ich mich und haschte nach ihm, aber er wechselte, biegsam wie ein Rohr seiend, das Waschbecken, der Schaum tropfte ihm vom Mund, ich konnte nicht erkennen, ob er lachte oder vollkommen ernst geblieben war. Ich stutzte, haschte dann noch mal – Hoffnung konnte nur im Spiel liegen –, er wich wieder aus und putzte sich, während es immer so weiter ging, auffällig lange die Zähne. Als er fertig war, hatte ich mich längst zurückgezogen, lehnte an den Kacheln im äußersten Eck hinter den Pissoirs und starrte ihn an. Er wirkte nun ganz freundlich, näherte sich mir, schüchtern und mutig zugleich, und als ich herausbrachte, ob ich ihn auf einen Kaffee einladen dürfe, sagte er ja. Dann beugte er sich, nahm mein Kinn und küsste mich langsam und sorgfältig, wie jemand, der seine Unterschrift übt, und dann ließ er mich los und nahm im Gehen meine Hand, sodass wir Hand in Hand zum Wegblicken der Leute aus der Toilette kamen, und wir tranken dann tatsächlich Kaffee. Er Espresso, darin Zucker unsicherer Menge, wie jemand, der vor nicht langer Zeit beschlossen hat, immer Espresso zu trinken, und dabei noch fein genug ist, den perfekten Geschmack herausbekommen zu wollen; ich den Cappuccino von jemandem, der allen Espresso-Hochmut hinter sich gelassen hat und oft Kaffee mit Milch trinkt, um des reinen Genusses willen, gelegentlich Kaffee aus ideologisch ungefärbter Lust schwarz zu trinken.

So lernte ich Kostja kennen, und da ich mich in einer schnellen Reaktion, um meine geheimeren Teile vor seiner Verführung zu schützen, Vasyl nannte, erhielt ich da, in dem Augenblick, wo Kostjas Lippen ›Vasyl – Vasja‹ unschuldig wiederholten, den Namen, unter dem ich lebe, seit ich Kostja begegnet bin.

Wir trafen uns wieder, als ich nach zwei Wochen zurückkam. O, das war so notwendig zart mit Kostja! Er war ganz neu, ebenso neu wie ich als Halbmann, und die Gay-Bars, die wir mit Herzklopfen betraten, einander am Anfang noch vormachend, das schon zu kennen – um lachend im Dunklen später zu gestehen, dass wir zum ersten Mal in so etwas gewesen waren – und in den Laken die Entdeckung meines verkehrten alten Geschlechts, meiner Wunde, meiner Scham, die mich immer neu verwundert, und ihn so wenig – bloß einen Beistrich Überraschung, als sein Finger, der einen Schwanz erwartete, einen Spalt fand. Seine hellblauen Augen im Dunklen, ach weiter Himmel Zukunft! Seine rosa Lippen im Dunklen, Vergangenheit als Scherz, im Kuss zerfließend zu bloßer Gegenwart, und das für nur einen kurzen Zungenschlag. Seine langen Gliedmaßen, schmal wie steife Schlangen, aufmerksam wie Kleinvögel, seine Gelenke, umsichtig wie Maulwürfe, seine Gedanken, klar unterschieden wie japanische Süßigkeiten, seine merkwürdig geschenkt wirkende Perfektion, wie ausgedacht als kontrastiver Scherz zu mir, dem erarbeiteten Defekt, o und seine Abwesenheit, aus der unser Verhältnis zu fünfundneunzig Prozent besteht.«

Nun hatte Vasja sich verloren. Der Text war jedenfalls nicht geeignet, ihn Kostja zu schicken – oder doch? Ein Wagnis bäumte sich auf, Vasyl verdrehte seinen Leib, um ihm prüfend ins Gesicht zu sehen: Was hätte denn diese ins Nebeneinander ihrer Welten driftende Narrative für eine Wirkung auf Kostja? Sie wäre erhellend und zugleich so etwas wie ein Abschied von jeglicher Verbindung. Das Bestätigen, das zivilisierte Gutheißen einer niemals zu lösenden Trennung. Notdürftig, temporär überbrückt durch Informationen. Wären sie beieinander, wäre der Text bloß eine neue Matratze, um draufzuspringen. In der Entfernung wirkte er wie ein Deckel. Die Entschiedenheit des letzten Satzes. Vasyl sprang auf wie am Spieß gedreht und zerknüllte die Blätter. Ehrlich betrachtet war Vasyl das Sich-Verlieren so wichtig, dass er gern immer wieder sein ganzes bisheriges Leben als Blumenstrauß für die jeweils jüngste Idee verwandte. Unerträglich war es ihm allerdings mittlerweile zuzusehen, wie dieses Resultat von Schnitten in die Wirklichkeit in der bekannten Vase seines täglich aus dem Bett gehobenen Körpers verwelkte. Er legte die Papiere wieder in die Lade und schrieb an Kostja:

Lieber Kostja,
den Bericht, den du willst, muss ich dir mündlich geben. Ich plaudere dir davon, während du meine Hand hältst, die andere lose auf deiner Brust liegt, dein Kopf auf meiner Schulter knapp neben meinem. Schreib mir, wo du hingehst. Ich melde mich, wenn ich zurück bin. Meine Abenteuer sind deine, ich überlebe sie, um sie dir vor die Füße zu legen als dichte Teppiche. Wenn ich sie nicht überlebe, dann in einem anderen Leben.
Dein Vasyl

Das kam Vasja nun ein bisschen melodramatisch vor. Aber wer bringt schon Melodrama unter die Kackstudenten, wenn nicht ein alter Prahler? Vasyl steckte den Brief mit einem kleinen

Amulett in ein Kuvert und schob sich in die Sandalen, in die Hitze der Straße, unter die Händler und Herumhänger und schwere Sonne.

Die Sachen halb gefaltet, halb gepackt, halb noch wie zum letzten Lüften in der Gegend verstreut, saß Kostja vor einem leeren Blatt, als seine Mutter, vom Spaziergang zurück, ins Zimmer trat.

»Ich würde mich noch umziehen, dann tragen wir die Sachen ins Auto, einverstanden?«

»Ja«, Kostja schaute nicht vom Blatt auf. Nicht zurück, nicht nach Hause, nicht in die Stadt, nicht weiter. Es musste weitergehen. Er warf alle Sachen in den Koffer, schloss den Koffer, trug ihn in die Küche, wo Sonne die Dielen geradezu verbrannte, mit einer weißen, ohnmächtigen Hitze, von der sie bald das Ende des Tages erlösen würde. Alles, was das Licht attackierte, schien mit grausigen Schreien zu protestieren, die Kaffeekanne, der große Topf, das saubere, noch tropfende Geschirr, das weiße, nachlässig gefaltete Geschirrtuch. Durch die offene Tür ging er hinaus, das hohe Gras zeigte sich vor seinen Füßen an der Schwelle, noch bevor er es sehen wollte, und besonders wollte er nicht sehen, wie es abgetreten war zu domestizierten Stummeln, die gegen den Rand der gewohnten Trittstelle immer länger wurden, gelbliche Halme darunter, Kippen und Pflaumenkerne alle von ihm.

Der Sommer kommt nicht wieder, es kommt nur ein anderer Sommer, den wieder keiner will, bis er vorbei ist und alle ihm nachweinen. Man möchte ein Gewitter sein, ist aber nur ein später Regenguss und hat vergessen, wie schrecklich die Sommergewitter waren. Kostja ging los, unsicher, in welche Richtung, um Nina zu suchen, stolperte die Birken entlang, wo etwas – kläglich, kläglich – im Unterholz raschelte, zum Bach, den

Bach entlang zum Teich, wo das letzte Wasser in den Fußstapfen der Enten verdunstete. Er trat nach Schilfstummeln, Frösche sprangen träg ins Wasser. Er legte sich auf den Steg und versuchte, durch die Ritzen seine Tränen zu fädeln, ohne dass sie auf das Holz fielen, das sie so schwarz machten. Unten im klaren Wasser zuckten die Fischlein, ahnungslos, was den Schmerz betraf, den Kostja fühlte, sie mussten sich auch nicht fragen, was er ist. Seine Glieder taten weh, vom Kopf bis zum Fuß, aus Ahnungslosigkeit, meinte er, als Echo des Wassers; es war das Herumirren der Wasserreflexe auf der Unterseite des Stegs, oder was die Unsichtbarkeit im Dunklen seines Körpers dafür hielt. Eine Hand fuhr um seinen Hinterkopf: Es war Nina! Ihre langen Gliedmaßen empfingen ihn, so wie er aufstand; sie hielten sich da, Wange an Wange, bis der Trost einsetzte, Lippen an Lippen die Empfindung zu kleinen Blüten knüpften, die Zuneigung sich Kuss für Kuss überschenkte, einen den anderen. Sie sprachen nichts; sie blickten aneinander vorbei ins Schilf, verschwendeten den Anblick ihrer Augen nebeneinander an die Welt.

Kostja hörte die Stimme seiner Mutter rufen. Die Wangen entfernten sich so sehr, dass nur der Flaum auf ihnen sich noch berührte, ein kühler Wind, des Abends, fuhr durch die Situation, Bewegung durch Kostja, durch Nina. Nina sprang kopfüber in den Teich und schwamm, ohne zurückzublicken und ohne aufzutauchen, mit schnellen Zügen davon. Kostja konnte sich nicht bewegen, vor blanker Verweigerung der Zukunft, starrte die von Nina gebrochene Wasseroberfläche an und fand genauso wenig wie vor dem Blatt Papier irgendetwas zu sagen. Es war nur unmöglich, absolut unmöglich zu gehen. Er drehte sich um und rannte, sodass alles verschwamm. Zum Auto, wo er auf den Rücksitz stieg – »Willst du fahren?«, fragte seine Mutter, ohne Antwort zu bekommen –, den Kopf in die Spalte der Sitze legte und während der Fahrt zuerst weinte, dann schlief.

Herbst war: Gelbe Blätter erschienen, wie voreilige Überläufer, wurden abgeschüttelt, neue Verräter fanden sich. Wind ging durch die Pappeln am Campus, Kostja hielt sich die Jacke zu und stand still. Was wäre anders gewesen, an jedem unbekannten anderen Gleis? Ninas Leben: wer weiß. Beim Gedanken an die Bücher – wie sie stinkend, duftend in der Bibliothek lagen – kräuselte sich ihm unangenehm die Lippe. Das war seine Art zu lesen, die gut funktionierte: Ekel als Verständnishilfe, Unwille als Art, schnell die Herrschaft zu ergreifen, die Übersicht zu wahren. Vasyls Schwanzlosigkeit kam ihm in den Sinn als Möglichkeit von Abstraktion. Zwar nicht anziehend, aber möglich. Und wenn man diese Möglichkeit betritt, entfaltet sich erst ihre notwendige Vielfalt. In einer Mischung aus Verwirrtheit und Ungeduld schüttelte Kostja sich die Locke aus dem Gesicht und ging, den heftigen, steten brandenburgischen Wind im Rücken, zur U-Bahn-Station, ohne zu wissen, was er tat. Die Füße trugen ihn mühelos dahin.

Die Sonne brach durch die Wolken und verwandelte die subtropisch bewaldeten Hügel in eine mythisch wirkende Landschaft, durch die der Zug sich wand, und als Vasyl aufsah, kam es ihm absurd vor. Der Zugwaggon, vom Sonnenlicht durchschienen, spaltete die Welt in eine linke und rechte Hälfte. Die wenigen Leute im Zug befanden sich in keiner der beiden. Er zweifelte ernsthaft, ob er noch in der Welt sei und nicht in so etwas wie einer Zeitmaschine. Diese Art von Szene hatte er schon mehrmals erlebt, in verschiedenen Zügen. Es war ihm aber diesmal ein Gefühl der Vollendung dabei, als wäre es zum ersten Mal gelungen, mit Sensibilität und Schema zusammen den Kasten zu bespringen; als stülpte sich etwas um, dabei zusammenfallend. Du ziehst zuerst die Strumpfhose an, dann die Socken darüber; abschälen tust du sie gemeinsam, und bleibst allein.

Vasyl legte die Kontrolle über sein Bewusstsein ab und vertraute sich ihm an. Die Zeichen trugen ihn von nun an weiter. Der Zug brachte ihn in entlegene Gegenden. Ich glaube, dachte Vasyl, ich bin entkommen.

Bei Kostja traf nach einem Jahr noch ein Brief ein, zusammen mit einem Drachen aus Papier, der sich aufblähte, wenn man ihn am Stock schwenkte.

Liebster Kostja,
Verschwörung, und im Verzweiflungsfall fingierte Verschwörung, ist der einzige Weg. Verschwörung der Finger zum Beispiel. Zu was? Zur Kommunikation. Ich habe deine Zellen ja längst infiltriert, weißt du? Ich bin weniger als ein Gedanke; ich bin das Prinzip der Mutation. Es macht gar nichts, dass ich verrückt werde; ich lebe in dir ja weiter, der du mich bloß ein wenig kennst. Und weil ich mich um deine Fragen herum bildete.
龍龍
龍龍

Frauen gibt es nicht, Männer gibt es,
seit ich einer bin, auch nicht.
Kapitalismus hat es nie gegeben,
der Kommunismus entzieht sich wie ein Irrlicht,
weil es die Leute nicht gibt,
oder sie wenigstens nicht da sind.
Ich dachte, ich schriebe mir eine Fiktion;
höre auf zu schreiben und verliere die Welt.

Und was ist mit unserer Liebe?
Sie verschwindet wie der Kommunismus,
in einem Meer aus Unsicherheit, bekränzt
von Sicherheiten, Plastiktüten,
Kilometer breit,
tief wie ein Augenleiden.
Tausend Kilometer breit,
und tief nur wie ein Augenleid.

Falscher Jasmin

Es gibt irgendwo ein paar ausgewilderte Dackel im Norden Englands, sagte letztens mein treuer Apunkt zu mir, aber ich hörte nicht wirklich hin, denn ich dichtete gerade das hier:

O heiliges Feuer, raus aus dem Gas von Benzol, verbrenne
meine blumige Verwicklung, in der ich mich grade verrenne,
und schicke den Rauch bis an die grauen Strände von Bombay.
Ich muss ein gewisses Gesicht, das sich scheut, noch heute
schauen.
Also stand ich in einem Busch, wo sie falschen Jasmin ge-
hauen,
und der Signalton tränkte sich im Schmerz, dass ich folgen
muss
den grausamen Lebensplänen eines Oberprimus. Ich schleu-
derte
zwei SMS, feinst gearbeitet, gegen die Feuermauer und schlendere
nun durch die Stadt, um das Telefon in sauberem Sand zu begraben. Ach herrje.

Diese Geschichte ist interessant, weil sie von der Grausamkeit einer Jugend handelt, die entschlossen ist, ihr Leben zu machen, und der entschlossenen Beirrbarkeit von jemandem, der von Anfang an wusste, dass es nichts zu holen gibt, dass nur auf Abwegen etwas ist, was er mögen kann. Und umgibt sich mit Harmlosem, damit man fallen kann. Man könnte es »Hochzeit mit Kinderspielplatz« nennen.

Sie duckte sich und trat in den Durchgang, der freigeschnitten war in einem weiß blühenden Busch, vom Park zu einem weiten Spielplatz voll hellem Sand. Der Boden lag voll mit abgesägten Zweigen, auf denen die Blüten noch frisch waren. Es dämmerte, in der ganzen Stadt sahen sie UEFA-Cup, und ohne zu wissen, was sie tat, drückte sie erneut den Knopf, die Nummer zu wählen, unter der er nicht abhob. Es schockierte sie, dies zu tun, doch weil sie sonst nie so etwas tat und dachte, das übliche Leben der anderen bestünde hauptsächlich aus Dingen, die sie nie tat, weil sie sie nicht verstand, kam es ihr richtig vor, ein großes Aus-dem-Fenster-Lehnen, und weil die Blumen so frisch waren, von sanfter und reiner Art, konnte es nichts Schlimmes sein, was sie tat, nichts Schweres, nichts Mühsames. So leicht, wie sie anrief, hob er nicht ab. So fabriziert sich eine Täuschung.

Sie traf einen Angelsachsen, den sie kannte, sie saßen vorm Spätkauf, tranken Bier und plauderten. Vorbei zogen die Bekannten des Angelsachsen: die Griechen, die Iren, die Türken und die Amerikaner, welche kleben blieben. In einer Reihe lehnten sie schließlich an dem fahrradumschlossenen Geländer, das die Ecke von der Straße trennte: ein Pärchen aus einer Bostoner Kommune und deren nerdiges Anhängsel und dessen Hündchen, ein grinsender und ein hässlicher Isländer, zwei rot geschminkte Skandinavierinnen in Norwegerpullis mit maschinellen Strickmustern, der Angelsachse und sie, im Herzen einen dunklen Vorsatz. Kaum hatte sie sich verabschiedet und fuhr mit dem Rad durch die Nacht, fuhr sie nur den halben Weg nach Hause, um dann stehenzubleiben und eine Nachricht noch einmal zu lesen, die sie bekommen hatte irgendwann in den vielen Stunden, die sie vor dem Spätkauf gesessen hatten. Er sei daheim, schrieb er, habe aber ein paar Sachen zu tun.

Sie machte kehrt und fuhr mit einem Entschluss zurück, der

wackelte, aber nicht fiel. Als hätte sie jemanden hinten aufs Rad genommen. Und ebenso erfüllte sie ihr offensichtlich bescheuerter, unvorsichtiger Entschluss mit Stolz, mit Tatendrang, mit Poesie und gestischer Sicherheit. Es war nur eine Kleinigkeit, aber es musste geschehen. Der poetische Furz bestand dann im Folgenden: In einer Industriestraße nicht weit von seinem Haus sah sie in der Hecke wieder diesen Busch blinken mit den weißen frischen Blüten. Doch kam sie nicht hin – nicht ohne vom Rad zu steigen – und pflückte statt des falschen Jasmins zwei weiße Rosen von einem großen Strauch daneben. Die feinen Stacheln bepelzten ihre Finger, dass sie ihr vorkamen wie Zungen, und mit den Rosen in den Fingern ratterte sie das Kopfsteinpflaster herunter, fand die große Straße, die Ecke, den bekannten Supermarkt, das Haus. Das breite Fenster leuchtete blumig. Sie schloss das Fahrrad ab und drückte bei der Gegensprechanlage auf die Klingel.

Gott lässt Situationen den verschiedenen Beteiligten ganz anders vorkommen, damit diese beunruhigt sind, so wie es ihm gefällt. Jetzt, wo ich das erzähle, kommen die merkwürdigen Differenzen heraus. Das Aufsuchen der Wohnung wäre etwas drastisch zu nennen und müsste mit einer aufrichtig empfundenen Not einhergehen. Sie machte es leichthin, und ihr stärkstes Argument dafür war, dass sie ebensogut etwas anderes oder nichts hätte machen können. So wahrte sie ihren Gleichmut, aber was bedeutete das für andere? Sie war leicht zufrieden – Rosen oder die anderen Blüten, beide schön; fahren oder schlafen, beides angenehm. Nur vermied sie, was sie für Feigheit oder Vorsicht hielt, davor hatte sie Angst, zu Recht, sie war ja feige und vorsichtig, wenn sie nicht achtgab.

Ein Stottern an der Tür mit der blitzblank bronzenen Klingel, und im ersten Stock ein langer Junge, blond, dahinter Fritz, beide in Boxern und Feinrippunterleibchen. Sie sahen gerade ei-

nen Film an. Sie übergab die Rosen. Sie entschuldigte sich dafür.
Sie ging, entfernte sich aus dem Stiegenhaus und fuhr, einen
großen Schreck im Rücken, übers Kopfsteinpflaster davon.

Das Lispeln des Hübschesten

Wie liegt im Himmel die Rakete?
Wie hängt der Greis im Auge des Löwen?
Wie reißt seine Pfote an der Seele von Käthe,
während es regnet in Strömen?
And no one is the wiser for it.

Ein Primelchen für eine Idee,
eine Lilie für eine Bekehrung.
Wie die toten Geliebten die Wege umstehen!
Wie Touristen die runden Geburtstage begehen!
And is no one the wiser for it.

Seekühe der Kunst

An der Lohmühle, wo das Wasser des Landwehrkanals an das Wasser des Verbindungskanals schwappt, leuchten Feuer in der halben Dunkelheit, während oben die Feuermauern noch das letzte Tageslicht reflektieren. Schwarze Schwäne ziehen vorbei, von uns unbemerkt, und Vergnügungsboote eigener Bauart mit einem Schweif aus den Indie-Hits von vor fünf Jahren und Lichtern. Wir sind hingerissen, dass wir hier noch sitzen nach so vielen Stunden goldenen Nachmittags und durch die ganze Dämmerung, und jetzt ist es schon Nacht. Wir frieren ein wenig, wittern Schönheit in den Gebüschen, doch sind wir denn auf der Höhe, ihr anders als Beavis und Butt-Head zu begegnen? Einiges wäre möglich, das wissen wir genau, aber es fällt uns nicht ein, was das sein könnte. Wir sitzen herum und fragen uns jeder bei sich, was fehlt. Hin und wieder zieht ein Hund mit Herrchen vorbei, unsichtbar im Dunklen. Zwei DJs, die sich leise unterhalten. Phoque, das Geburtstagskind, hat uns ein prächtiges Mahl ausgebreitet, auch viel Wein zu trinken, Larino brachte Kräuterlikör und winzige Schnapsgläser aus Plastik. Gespräch gab es kaum. Wir haben uns lange nicht gesehen, wir sind zerstreut und tasten uns nicht an. »Und wie lange schon vermisst *du* deinen Vater?« »Ich kann mir nicht leisten, mit Leuten über einem gewissen Alter abzuhängen, oder mit Familie. Ihre trosthaften Freuden, dieser moralisch suggestive Lebensstil, in all seiner Fadesse, ansteckend oder abstoßend, da werd ich ganz evil –« »Genau! Wenn ich da mitmachen muss, fang ich ihn an zu hassen. Deswegen lieber fernbleiben.« »Auch wenns einsam ist.« Mir reichts! Ich knalle den frisch geleerten Schnapsbecher auf die Picknickdecke und ergreife das Wort. Ich erzähle euch etwas über Mayumi, passt auf.

Um wilde Tiere zu studieren, muss man sich dahin begeben, wo sie leben. Ist die Seekuh die Blase, die das ausmacht, was sich in Kunst quasi bewusst entfaltet, so kann man sie in Kneipen quasi sehen. Dort erfährt man zwar nichts über das Innenleben der Seekühe, aber über die Turbulenzen, die sie machen, wie sie untereinander und umeinander sich herumschieben, schwebend, suchend, und so hat man sich einigermaßen gebildet und kennt das Wasser besser, und den Salat, der auch darin schwebt.

Ich muss aber ein bisschen ausholen, bleibt mir gewogen, Freunde. Ich sage euch, es wird sich lohnen, Mayumi ist eine Maschine fürs Denken über Kunst, und das ist ja unser Beruf, nicht? Ich könnte jedenfalls nicht mehr ohne den Gedanken Mayumi auskommen, seit ich sie kenne.

Station 1: Sau-Maus Barbecue

Als ich Sau-Mau und Yunni zum ersten Mal traf, lud mich Sau-Mau zu ihrem Barbecue ein, das zwei Monate später stattfinden sollte. Ab da sprach sie jedesmal, wenn wir uns trafen, davon. Schließlich kam der Tag des Barbecues herbei, ein regnerischer Samstag im südwestlichen Honshu.

Sau-Mau war eine winzige Frau mit schreckweiß gepudertem Gesicht, zu allem entschlossen und sehr offen. Bei Konversationen mit Ausländern, die sie regelmäßig suchte, machte sie nasale Geräusche und sagte: »I see.« Das klang fürchterlich blasiert, zu laut und ganz unehrlich. Mir wäre es viel lieber gewesen, wenn sie wie andere Japaner »Eeee?«, »Mmn!« und »So so so so so« eingestreut hätte, von mir aus in jeder Tonlage. Wäre ich ein Mann, ich hätte bestimmt mit ihr geschlafen und sie aus ihrer Fassade gelöst und in den Armen gehalten. So saß ich ihr gegenüber und spähte träge und verlegen hinter ihre Schminke. Ließ ihr nasales »oh really« über mich plätschern und versuchte, es nicht zu beachten. Wer sie war? Wer ist man, wenn man täglich acht Stunden auf Arbeit und vier im Auto pendelnd verbringt? Ihre Gefühle drückten sich in Vorlieben aus, in ihrer Gipsfigurartigkeit und blanker Energie. Das nenne ich Zivilisation! Gut kann es nicht sein, obwohl ich Sau-Mau bewunderte. Entschlossenheit und Härte. Ob sie rauswollte? Ja.

Sau-Maus Barbecue fand statt auf einem Erlebnisbauernhof außerhalb der Stadt. Es regnete den ganzen Tag lang sehr heftig und ich beschloss, den Regenponcho zu verwenden, den ich im Schuhkasten gefunden hatte. Man sah also eine mysteriöse Figur im Regenponcho von der Bahnstation weg auf dem Seitenstreifen der Landstraße gehen, nach einer Schaufarm Ausschau halten und, um die eigene Verlegenheit zu verbergen, das lange Gras zu ihrer Rechten in regelmäßigen Abständen hauen, worauf dieses sein Wasser auf ihre blassen Beine goss. Noch eine verrückte Ausländerin unter so vielen verrückten Japanern. Ob es gut aussah, was ich machte, danach mich zu richten hatte ich längst aufgegeben. Vier Monate schon kurvte ich auf einem kleinen himmelblauen Damenrad durch die Stadt, in Hardrockkneipen und ins Museum sowie auf ziellosen Fahrten über den Stadtrand hinaus. Ich überlegte mir innere, logische Richtlinien und hielt mich daran, bis Korrekturen notwendig wurden.

Nach einem kleinen Tunnel und einer scharfen Kurve erreichte ich die Einfahrt zum Erlebnisbauernhof, in der eine sehr große Kuh, eine Laubsägearbeit, den Weg verstellte. Über Bodengitter aus Plastik, die mich vor dem Schlamm bewahrten, gelangte ich um einige Gebäude herum zu einem großen weißen Festzelt, unter welchem acht quadratische Grillöfen standen und Gäste auf Betonbänken saßen. Einige Gäste tranken schon Bier, andere plauderten miteinander. Sau-Mau sagte, es seien alles Ingenieure aus ihrer Firma. Die Gruppen an den verschiedenen Grillplätzen schielten anfangs zu einander hinüber, doch vergaßen sie einander bald. Angestellte der Schaufarm erreichten die Picknickpartien mit Körben roher Lebensmittel, wie sie bestellt worden waren, und die Ingenieure und Yunni legten Champignons, Karotten, Süßkartoffeln, Paprika, Schweine- und Rindfleischstücke, Hühnchenspieße und Würstchen auf den Grill. Ich liste alles auf, weil es eine vollständige Liste ist: Nichts fehlte; mehr als das gab es auch nicht. Dicke Teriyakisauce war zum Tunken da. Zum Dessert hatten einige Leute kleine Keksrollen mitgebracht.

Sau-Mau stellte mich Wolfgang vor, einem langen, eigensinnigen Engländer, der, wenn es nur möglich war, Japanisch redete, und Joseph Mostrich. Joseph war ein kleiner Amerikaner, pausbäckig, weich und geschickt, ohne sich die Finten eines Europäers zu erlauben. Er sprach mit nur einer Hälfte seines Gesichtes, weil er einen Schlaganfall erlitten hatte, wie ich später erfuhr. Oder war es Hepatitis, ich weiß es nicht mehr, oder war er bloß einer dieser unangenehm halbbeherrschten Menschen, deren Gesicht einem Kissen gleicht und in verborgenen Regionen ihrer Person grenzenlose Brutalität vermuten lässt? Ob ich diese dritte, okkulte Theorie zu Unrecht hegte oder zu Recht, das herauszufinden blieb mir erspart. Joseph hätte Gelegenheit gehabt, die Brutalität wenigstens aufflackernd zur Erscheinung zu bringen; sie zeigte sich jedoch nur in seiner Bereitschaft, sich von kitschigen Filmen rühren zu lassen.

Wie es dazu kam, dass wir zwischen den Grillquadraten zu viert Madison tanzten, kann ich heute nicht genau sagen. Der Madison passte gut zum Raum, wir zogen Karree um Karree: Wolfgang, der lange Engländer, Moori, der dicke Ingenieur, der in ein paar Wochen auf Geschäftsreise nach Russland fliegen sollte,

Dame, ein verquirlter Klassenclown von Ingenieur, der bei Sau-Mau ohne bemerkbaren Erfolg Englischstunden nahm, und ich selbst. Als wir fertig waren, setzten wir uns auf die Bänke und warteten, was als nächstes geschehen würde. Ein Gespräch nach dem anderen wurde wieder aufgenommen, Bier gegriffen und die letzten verkohlten Dinge, die auf dem Rost lagen, von schamhaften Männern und Frauen verzehrt, die sich nicht erlaubten, andere Gäste mehr zu begehren als Essensreste. Der Regen fiel immer weiter, und nicht die leiseste Änderung des Lichts wies darauf hin, dass es Abend werden würde. Dame neigte sich mit jedem Schluck Bier mehr zu mir herüber, ganz als ob er mein Englisch schwer verstünde. Wolfgangs Trotz schmolz, Sau-Mau brachte ihn zum Lachen. Joseph Mostrich begann – mit zurückhaltender Würde wie ein Gockel gegenüber Wolfgang, seinem Feind – auszupacken, denn er sah ein, er müsse mir schon erklären, was er machte, um mein Interesse an seiner pausbäckigen fünfzigjährigen Person zu wecken. Indem er leise in Richtung seiner Brust sprach, versammelte er eine Runde Köpfe um sich, die das kraftlose weiße Licht, das durch den Regen und durch den Schatten der Zeltplane gedrungen war, aus seiner Nähe verbannte. Nur Wolfgangs wieherndes Lachen schallte wie von fern herüber, regelmäßig erweckt von der tapferen Sau-Mau, die zu uns schielte.

Als ich Josephs Forschungsgebiet überblickte und auch erfahren hatte, dass er schon 20 000 japanische Schriftzeichen kannte, ging ich mit Yunni eine rauchen. Es war nicht so, dass Joseph angegeben hätte, er schilderte nur, wie es war, und die Dinge, von denen er gesprochen hatte, füllten eben seine Zeit.

Wie ruhig war Yunni, und doch voller realistischer Träume und wirklicher Erlebnisse. Wir begannen uns an den Ort zu gewöhnen, das helle Licht über dem Aschenbecher, das kleine Stück Hauswand zwischen uns, die Plastikziegel, Erinnerungen an

Amerika. Dann räumten wir alle die Feuerstelle und brachen auf, um uns im Shooter's zum Swing-Abend wiederzutreffen.

Transit

Wir gingen jeder ein bisschen schief, vom Regen, vom Bier, von den Konversationen. Ich befand mich mit Wolfgang in der U-Bahn. Er sagte, dass niemand mit ihm Japanisch reden wollte, während er sich großer Beliebtheit erfreut hatte, solange er nur Englisch gesprochen hatte. Dahinter steckte eine Theorie der Wirkung, ich steckte eine der abstrakten Psychomechanik hinein. Er erklärte mir die Phasen des jahrzehntelangen Aufenthalts in Japan. Ich gab zu, dass mir alles hier noch ziemlich gut vorkam. Die U-Bahn schaukelte uns, der giftgrüne Samt der Sitze kratzte unsere Waden wie auch die seidigen Waden der Japanerinnen neben uns. Alle aus dem Leben in die U-Bahn geworfen. Es dämmerte draußen; den Regen durchdringend, erhellte das goldige Licht den Waggon und das Haar, die verschwitzte Haut, die strahlenden gebeugten Nacken der Japanerinnen, ein hingebungsvolles, zärtliches Lachen, das zwar alle sahen, das aber nur die zur erwidernden Hingabe reizte, die keiner festen Arbeit nachgingen.

2. Station: Shooter's

Im lieblosen weißen Karree, das den Eingang zum Pub im ersten Stock bildete, trafen wir uns alle wieder und stürmten die Treppe hoch. Von einem Quadrat ins nächste! Zwar zogen sich Wolfgang und Joseph in eine Ecke zurück, um still ihre Feindschaft zu begießen und einander Informationen abzuluchsen, und bildeten das Auge eines Hurrikans aus irischen Hockeyspielern, welche von der geistigen Verfeinerung von Eishockeyspielern weit entfernt sind. Doch war mir das herzlich egal. Ich fand mich mit Dame an der Bar, und wir hatten nach der Bestellung jeweils einen Becher *crushed ice* voller Gin Tonic vor der Nase: Auswurf einer Happy Hour, deren Position am Tag uns ziemlich entschlüpfte, und dann fing die Swingstunde an. Wir wurden zum Viereck gepaart mit einer jungen Musiklehrerin und ihrer Mutter. Die Musiklehrerin war ein schlaffes Mädchen mit Schweißhänden, die Mutter eine kluge Frau, beiden blieb jedoch das so heitere Mysterium der zwei mal vier Schritte, welche auf drei Zweivierteltakte passen, verborgen, ja sie stellten, und das war, glaube ich, das Problem, nicht richtig fest, dass es ein solches Mysterium gab. Mysterium der immer auf gleich kommenden Differenz, der große amerikanische Witz der Geschlechter. Sie waren aber gewohnt, Sachen hinzunehmen, und es fiel ihnen weniger auf als mir, dass sie nicht mit der Musik hielten. Die Frage, wie sich eine Regel zu so etwas wie gefühlter natürlicher Mathematik verhält, beschäftigte sie nicht. Dass sie in diesem Fall angewiesen wurden, mit dem Körper, mit einer Art Witz, mit dem Weitblick über mehrere Takte den nur mit dem engen Blick auf den einen aktuellen Takt ungerecht erscheinenden, schmerzenden Widerspruch aufzulösen. Swing, Tanz des Tellerwäschers, ist kein Tanz für Untertanen – nicht für welche, denen es bewusst ist, welche zu sein. Swing ist ein Tanz für Leute, die Ungerechtigkeiten sportlich nehmen und sich darin gefallen. Für Leute, die die Ungleichheit mit dem Körper auszugleichen bereit sind. Vielleicht also doch ein Tanz für japanische Frauen. Dame, der Ingenieur, war solche Rhythmen jedenfalls gewohnt und legte mit Schwung los, flog in Fünfer-, Sechser-, ja Siebener- und Achtergruppen durch den Raum. Ohne Mühe schnellte sein Rumpf aus meinem Arm und in ihn hinein. Als der gesittete Unterricht vorbei war, schleuderten wir uns wie Rutschen des Takts durch die Gegend, mein Arm umwickelte seine biegsame Taille wie die Schnur eines aufziehbaren Kreisels, dann stürzte ich durch seinen gebogenen Arm wie eine

Eisenbahn durch einen Tunnel, als Rhinozerosse zwirbelten wir einander auf den Hörnern, ja, und bald kreiste sein langer Hals um meinen, um die Bar mit einem Strauß von klatschmohnähnlichen französischen Küssen zu schmücken. Auf der Webseite des Shooter's kann man noch das Gruppenfoto vom Swing-Abend besichtigen, oben in der rechten Ecke findet man Dame und mich, Zungen in Hälsen. Doch kurz darauf lehnte ich ab, mit ihm in dem weißen Hausflur unter die Stiege zu gehen. Er hatte sich, voll Suff, schon so sehr in die fließenden Bewegungen einer Schlange verwandelt, und ich hatte auf noch weltvergessenere Aktivitäten keine besondere Lust, oder vielleicht hatte ich Angst, zu weit zu gehen, wir schüttelten einander jedenfalls die Hand, er ging zur U-Bahn und ich wieder in die Kneipe zurück. Dort in der Tür standen, nicht feixend, sondern ernst, Wolfgang und Joseph, im Aufbruch begriffen. Die Frau an der Tür musste mit ausreichend Plauderei bedacht werden, dass man sie als Freundin einschätzen durfte. Gleichzeitig machte die grundsätzliche Einsamkeit jedes Ausländers solche Mühen leicht. Während des Austauschs stempelte sie die Sammelkarten der beiden und stellte mir eine neue aus. Danach waren wir frei und gingen auf Josephs Vorschlag in Rost's Ranch.

3. Station: Rost's Ranch

Vor der Tür verabschiedete sich der lange Wolfgang, da waren Joseph und ich schon drin. Rost begrüßte uns mit warmen Tüchern, Joseph flößte uns in eine Runde von Bekannten, die, nachdem er mich vorgestellt und uns Whiskey bestellt hatte, darin fortfuhren, die akuten Probleme eines alten Malers mit seinem Visum zu besprechen. Der Mann hatte einen weißen Bart und leuchtend blaue Augen und trug ein buntes Hemd mit Tropenmuster. Er fuhr mit dem Fahrrad durch die Gegend und portraitierte alte Häuser, die dem Abbruch nahe standen. Seine Bilder waren detailreich, voll kleiner bunter Flächen, bunt umrahmt. Es sah aus, als malte er mit einem dieser Sechsfarbenbuntstifte. Keine Melancholie, kein Böses fand dort eine Ritze. So war er und konnte nicht verstehen, wie man ihm einfach sein Visum nicht verlängerte. Ursprünglich aus New Jersey, hatte er, seit er zwanzig war, nicht mehr dort gelebt; wenn sie ihn hier rausschmissen, würde er nirgendwo mehr sein können und bald sterben, war die allgemeine Meinung. Er weinte fast und spielte mit seinem Schlüsselbund. Das Gespräch ging im Kreis.

Plötzlich klatschte die Kneipe, ein Paar war auf die aus ganzen Baumstämmen gezimmerte kleine Bühne geklettert. Sie begannen, Duette von Johnny Cash zu singen, und um sie herum breitete sich ihr eigenes Wohnzimmer aus. Rost stimmte auf seinem Banjo mit ein, gab es aber bald wieder auf und griff sich das Tambourin von der Wand. Das gab er an eine junge Trinkerin weiter und widmete sich dem Ausschank, um das Pärchen, als es aufhörte, mit einem frisch gezapften Bier zu begrüßen. Rost Ranger hatte lange Zeit in Paris eine Gauklerkneipe geführt. Dann erkrankte seine Mutter, und er kehrte in seine Heimatstadt zurück. Dass sich die Ausländer hier zu Hause fühlten, war Rosts Stolz. Er erfüllte die Anforderungen an die japanische Zuvorkommenheit, ohne im Geringsten unterwürfig oder beeindruckbar zu wirken wie die meisten Wirte. Deswegen vertrauten ihm die Ausländer, was ihm die Ausländer umso mehr ans Herz wachsen ließ.

Nun trat eine Frau auf, die mir schon im Shooter's beim Swing aufgefallen war: das Quadrat sie selbst! Ein schöner Kopf hing verblüfft über dem fernsehförmigen Körper, und wenn sie sang, wirkte es, als hätte ein Röhrenmonitor eine Seele. Seltsamer Fall einer mechanischen Erscheinung, die selbst die Kraft zur Flucht ins Nichtmaschinelle durch die Poesie vollständigen Daseins liefert. Sie sah aus wie eine Puppenbühne, wenn sie den Kopf

bewegte. Wenn auf einer Puppenbühne ernste Schönheit ver-
handelt wird, stockt der Atem – sie sang …

Was war es für ein komischer Traum – oder was für ein Aggre-
gatszustand von Traum? Das Blockhaus, der Whiskey, die Musik,
die Einsamkeit, die Gesichter – es war kein Traum, es war echt,
es war echter als echt, so, wie Kohle echtes Holz ist. Kunstreich
durch konzentrierte Zufälle verdichtete Wirklichkeit. Es war auch
keine einzelne Faser mehr dynamisch, der Traum war materia-
lisiert und erlebt, eine dick aufgetragene Version, der ein das
Schicksal ausführender Mensch eine Inkarnation verschafft hatte. Trifft das denn auf jede Bar zu?

Wie eine Made im Holz saß Joseph Mostrich an der Wand,
umkreist von seinen rotierenden Freunden, und begann sich für
mich noch mehr zu interessieren. Je mehr er mich ausfragte und
die Antworten bewunderte, sodass ich mir wie ein gelehrtes
Pferd vorkam, desto mehr tat der Nottinghamer Nietzscheaner,
der gegenüber saß, sie ab. Er runzelte die Brauen wie ein Stier
aus einem kubistischen Gemälde und listete die Dichter auf, die
ihm etwas bedeutet hatten, es waren Keats, Wordsworth und
Tennyson. Wundersames Japan, Auffangbecken der feinsinni-
gen Tüchtigen, für die die Welt anderswo zu schlecht ist! Im 2,5-
Meter-Mann auf der anderen Seite, mit dem winzigen Knaben-
gesicht unter einem Kranz von Engellocken, der sich auf dem
Stuhl bei der Tür kurz niedergelassen hatte, Mechaniker und
Motorradkünstler, war Arroganz die Schallwelle des Schocks
seiner eigenen Schönheit, den er langsam verarbeitete. Was
blieb, waren eine launische Schweigsamkeit und die Fähigkeit,
schnell und ohne Zögern zu gehen, was er tat. Bei alledem ahnte
man, wenn er jemandem die Tür aufhielt, eine innere Demut,
deren Anwendungsbereich dem Motorradkünstler noch nicht
klar war. Aber er würde sich schon noch verändern, er war ja in
Japan. Wenn er sich erst an die unfassbare Koagulation von

Zufällen gewöhnt hatte, dass er so lang, so schön und auch noch so intelligent und fleißig war, Japanisch zu lernen. Joseph bemerkte mein Studium und bestand darauf, dass wir die Kneipe verließen.

4. Station: Sky Bar

Nach einigen verlegenen Schritten auf dem neu gefundenen Gehsteig schlug Joseph Mostrich vor, in eine Bar im 62. Stock eines bekannten Hochhauses zu fahren. Da es eine Sehenswürdigkeit war, konnte ich, befahl die Neugier, nicht nein sagen. Ich hatte doch keine Angst vor dem kleinen, weichen Joseph Mostrich, würde ihm schon galant entschlüpfen und die Sorge, ihn beleidigt zu haben, bald vergessen. O und ich hatte es satt, mich moralisch zu zerfleischen, wenn ich die Nacht, die Luft und die Einrichtung mehr liebte als die Leute. Hauptsache, es ging immer weiter.

Im Lift die bekannte plötzliche Stille von Liften, der Hall eines vakuumierten Schachts, der einem das Ohr beschlägt wie plötzliche Luftfeuchtigkeit. Wir sehen uns an. Er hat mich schon lange in meiner Kategorie erkannt, Mensch, Mädchen, Mönchlein; ich sehe den Mann an, der schon in der Jugend keine Schönheit war, aber intelligent, beweglich, und mit dem Alter schlau und sanft geworden ist. Nur leider denkt er in Kategorien. Die Wünsche haben sich verdeutlicht wie kleine Falten im Gesicht, bei einer bestimmten Grimasse bildet sich eine bestimmte Falte in der Mitte der Stirn, ein Wunsch. Was ist es für einer? Ich wende mich weg, und habe doch schon die Nacktheit des Wunsches erkannt. Es ist der weiße Buckel der Unzufriedenheit, den jene der Welt entgegenstreckt, wenn sie schmollt. Ein weißer, gekrümmter Akademikerrücken, behangen mit sanftem Fett. Er will geschlagen oder begehrt werden, erregt Ärgernis, ach so sanft, indem er den Wunsch äußert, egal, ob er genehm sein wird oder nicht. Radikal. So weit geht aber Joseph nicht. Er hat einen Film im Kopf, den er als Bindeglied zu mir verwenden will, doch ich habe den Film nicht gesehen, amerikanischen Kitsch, kenne nur den Titel und habe ihn noch unbesehen abgelehnt. So sitzen wir, in dieser großen, schmalen, schwarzen Badewanne von Bar, mit Drinks und Erdnüssen, und mein Blick flieht sorglos über die Stadt.

Das Hochhaus drehte sich auf dieser Etage um die eigene Achse. Ich dachte an meine Freundin Quarthild und die anderen tapferen Johannas der Akademien, deren Wünsche so schwer zu finden sind wie ihre Augen, weil sie sich selbst gelehrt haben, ihre Arbeit zu lieben und ihre Würde, die darauf wächst wie auf feuchter Watte. Die Sonne nur noch eine Idee, an der alten Stelle, ohne wirkliche Hoffnung. Nein!

Ich blieb still, saß wie eine lichtlose Stille in der lichtlosen Stille und hörte die minisküle Mozart-Symphonie, die aus den Ritzen der Sofas sich zu retten schien wie aus einem schwarzen Loch. Warum fühlte ich nichts gegenüber Joseph Mostrich, warum? Warum konnte ich den Weißwein bestellen, die Kondensation auf dem Glas mit dem Finger begleiten, bis sie in die rote Serviette einsickerte, auf die das Glas von der schlanken Hand einer unglaublich eleganten Kellnerin gestellt worden war, aber nicht fühlen, was es bedeutet, wie es wirkt, wie es sich anfühlt, als junge Frau mit Joseph Mostrich in einer Bar hoch über der Stadt zu sitzen und keine Cola zu bestellen? Nichts anderes wollte er als Romantik; aber siehe, das hier ist wohl das, Romantik, Robe der Peinlichkeit, Urgrund alles menschlichen Seins, die Hoheit über den eigenen Stil. Das war es, was mich entfremdete, mit meinem Regenponcho des Feinschmeckertums in Bezug auf die Gefühle. Doch hatte ich angeblich Geld und Jugend und Schönheit, und so radebrechte ich immer weiter und kam immer noch einmal davon. Links und rechts von uns saßen japanische Paare.

In derselben Stille wie wir. Sie flüsterten einander wenige Worte zu, und unsere Stille, mein Unverständnis ließen sie prickeln und perlen. Sie waren bestimmt auf ihre Weise so entfremdet wie ich. Wie unsichtbar es ist, ob jemand empfindet, was er tut, oder nicht. Oder sieht man es mir an? Ich wurde höflich und legte meine Hand auf Joseph Mostrichs weiche Hand, während ich mit nein antwortete, als er fragte, ob wir in ein Love Hotel gehen. Was für eine Selbstverständlichkeit, was für eine Unverschämtheit, menschlich gesehen, getarnt durch die Höflichkeit; hier, in dem einen Moment, spürte ich etwas, nämlich die Bandbreite der möglichen Reaktionen: mich bei lebendigem Leib zerreißen, nach einem Gefühl für den Mann suchend wie in der Handtasche auf der Straße nach dem Portemonnaie; mich verblüfft hier hineinfallen lassen und womöglich ganz unerwartet von Zuneigungen dieses weichen Mannes erlöst werden, das finge damit an, dass ich irgendwie freudig aufgeregt werden müsste auf dem Weg zum Love Hotel; sein tristes Amerikanertum vergessen, die Resignation und Pragmatik im Feinsinn, der ihm aus jeder Pore strömte, übersehen – oder sich mit freundlichen Gefühlen verabschieden, wie ich es nun dreist in die Wege leitete, statt an den Menschen einer logischen Illusion von Logik hingegeben. Du könntest doch mein Vater sein, sagte ich und tätschelte höflich die weiche Hand, als ob damit etwas gesagt wäre.

Ich saß, badete die Fingerkuppen im Kondenswasser – immer Weißwein in Cocktailkneipen, auf einer roten Papierserviette, die leise Vorwürfe zu machen scheint, und Weißwein in Bierkneipen, auf einer Weihnachtspapierserviette, die anzeigt, wann zum letzten Mal hier Weißwein bestellt wurde: als die Frauen mitkamen. Und ich und Joseph, sitzend auf unseren Ärschen auf einem Plätzchen Zurückhaltung, das anzuzeigen scheint, wann jeder zum letzten Mal Sex hatte. Und mein Widerwille, mit Joseph auch nur das Geringste gemeinsam zu haben, einem Amerikaner, der alles sanft macht und mir schon deshalb nicht gefällt, weil er sich an sich selbst gewöhnt hat.

Ich war innerlich abwesend, war in meinem Büro an der kleinen Universität mit ihrer Industrieästhetik, sah dessen helleren Ausblick über den kleinen Campus und über die ganze blasse Stadt Nagoya. *A pretty boy passing on a bicycle.* Ohne Angst schaute ich Joseph in die blauen Augen und sagte, meine ich, mit meinem Blick sehr deutlich, klar und nüchtern, dass ich aus nicht besonders interessanten Gründen ablehnte, mit ihm in eine Romantik zu gleiten. Als wir uns unten auf der Straße verabschiedeten und er an meiner Schulter mit mir zusammenschmolz und ein paar Tränen vergoss, lachte ich innerlich, wenn auch voll potentiellen Mitleids, potentieller Freundlichkeit – was soll denn Freundlichkeit, ohne Freundschaft als in Zeit und Raum ausgedehntes Verhalten? Ist doch nur ein Versprechen, das von vornherein verlogen sein muss, weil es uninformiert gegeben wurde und nicht zu halten ist. Lachte das Lachen dessen, der sicher ist zu entkommen. Meine Seele weiß, dass sie die Last eines schon lange nach Liebe verschmachtenden Menschen nicht aushielte, auch wenn ich mich aus moralischen Gründen dazu entschlossen hätte, wie es Joseph im Sinn hatte – und so kann ich über Joseph Mostrich, den ich vermieden habe, anstatt ihn näher kennenzulernen, nicht mehr als das berichten.

5. Station: 500-Yen-Bar
Kaum aber war Josephs runder Rücken in den U-Bahn-Schacht verschwunden, wendete ich auf der Ferse und schlug den Weg zur 500-Yen-Bar ein, ein kleines Irrenhaus, wo man gelegentlich einige junge Englischlehrende antreffen konnte. Wozu gehst du in Bars, fragt ihr, wenn du doch die Begegnungen mit den Menschen scheust? Aber ich sage euch, es gibt keinen guten Grund,

in Kneipen zu gehen, die Gründe dafür gleichen den Luftballons, mit denen man neu übernommene Kneipen schmückt, sie sind irgendwie fremd, unnötig, irgendwie Selbstzweck, kindische Gewohnheit, Anlass, weich, verletzlich und sentimental zu werden. Männer, die Luftballons in Kneipen aufhängen, zum Beispiel, wollen damit irgendwie ansprechbarer sein, als sie sonst sind. Es ist offensichtlich ein Umweg, den vielleicht die meisten, die in Kneipen etwas suchen, gar nicht einschlagen. Sie sind ernster und wollen, ohne je lachen zu müssen, auf der Autobahn eines einzigen Pathos vom Ernst ihrer Arbeit – von dem ihr Gewand noch kündet – in den noch heiligeren Ernst einer tiefsitzenden Romanze. Im Grunde führt das dann wiederum zu schnellen Geburten, und zum Eifer des Ernstes der Arbeit und dem des Ernstes der tiefen Liebe tritt alles hinzu, worüber das Kind Grund hat, sich aufzuregen, zum Beispiel eben die Lächerlichkeiten der Eltern, die sich nicht die Zeit genommen haben, sich komisch zu finden, als sie, noch in Freiheit, die Autobahn der Liebe ihres Lebens suchten. Also hinunter in den verfluchten Schmetterlingspott 500-Yen-Bar.

Kurz vor der 500-Yen-Bar kam mir Mushislav Duckhose entgegen.

Mushislav Duckhose ist der Kopf mehrerer Bands, trägt bei seinen Auftritten glitzernde Abendkleider und hohes Haar, mimt, mit dem Mikroständer zu ficken, und stolziert, mit seinen irgendwie weiblich geschnittenen Hüften schlenkernd, auf der Bühne auf und ab. Er unterrichtet an höheren Schulen Englisch und pflegt einen englischen Akzent, der ihn klingen lässt wie den heimlichen Prinzen einer Vorstadt von Manchester. Ich weiß nicht ganz genau, warum, aber ich war über alle Sterne entzückt, ihn zu treffen. Wir nahmen Anlauf und gaben uns windhundartig Wangenküsse, mit Phrasen in unseren jeweiligen *fake English accents* die Kopfbedeckungen von den Köpfen wedelnd, dann stellte er mir seine Begleitung vor, einen schüchternen Töpfer, der ganz in Filz gekleidet war, aber so unauffällig geschnitten, dass man es erst bemerkte, wenn man den Arm um ihn legte.

6. Station: New Logic

Mushislav und der Töpfer hakten sich links und rechts bei mir ein – merkten wohl, dass ich schon getrunken hatte, so eifrig und ungeniert schaute ich nach links und rechts auf ihre Profile – und gingen mit mir in das New Logic. Das war eine Bar mit vielen vereinzelten Kojen und Zimmern. Bunte Drinks schmückten, sobald wir eingetreten waren, unsere Hände, und wir wurden die Drinks nur umständlich los, unsicher, inwieweit wir sie wirklich trinken sollten. Schalen von Konnyakustreifen mit geronnenem Ei beleuchteten die Untätigkeit unserer Essstäbchen von unten. Ich stellte die Schälchen nebeneinander auf die Fensterbank eines blinden Papierfensters, hinter dem offensichtlich eine Neonröhre am Werk war, während Mushislav und ich im Flüsterton Informationen über unser Leben austauschten, die interessanter gewesen wären, wenn wir einander nicht so nahe gegenüber gesessen hätten. Unsere Hände fingen an, im Geist des Orts verheddert, elegante Kurven über die Körper der anderen zu beschreiben, mit den Knöcheln komplizierte Xylophonspiele zu spielen. Ich bildete mir indessen bald ein, Mushislavs Körper sei eine Slotcaranlage, der Töpfer der grüne künstliche Rasen rundherum. Nach einigen Runden merkte ich, dass ich nur mehr den Filz vom Töpfer streichelte, der Töpfer selbst aber in einer Ecke nackt auf Kissen hockte. Das war ein zu fordernder Spagat, ich verschloss gegenüber dem Töpfer die Augen und widmete mich wieder der flitzsilberglitzernden Autobahn Mushislav. Sie zweigte sich, als ob die Erde aufbräche und eine weiße Brust käme heraus. Es war wohl wirklich: seine.

Auf der ließ sich weiterfahren, komischerweise hatte ich keine Angst, sondern wechselte in den dritten Gang. Auf einmal ging eine fleischfarbene Schranke auf. Zoll, Unterwelt, wusste ich. Ich hatte diesen Tunnel nicht aufgemacht, er hatte sich selbst aufgemacht, ich konnte das Ereignis freudig und dankbar begrüßen. Ich streichelte die Schranke, dabei ihre zylindrische, oder eben nicht ganz zylindrische, Form besonders hochhaltend und beachtend. Kurz darauf bäumte sich die Erde auf und legte mich auf gummiüberzogene Kissen, wo ich mit dem Rücken landete. Mushislavs lange, spitze Zunge sprach Mantren an meinem Rand, die ich nicht ganz, aber doch immer irgendwie verstand. Alles, was wir taten, war bemerkenswerterweise ganz und gar achsensymmetisch, wofür ich Mushislav Duckhose unendlich dankbar war. Die Gliedmaßen, die sich rechts von unserer gemeinsamen Körperachse befanden, nahmen, egal ob sie ihm oder mir gehörten, dieselben Positionen, dieselben Bestrebungen an wie die links. Ja sogar oben und unten und in den Gefühlen schien ein launischer Symmetriezwang uns sehr glücklich zu leiten.

Wie lange? Wie noch? Warum mochte ich es mit dem Kopf denn so sehr, wie eine gute Sprachlehrstunde? Ich sprang auf und warf Mushislav zu Boden. Sofort war er wieder auf den Beinen und warf mich zu Boden. Ich auf und warf ihn auf den Boden. Wo ist die Schranke, wenn man sie sucht? Er mich wieder, ich taumelte absichtlich und lachend, landete auf den Kissen und deutete mit den Händen, er solle mit seiner Schranke nach vorne kommen, deren Ende mehr wusste, als ich glaubte, bevor ich es wusste, und auch, damit ich mit den vollen Händen um seine Hüften herum seine Arschbacken halten konnte.

Nur küssen wollte er nicht. Das war mir ganz recht. Ich hätte, hätten wir uns geküsst, die Hinterseite des Mundes im Kopf verschließen müssen und stattdessen seinen Nacken fassen, was mir das Herz verengt hätte. Bei allem Gerangel schützte jeder von uns seinen Mangel an Liebesbereitschaft als einen Ausgang in die Freiheit und Eingang für die Freiheit, mit der es so angenehm war umzugehen; schützte die Welt davor, von einer zu bestimmten Zuneigung überflutet zu werden. Keiner wollte indessen zugeben, dass er hier war, ohne eigentlich etwas zu wollen. So driftete man dann doch leicht davon. In diese Landschaften von Noppenhaut der Kissen, deren Körnung sich vergrößerte und verkleinerte, in einen Wolkenhimmel, den man einmal in Wittenberg gesehen hatte, in ein Wiehern einer versteckten Sonne, die man sich unter der Achsel des Gegenübers imaginierte, wozu man die Augen aufmachen musste, um nachzusehen, was für Haare dort wohl wuchsen, eine angenehm machbare Aufgabe wie das Suchen eines schönen Zitates an einem bekannten Ort im Bücherregal neben einem. Vom Begehren wurden wir alle fünf Minuten wieder überrascht, Begehren, das schnell aufsprang wie ein Einfall, mit dem man nicht gerechnet hatte. Überrascht auch von der Liebe, die bei jedem von uns ausschließlich der Schönheit des anderen galt, nicht dem ganzen Menschen, den wir ja nicht kannten, aber doch warm und massiv wie jede Liebe. So blieben wir frei.

Bei einer Wendung, die uns, die Symmetrie wahrend, Seite an Seite brachte, starrten wir plötzlich den Töpfer an, der in seiner Ecke eingeschlafen war. Dann uns, Mushislavs humoristischen, fraulich zuckenden Mund, die unendlich schönen, samtigen Mandeln seiner Augen, von dem Braun großer Güte, schwarz indessen wie die Nacht um einen Tempel, fern und nah, statisch und bewegt, kalt und warm, demütig, sanftmütig, stolz – nicht sich verlieren! Wir blickten wieder zum Töpfer. Sein Samenerguss war über die Gummikissen hinuntergeflossen wie der künstliche Wasserfall im Berliner Viktoriapark. Kurz überlegte ich, diesen Reiz für Mushislav mit köstlichen Worten und ausladenden Gesten zu extrapolieren, ließ es aber bleiben. Wir deckten den Töpfer mit seinem Filz zu und verließen eingehängt die Bar. Übertrieben überschwänglich gaben wir uns die Abschiedsküsse von Paradiesvögeln und stolzierten in entgegengesetzte Richtungen davon. Jeder einen langen Pfauenschweif von lautem inneren Lachen hinter sich her ziehend, so viele heitere, prachtvoll schimmernde, nachtgeränderte Augen; wie eine Schnur mit leeren Dosen, nachdem man sich soeben wieder einmal mit sich selbst vermählt hat. Zu Fuß ging ich durch den Nieselregen nach Hause, es wurde hell, die Vögel sangen, was ich selbst nicht besser hätte sagen können. Mehr weiß ich nicht.

Als ich aufwachte, erinnerte ich mich an etwas, es ist das, was ich gerade versäumt habe zu erzählen.

7. Station: Rahmenerzählung

Larino, bitte lach lauthals auf, wirf die Hände in die Luft, krieg dich nicht ein darüber, wie »herrlich daneben« es von mir ist, dass ich die ganze Runde hier zwei Stunden lang gelangweilt habe mit einer ausführlichen Erzählung eines Nachmittags und Abends in Nagoya, aber das, worum es mir dabei ging, vergessen habe zu erzählen: Mayumi! Wo bleibt Mayumi? Lache, und doch macht es fast mehr Vergnügen, vom Lachen zu erzählen, als zu lachen. »Fast« ist ein Dorn, ein Stachel, hart, fühlbar in Anwesenheit fast so stark wie in Abwesenheit.

Mayumi also. Mayumi ist kugelrund, hat orange gefärbte kurze Haare und eine Art, Englisch zu sprechen, als würde sie einem verschwitzte Reiskugeln in die Hand drücken. Mayumi ist die absolute Künstlerin. Von ihr will ich ja eigentlich die ganze Zeit erzählen. Mayumi, Universalgenie ihres Lebens, Mode- und Kunstfotografin, Drehbuch- und Buchautorin, und, wie sich herausstellt, die ehemalige Geliebte des 2,5-Meter-Motorradkünstlers, dessen Schönheit sie mit in den Wahnsinn trieb, sie, die intelligent, eigensinnig, kraftstrotzend und so begabt für Selbstvergessenheit und Selbstreflexion gleichermaßen war, Mayumi, Zentrum des Kosmos und eigener Planet, Gravitationszentrum, ja schwarzes Loch des Humors, Mayumi. Von all meinen emotionslosen Verirrungen war sie vielleicht der einzige Treffer, wer weiß? Ich kann fast nichts darüber sagen, doch angesichts von Mayumi erscheint alles, wonach ich mich sonst zu richten pflege, ganz klar wie eine Täuschung. Sie nimmt in meinem Kosmos seit einer Weile die Stelle eines abstrakten Gottes der Kunst ein, und zwar nur, weil ihr Ernst mit ihrem Humor zu hundert Prozent übereinstimmt. Wie ist das möglich? Niemand hat das je gesehen, es sei denn, er wurde mit Mayumi bekannt.

Nur, wie soll ich das darstellen? Larino, du musst versprechen, nach jedem Beispiel, das ich anführe, die Hände in die Luft zu werfen und vor Gelächter fast hintüber zu fallen, dich nicht einkriegen zu können, wie herrlich das ist. Du kannst es, ich weiß es, es ist ziemlich egal, was ich erzähle.

8. Station: Zurück in Berlin

Seit unserer Begegnung in Rost's Ranch, die ich vor lauter Beschreibung der Kneipe vergessen habe zu erwähnen, schickt mir Mayumi täglich ein bis fünf Emails. An einem Tag bekomme ich sagen wir um 9.30 die erste Mail mit einem Foto von einem Caffè Latte mit Eis und einer Süßigkeit. Eine halbe Stunde drauf kommen ein dunkles Rundumvideo ihrer Wohnung und eine zweite Mail mit dem Cover einer CD, Vorder- und Rückseite. Um 14.30 gibt es Abendessen: Soba und Tee, oder, ein anderes Mal, Toast, auf den ein Spezialtoaster eine Blume mit Smileyface geprägt hat, neben Wasser mit Eiswürfeln und buntem Schwimmschmuck, auf einer hellen Matte, mit europäischem Besteck.

Danach ein aufgeschlagenes Modemagazin, mehrere Seiten, unscharf fotografiert. »I will go to NY« hat sie daneben geschrieben. Am nächsten Tag schickt sie mir eine Zeichnung. Sie hat ein weißes Blatt geschmückt mit kleinen Blumen, mit Buntstift. »I love you« steht dabei. Schließlich bekomme ich eine Manuskriptseite von ihrem Drehbuch, wo Saturn ein von Katzen bevölkerter Planet ist. Sie sind in Gefahr. Essen, Wohnung, ein CD-Cover, Magazinseiten und ein Selbstporträt im Ganzkörperspiegel – dazu schrieb sie, deutlich wie immer: »rainy day«. Ein einziges Mal bekam ich von ihr echte Post aus Papier, ein Foto, das erste von ihr, das mir gefiel, selbst abgezogen, schwarzweiß. Aufgehängtes Gewand oder so etwas, verschwommen, von nahe.

Und neulich – als ich doch endlich lange nichts mehr von ihr gehört hatte – Hortensien. »I still love you« schrieb sie daneben.

Der Plan ist, sie wird einmal bei Karl Lagerfeld arbeiten, ein Praktikum machen, dann groß rauskommen. Sie ist etwa fünfunddreißig, ihr Englisch, wie gesagt, verschwitzte Reisbälle, auch im Drehbuch, und sie gehört zu den hässlichsten Wesen unter der Sonne. Warum? Ich vermute, wegen Medikamenten. Meiner Einschätzung nach – ohne diese Dinge wirklich studiert zu haben, aber mit dem Seitenblick eines desinteressierten Laien auf Schönheit und Hässlichkeit, der so merkwürdig oft trifft und Ehen und Scheidungen voraussagt – verlagert diese Art von Medikamenten den Kompromiss, den man mit der Welt im Lichte des Realismus treffen muss, auf den Körper und macht ihn hässlich. Der Geist von Leuten, die sich irgendwo in sich, freiwillig oder ohne anders zu können, für den Abschied von der pragmatischen Vernunftherrschaft entschieden haben, liegt dann, freier als der Geist jeder Vernünftigen, in den Ketten dieser Chemie. Solange man es irgendwie noch vermeiden kann, in die Zwickmühlen zu geraten, in denen man solche Medikamente verabreicht bekommt, kann man seine Energie und sein Geschick darauf wenden, den eigenen Körper als Sehnsucht erweckendes Echo der geheimen irrealen geistigen Welt zu gestalten. Ein Echo, das, wenn man Glück hat, auch noch anlockt, was man leben will, sodass sich das Schicksal nach und nach im Geist dieses Echos bildet. Das kann man sich wenigstens einreden, bis man stirbt, und munter immer weiter locken und hoffen. Ist man zu intelligent für sein Geschick und fährt zu schnell im Kapieren, was läuft, gegen Hauswände, ändert jäh den Kurs und kommt stilistisch nicht hinterher, und dergleichen, kann es sein, dass einem diese Medikamente gegeben werden, was die Arbeit des Auf-dem-Boden-Bleibens dem Kopf abnimmt und dem Körper auferlegt. Dann kommt man auch so schnell nirgendwohin, weil man das irre Glühen verliert, die Schönheit, die andere lockt, mit einem unerhörte Dinge zu machen, deren Potential sie in der eigentümlichen Schönheit erahnen, die man mitbringt, und im verhaltenen Kummer, dem logischen Schatten der Persönlichkeit, dem Kummer, der sich unter den Drogen auf einmal umsieht und keine Daseinsberechtigung mehr findet.

Also, das war Mayumi. Komisch, dachte ich; bedauerlich, dachte ich. Auf ihre Mails antwortete ich freundlich, einsilbig. Dann kam sie nach Berlin.

Was ich vorhin wegen der Kunst andeutete, habt ihr wahrscheinlich für leere Worte gehalten, ja für überhebliche Scherzerei, nicht wahr? Aber Mayumis Zusendungen erschütterten wirklich aufrichtig mein Kunstverständnis. Sie ist normal, wie man nicht normaler sein kann, und doch völlig verrückt. Weil sie ihre Normalität reproduziert und verschickt, ist sie verrückt? Nein. Was sie von Leuten unterscheidet, die man als Künstler bezeichnet und akzeptiert, obwohl sie fast das Gleiche machen wie sie, ist Mayumis Lakonik, ihre Freiheit von Bullshit, von Täuschungsbewegungen, Verbrämung, vor allem aber fehlt die Imitation oberflächlicher Eigenschaften von Kunst. Mayumi zeigt, *bluntly*, ihr Leben. Sehnsucht hat sie in rauhen Mengen, Sehnsucht, die auf direktestem Weg den Angriff wagt: Ich liebe dich. Ich liebe Jeff. Ich werde Modefotografin werden. Sie kennt keine Angst, keine Schüchternheit mehr. Die Umgebung interessiert sie nicht, die Probleme nicht, die Wahrscheinlichkeiten nicht. Konjunktive gehen ihr wahrscheinlich auf den Sack. Sie stellt alles in Reinform dar, was die Gesellschaft fordert und ich auch gut finde, Lakonik, Direktheit, Radikalität, und ist darin so wenig auszuhalten, so sehr sie deswegen fasziniert.

Schreibt sie mir also, sie landet in zwei Tagen in Berlin-Tegel und ob sie bei mir zwei Wochen wohnen kann. Ich sitze vor dem Computer und das Herz rutscht mir in die Hose. Dann fange ich zu kichern an, habe am Vorabend getrunken. Endlich eine völlig neue Art von Aufregung, ohne mädchenhafte Hoffnungen, von jemand Größerem mitgerissen zu werden; mit sicherer Aussicht auf sehr merkwürdige Situationen. Mein Widerwille wird herauskommen, oder irgendeine neue Art von Souveränität, Mayumis Besuch kann jedenfalls nicht ohne Folgen bleiben. Ja, schreibe ich also. Sie soll kommen.

Sie will die Berlinale besuchen, hat Pressekarten. Als sie es schreibt, glaube ich es gar nicht, aber sie hat sie. Ihr Besuch bleibt vorerst unproblematisch. Jeden Abend zieht sie ihr schwarzes Fransenminikleid über ihren Kugelbauch, dazu ihre weiße Jeansjacke an, malt sich Kajal auf die Lider und geht auf den roten Teppich Celebrities fotografieren. Gelegentlich komme ich mit. Auf Cocktailpartys verliert sich Mayumi, um aller Welt ihre Visitenkarten zu geben, nachdem sie ihnen in einem kurzen lakonischen Gespräch mitgeteilt hat, dass sie Mayumi heißt, Modedesignerin und -fotografin ist, aber auch ein Drehbuch schreibt, in dem Katzen den Saturn bevölkern, und bald zu ihrem Freund Jeff nach New York ziehen wird, um bei Karl Lagerfeld Karriere zu machen. Ich stehe in einer Ecke und schaue dem Treiben zu. Man nimmt sie hin, es ist kurz und schmerzlos, sie sammelt die Kontakte der berühmtesten Regisseure und Schauspielerinnen, und wer zuhört, schnallt innerhalb des kurzen Gesprächs, dass Mayumi verrückt ist, obwohl sich ihr Diskurs inhaltlich von den meisten nicht unterscheidet.

Nur einmal sind wir beim Ausgehen meinen Fährten gefolgt. Nachdem ich ihr eine Weile bei einer Afterparty zugesehen hatte, rief ich Xandi an, ob er nicht vielleicht in seiner derzeitigen Stammkneipe anzutreffen wäre, was er bejahte, also brachen wir dorthin auf.

In der U-Bahn erklärte mir Mayumi, wie die Fransen ihres Kleides immer an ihren Schenkeln kleben. Sie habe es schon oft fotografiert. Und tatsächlich erinnerte ich mich an ein Foto, dessen Motiv sich durch diese Erklärung erhellte. Heute trug sie schmale, spitze, schwarze Schuhe anstelle ihrer üblichen Plastikfußbehälter. Erst jetzt, erklärte sie, habe die Schwellung nachgelassen, die im Flugzeug ihre Beine erfasst habe. Trotzdem wunderte es mich, wie sie ihre Füße in die Schuhe hineinbekommen hatte. »Die Medikamente machen mich dick«, sprach sie aus, was ich schon vermutet hatte, und zum ersten Mal höre ich in ihrer Stimme so etwas wie Trauer. Seit wann sie sie nehme? Seit 1998.

Etwas fügt sich, ein Verstehen wie Deckel und Körper meiner kleinen Taschenfüllfeder, macht »klick«. Die Panik, die Mayumi in mir auslöst und die ich, Humanist, mit Heldenmut unterdrücke, hat recht. Wenig unterscheidet uns, und ich bewege mich schnell in ihre Richtung, wenn ich pragmatisch an der Borke der Umgangsformen pule. Wird der Baum des Begehrens sterben. Sieh doch die anderen Freunde, die Mayumi gleichen! Logik, die

Ironie persönlich, nicht kuschend wie sonst, die Angst überwunden, ohne Zwang und ohne subalternen Trotz dagegen, die
Pragmatik überwunden – und dann mit Drogen versehen, die
sie vergessen lassen, was sie gegen die Pragmatik hatte. Etwas
geht auf, der Deckel fällt vom Körper in meiner Tasche, ich
fummle, ich bin in der U-Bahn, neben Mayumi, blinzle vom
Sekundenschlaf, Mayumi erzählt mir gerade was. Sie ist zutrau-
lich geworden in den Tagen, spricht fast in einem Fluss, wiederholt sich nicht, ist vollkommen unverständlich. Alles in einem
einzigen melodiösen Ton. Darüber wie Wetter ihre Gesichtsaus-
drücke, manchmal finster. Dann überrascht, ratlos: was dieses
Gefühl wohl hier macht?

Hundert Meter vor der Kneipe kommt uns Xandi entgegen. An
seiner Seite geht das genaue Ebenbild von Mayumi.

Vor Lachen kann ich mich kaum halten, aus den übelsten Gründen vielleicht, weil ich doch von Mayumi erschöpft bin und
Xandi etwas Ähnliches gönne, jedem gönnen würde, und weil
die Multiplikabilität von Mayumi genau der Grund ist, warum
ich sie kaum ertrage. Wir stellen alle einander vor, Xandi und
ich. »Das ist Sandra If, Autorin und Übersetzerin aus dem Kata-
lanischen«, sage ich, auf Mayumis Doppelgängerin hinweisend,
zu Mayumi, doch Xandi korrigiert mich: »Nein, das ist Katharina
Frank!« »Tochter von F. J. Frank!«, ergänzt Katharina, bereitwillig
und resigniert vermittelnd. »Verzeihung«, sage ich. Es mindert
meinen Schrecken nicht. Vor Katharina Frank habe ich genauso
viel Angst wie vor Sandra If, Mayumi und den anderen. Leute,
die durch die essentielle Auflösung ihrer Zwangsbindung an die
Welt gegangen sind und sich danach für ein pragmatisch-lo-
gisch motiviertes Leben entschieden haben, sind wie Exalko-
holiker. Was ist denn an ihnen so schrecklich? Sie trampeln mit
ihrer Logik in einen hinein und man ist binnen 30 Sekunden zu
einer Rosine von Entschuldigung, Trotz und Ausweichversu-

chen dahingeschmolzen, die nicht einmal wagt, sich selbst einzugestehen, dass ihr die Situation unangenehm ist. Katharina allerdings ist eine Spur gefährlicher, weil sie ihre Wirkung kennt und sich im Voraus für sich entschuldigt. Außerdem reagiert sie sehr sensibel auf die Scheu, die man hat, streichelt einen, tröstet einen, während sie einem auf dem Schoß sitzt, den Arm um den Hals krallt und ihren Blick in die Augen bohrt. Sie ist Nadel, die mich zur Voodoopuppe meiner selbst reduziert, ihre Öse die Fläche zwischen meinen Fingern, mit der ich versuche, mich wach zu halten, während sie auf mir sitzt. So ist es schon mal passiert, aber das war ein anderer Abend.

Ich senkte den Kopf und stand einfach da, ohne zu antworten, neben den beiden dicken Frauen mit kurzen, rot gefärbten Haaren, denen etwas, was ich nicht einmal wahrnehme, sehr wichtig ist. Was denn, Schlaf, Blumen, nicht eigentlich die körpereigene Chemie? Arme Entschlossene, bloßgestellt vom eigenen Mut, fatalerweise größer als der der anderen, und dann von Medikamenten ausgestopft, verwirrt unwiderruflich im Leben, ausstaffiert mit Motivation, gebläht in Sehnsucht und Lust von anderer Leute Ausweichen, wie von meinem, das erzeugt Winde, verloren in den logischen Hallen einer kollektiv eingebildeten, nirgendwo konsequent, nirgendwo vollständig aufgefassten Moral.

9. Station: Die letzte Kneipe

In der Kneipe setzte ich mich behände zu Xandi, hoffend, die beiden Monstren würden sich miteinander beschäftigen. Tatsächlich taten sie das eine Weile, und Xandi nutzte den Schirm unserer Weizenbiere, um mir in den knappen Worten, die sein Suff erlaubte, zu erklären, dass sich Katharina für eine Woche bei ihm eingeladen hatte. Dann kamen sie schon, Katharina setzte sich an meine Seite und erzählte mir, wie es ihr ging, und

Mayumi machte sich mit ihrer üblichen Nummer über Xandi her. Xandi und ich wurden immer kleiner, und mit uns sanken die Pegel unserer Biere, bis wir sprechen nicht mehr nur nicht wollten, sondern auch nicht mehr konnten. Orkus, begrüße uns! kritzelte ich mit einem Kugelschreiber langsam auf die Tischplatte, als die Tür aufging und Jacqueline hereinkam. Schräg wie immer, Dame wie immer, am Arm einen auf minderbemittelte Weise gut aussehenden Schweizer mit einem großen Kinn, den sie mit zu uns an den Tisch brachte. Ein Kunstkritiker aus der Schweiz sei es, erklärte uns Jacqueline, sie kämen gerade von einem Konzert im Radialsystem, er heiße Andreas. Andreas nickte. Kaum hatte Andreas Holz unter dem Hintern, fing er an, in einem Schweizerisch, von dem ich seekrank wurde, über Neue Musik zu reden. Ich befand mich, erklärte ich Mayumi, die nicht verstand, und dann Jacqueline, die sich dafür halb zu interessieren schien, in einem zu kleinen Boot bei aufgewecktem Seegang, wegen des Schweizerdeutschs dieses Kunstkritikers. Jacqueline zuckte nicht unfreundlich mit den Schultern, wie sie es oft macht, wenn sie nicht böse ist, aber sich nicht beirren lässt, hörte weiter dem Inhalt des Schweizers zu und starrte auf sein Kinn. Xandi und mir blieb nach einer Weile keine Wahl, als uns in die Busen unserer Freundinnen zu flüchten. Auch wenn wir Jacquelines Blicke sahen, die schließlich doch, groß, fuchshaft unter dem Kiel des unsäglichen schweizerischen Nachens zu uns herüberlugten. Ich winkte ihr und tauchte wieder unter. Aber es tat mir leid und ich befürchtete, Jacqueline würde, wie sie es manchmal machte, aus Verzweiflung einfach nach Hause gehen. Sie blieb. Die Verzweiflung musste also noch größer sein.

Nach einer halben Stunde sahen wir wieder auf, da war Jacqueline mit dem ganzen Körper unter den Tisch gesunken. Nur ihr Kopf stand noch neben ihrem Weinglas, das, Jacquelines Art zu trinken demonstrierend, längst leer war. »Nur, wenn mein Kopf«, erklärte sie, als sie sah, dass wir ihre Lage sahen, »dort ist, wo normalerweise mein Steiß wäre, fühle ich mich imstande, an dieser Konversation zu partizipieren.« Das konnten wir einsehen. Der Schweizer, bei dem der Alkohol nichts tat, als die Quantität der Rede zu vergrößern, die ich an Leuten dieses Schlags über alle Maßen hasse, lehnte voll Energie über ihr und erzählte ihr von einer Medienoper mit Ausstellung, die er in Zürich inszeniert hatte. Es sei schwer, sagte er, für solche Projekte Geld zu bekommen. Neben meinem linken Ohr redete Katharina wieder über ihre Zustände und sagte, dass Literatur und Borderlinertum vieles gemeinsam hätten. Mayumi erklärte dem Schweizer die Handlung ihres Drehbuchs, in dem Katzen den Saturn bevölkern, und sagte, dass sie bei Karl Lagerfeld Assistentin sein wolle. Saturn solle später von einem Meteoriten bombardiert werden.

Mir ging in dem Moment eigentlich ein Licht auf, ich bemerkte, das Problem war, dass ich nicht zu fragen wusste. Mich nicht den falschen Annahmen, zu denen man die Psychokinder in ihrer Not geleitet hatte, aber denen man nicht folgen durfte, um nicht wie sie zu werden, durch wirkliches Dasein zu entwinden wusste.

Aus dem Augenwinkel sah ich so etwas wie Rettung nahen. Ein hagerer, fünfzigjähriger Mann in weißen Caprihosen näherte sich unserem Tisch. Nach anfänglichen Schwierigkeiten erreichte er das freie Kopfende und setzte sich umständlich. »Ick habe mir anjepudelt«, eröffnete er uns. Sechs erschöpfte Köpfe hoben sich und hörten ihm mit verträumtem Blick zu. Ich erklärte Mayumi, aus Spaß an der Sache ziemlich lange ohne Zweck gestikulierend: »He has pissed on himself.« »Mein Name ist Friedrich«, sagte er, stand auf und gab jedem in der Runde die Hand. »Und wie det mit Freundinnen so ist, hab ick mir heute einen zu viel hinter die Omme jekippt. Also.« Friedrich setzte sich wieder, rückte seinen Stuhl ordentlich zurecht, bis er mit der Brust an der Tischkante ankam, stand noch einmal auf, ohne seinen Stuhl nach hinten zu schieben, und kippte dadurch den ganzen Tisch nach vorne. Alle wurden von allen Bieren und Rotweinen nass.

Da kam der Wirt, der sonst an den Spielautomaten klebte, eine dicke blondierte Frau, und deutete unmissverständlich an, dass wir zahlen und gehen sollten. »Sie ist geübt in der unmissverständlichen Andeutung«, bemerkte ich zu Jacqueline. »Jousu desu ne«, bemerkte ich hiernach gründlicherweise zu Mayumi. Wir gingen alle hinaus und fielen einer nach dem anderen vor der Kneipe auf die Nase, ohne dass der Wirt uns mit der Fingerspitze berührt hätte.

Der Kopf neben mir auf dem nassen Asphalt rührte sich, er gehörte Xandi und sagte – nein, ich weiß leider nicht mehr, was er sagte.

»Und was ist von dem Ganzen nun die Pointe?«, fragt Larino.
Ich muss lange nachdenken. »Vorsichtig und fluchtbereit nähere ich mich jetzt jeder Kunst und jedem Menschen. Und dem Alkohol traue ich auch nicht mehr.«
»Und, hilft es?«
»Nein, es hilft nicht. Aber es dauert länger, bis die Ohnmacht eintritt.«

Noto

In Noto gibt es fast das ganze Jahr über immer irgendein Tempelfest, aber zu manchen Jahreszeiten sind sie so häufig, dass, wenn man sie alle besuchen wollte, in der Erinnerung das eine sich in das andere mengen würde. Und nicht allein wegen des fortlaufenden Stroms der Ereignisse, die ja manchmal in Strudel zu geraten scheinen, sodass ein Rückstau in den fließenden Lauf eingreift und so etwas wie einen temporären Tümpel bildet, der abseits vom Hauptkanal des Erlebens einige Boote im Kreise treiben lässt, bis sie schließlich zu einem unerwarteten Zeitpunkt wieder in den Strom schießen. Es schaut übrigens so leicht aus, wenn man einen Mann oder eine Frau auf ihrer Zille stehen sieht, den Strom mit den Blicken abmessen und überlegen, dann sich in die Strömungen losschieben; die Muskelkraft, die dabei angewendet wird, sieht man vom anderen Ufer aus nicht, man sieht verwunderlicherweise vielmehr eher die Gedanken. Eigentlich sollten die Tempelfeste dazu dienen, die Ereignisse auseinanderzuhalten. Doch wenn man – trotz unterschiedlichen Wetters – die Feste des Vorjahrs mit den heurigen verwechselt und diese ein Jahr später wieder mit denen von vor drei, vier Jahren, merkt man, wie zirkulär jede Mnemotechnik wird, die sich nicht auf ein rein dienendes Verhältnis zum Gemüt beschränkt.

Bevor Chiëko zum alljährlichen Hobelfest im Kien-Tempel aufbrach, war die Sonne aufgegangen, während sie die Fensterbank putzte. Sie tat es häufig um diese Uhrzeit. Familie, Freunde und Nachbarn hielten es für eine exquisit tugendhafte Angewohnheit, die von Chiëkos tiefer Vertrautheit mit den Tugenden und

Gelassenheit in ihnen zeugte. Das war richtig. Chiëko wusste, wie gut ihr die Tugenden standen. Man konnte sich nicht sattsehen an der Art, wie sie sich vertraut unter den Tugenden bewegte, wie man überhaupt Geschick gerne betrachtet. Nachts, wenn sie nicht schnell genug eingeschlafen war, hörte sie oft ihren Namen anerkennend im unteren Stockwerk von betrunkenen Männerstimmen nennen, die dabei leise wurden oder auch nicht, je nachdem, ob der Gedanke an die Tugend eines Mädchens sie ihre Lippen vor Scham aufeinanderpressen ließ oder ob er sie eher reizte, ihre eigene Untugend auszubreiten wie ein schlabberndes Sprungtuch. Chiëko war schön und ernst, mit einer launigen Fantasie, die sie selbst liebte. Es war nicht gerade so, dass sie es genoss, dass man sie ansah; das war ihr aufrichtig unangenehm, scheuchte allerhand Ungewissheiten auf; aber wären die Blicke fortgeblieben, wäre sie in eine leicht gekränkte, ziellose Stimmung verfallen, die sie sich nicht hätte erklären können, da sie sich sicher war, diese Blicke zu verabscheuen. Mit der Fensterbank hatte es allerdings eine andere Bewandtnis als bloße Tugend. Sie putzte sie allmorgendlich mit demselben Lappen, mit dem sie sich zuvor ihr Gesicht gewaschen hatte. Sie bildete sich ein, auf diese Weise ihre Träume, ja sich selbst, besser, als sie sich kannte, in die Fensterbank einzumassieren, sodass etwas von ihr hier zurückbliebe, auch wenn sie einmal heiraten sollte. Sie sah in den Maserungen des Holzes Drachen, Gesichter. Obwohl das Holz doch gleich blieb, schienen sich die Formen über die Monate und Jahre zu verändern, während Chiëkos Blick sich immer mehr mit der Welt verstrickte. Manchmal sah sie im Holz ein Echo ihrer Kindheit, eine Form, die ihr seit einem bestimmten Augenblick, als sie hier mit Faltpapier gespielt hatte, nicht mehr aufgefallen war.

Wie würde ihr Mann sie denn kennen? Wohl besser als sie selbst, mit dem göttlichen Blick, mit dem sie wiederum andere in einem Augenblick vollständig erkannte, obwohl sie von sich so wenig verstand. So sind alle voneinander abhängig, schloss sie zufrieden, hängte den Lappen an seinen Platz und verließ das Haus. Sie hatte sich zum Ausgehen bereit gemacht, bevor sie die Spleenarbeit anfing; ihr Gesicht aussparend, als sie sich wusch und anzog. So lange hatte es noch schlafverklebt über dem frischen Kleid gehangen. Erst als sie voll bekleidet war, ging sie zum Waschbecken, nässte ihre Wangen, Ohren und Augenhöhlen, rieb die Haut, bis sie rot war, und gebrauchte den Lappen danach sofort zu seinem Zweck am Fensterbrett. Jetzt hing die Gesichtsfläche frisch über dem Rest ihres Körpers. Dass die Sonne nicht direkt auf diese Frische treffe, hielt sie sie geneigt fast wie in Scham; die Strahlen berührten in weiten Winkeln ihre Nase und Wangenknochen. Winkel, wie man sie herstellt, wenn man mit gebührender Schüchternheit in ein prächtig geräumiges Haus eintritt, das so gebaut ist, eben damit man diese Winkel spürt und einhält. Sie empfand plötzliche Lust, statt zum Hobelfest in ein Teehaus zu gehen. Doch blieb sie auf der eingeschlagenen Bahn und setzte einen Fuß vor den anderen auf den Asphalt.

Schon lange, bevor der Kien-Tempel in Sichtweite war, ja schon einige Bahnstationen davor begannen sich Menschen in kleinen Trauben auffällig zu benehmen, etwas wie koagulierende Milch, denn all ihre Gesichter blinkten weiß, beglückt von der Morgensonne. Das Hobelfest hatte etwas Pikantes, wurde Chiëko bewusst: Der Kien-Tempel feierte eigentlich jährlich seine eigene Erosion. Der Dreh lag irgendwo verborgen. Der Tempel war den Kiefern gewidmet, die gefällt, geschliffen und verkauft für seinen Unterhalt sorgten; gleichzeitig bestand er auch physisch aus ihnen und wurde alle dreißig Jahre neu gebaut. Aus manchen von ihnen – den schönsten.

Der Tempel stand mitten im Wald auf halber Höhe eines von

Notos konischen Hügeln. Was das alles zu bedeuten hatte, beschäftigte Chiëko, während sie, die überfüllten Züge verschmähend, den Fluss entlang zum Tempel lief. Es war ihr ein subtiler Schrecken, als ob sie gerade im Morgenlicht gesehen hätte, wie die Leute sich *abnutzten*. Dann musste sie an Peeling denken, das ihr ein Rätsel war: Konnte es wirklich gut für die Haut sein, jeden Tag ein bisschen mehr von sich zu verlieren? Dann dachte sie an einen Holzschnitt von Yoshitoshi aus der Serie der 28 Berühmten Morde, auf dem der grausame Naosuke Gonbei einem Mann, bei dem er angestellt war und den er gerade getötet hat, die Gesichtshaut abzieht – wie jede Grausamkeit, spekulierte Chiëko, bloß eine rücksichtslose *Beschleunigung*. Wenn man Leben wiederum als eine Verzögerung in Erwägung zieht, ein Zögern an der Schwelle von einer Unentschiedenheit zur nächsten, ein Taumeln und Zeitschinden wie von Betrunkenen, eine Massenproduktion von Aporien, um den Vollzug von Schicksalen zu bannen – aus der Gewissheit geboren; in dieselbe Art von Gewissheit sterbend – Chiëko erinnerte sich daran, etwas schneller zu gehen, um den pünktlichen Beginn der Feierlichkeiten nicht zu verpassen. Die Abbildung vom grausamen Peeling hatte sie vor Kurzem wiedergesehen. Es war in der nie fertig zum Tempel ausgebauten »Halle der 1000 Matten« auf der Insel Miyajima, in deren Dachbalken eine Menge verblichener Kunstwerke hingen. An diesem Bild, das auf Brettern von über einem Meter Länge gemalt war, blätterte die Farbe ab, und die weißen Stellen schimmelten. Es sah aus, als hielte der grausame Naosuke Gonbei mit der Gesichtshaut seines unglücklichen Herrn das ganze Bild fest, das, lockerte er seinen Griff, zerfallen würde.

Auf den Gassen des Dorfs am Fuß des Tempels kümmerten sich die Bewohner um die letzten Kleinigkeiten ihrer Vorbereitungen. Dekorationen aus Holzspänen und Masken zierten die Vordächer und Türrahmen, die Wege waren mit Sägespänen dick bestreut. Später würden Pferde und Kühe durch sie geführt werden. Den Häusern, vor denen sie Wasser ließen, sollte im kommenden Jahr ein besonderer Glücksfall beschieden sein. Die Ränder des Hauptplatzes säumten große Stapel frischer Baumstämme, daneben wurden die Buden aufgestellt, die Oktopusbällchen, Suppen und Reis mit Essfarn verkauften. Es standen schon riesige Schüsseln von geraspeltem Bonitofisch auf erhöhten Plätzen bereit, die meisten noch mit Zellophan abgedeckt. Aufgrund ihrer Ähnlichkeit mit Holzspänen wurde diese Garnierung beim Hobelfest besonders gerne, mit besonderer Aufmerksamkeit gegessen. Wenn eine heiße Speise unter den Flocken dampfte, schienen sie lebendig zu werden, und ähnlich konnte man ja auch, wenn man beim Hobeln zusah, einem Geringel leicht ein Leben zuschreiben, allerdings gab es dieses Leben nur in der kurzen Zeit, in der es durch die Bahn des feinen Messers von seinem Stamm abgelöst wurde.

Die ganze Länge der Stufen zum Tempel hoch arbeiteten Männer und Frauen auf Leitern daran, den Draht zu montieren, auf dem die Gliederpuppe beim Höhepunkt des Festes vom Tempel bis auf den Platz hinunterfahren würde, dabei die schlimmeren Prophezeiungen des Jahres abschneidend, die in einer Schachtel neben dem Automaten für Prophezeiungen gesammelt und jährlich zu diesem Zweck an das Drahtseil gebunden wurden. Auch auf diese Weise schien der Tempel bei dem Fest an der Schwächung der eigenen Macht zu arbeiten, stammten die Zettel mit den Sprüchen doch großteils von ihm.

Plötzlich schnellte Chiëkos Kopf nach hinten: Etwas, an dem sie vorbeigegangen war, hatte im Licht aufgeblitzt, die Bewegung dabei kam ihr vertraut vor. Sie sah jemanden mit Kapuze auf dem Gehsteigrand sitzen und ein Hobelmesser schleifen; es hatte aufgeblitzt, als er es aus dem Wasser zog, um es senkrecht vor sich zu halten und die Schärfe der Klinge zu prüfen. Ein

Detail aus dem Holzschnitt: das Messer des grausamen Naosuke Gonbei, hinter ihm im Boden des Wohnzimmers, seine Grausamkeit zusätzlich demonstrierend, indem es vollkommen senkrecht stak. Der junge Mann am Schleifstein blickte auf, um zu sehen, wem die stehengebliebenen Füße gehörten, und während Chiëko und er, Nobitori, schon über die unerwartete Begegnung lachten, standen ihre Gesichter wie Masken noch immer einander gegenüber in der Luft. Sie verbeugten sich. Chiëko war mit Nobitori in die Schule gegangen und sie studierten jetzt an derselben Universität. Seine Großeltern lebten hier, was Chiëko immer wieder vergaß. Da sie ihm nicht bei den Vorbereitungen im Weg stehen wollte, erkundigte sie sich, wo er hobeln würde, um ihn beim Festakt sehen zu können, und ging weiter. Sein Gesicht schwebte neben ihr her, während sie durch die Gassen ging, und mengte sich unter die hellen Masken, die die Leute zu diesem Fest aus den Kästen holten und in die Fenster stellten.

Nobitori wurde immer unzufriedener mit seiner Arbeit am Messer. Ungeübt im Schleifen, schliff er wohl bei jedem neuen Ansatz in einem etwas anderen Winkel. Er gab das Messer seinem Halbbruder Shunichi, als der aus dem Haus trat. Shunichi stellte seine Kaffeetasse auf dem Gehsteigrand neben dem Wasserbottich ab, wo sie ihre Dampffäden in die Morgensonne hochschickte, und schliff mit geübter Hand das Messer zu Ende, wobei er es nur mehr zwei Mal einzutauchen brauchte. Nobitori schaute ihm mit Bewunderung zu. Dennoch stach ihn ein wenig Ärger über die schweigsame Art Shunichis, die ihm arrogant vorkam. Shunichi nahm die Unfähigkeit seines Halbbruders ohne Überraschung hin. Im Licht dieser Wahrnehmung fühlte Nobitori sich in ein bodenloses Loch von Unzufriedenheit stürzen. Seine Begabung für die Mathematik, seine schöne Handschrift, sein

Geschick im Aussuchen von Hemden und Ausflugszielen ließen ihn jetzt völlig kalt, es waren unwesentliche Qualitäten, die nicht darüber hinwegtrösten konnten, dass er in der Hauptsache ein kläglicher Mensch mit falschen Vorstellungen war, den Shunichi nicht einmal verachtete. Shunichi, zehn Jahre älter, war beim Großvater in die Schreinerlehre gegangen und einer der besten jüngeren Schreiner geworden. Letztes Jahr hatten sie einen Beistelltisch von ihm bei der nationalen Ausstellung für Kunsthandwerk gezeigt. Obwohl Nobitori jünger war, fühlte er, dass dieser Weg für ihn seit einiger Zeit nicht mehr möglich war. Das passte nicht in die Atmosphäre unbegrenzter Aussichten für den Ehrgeiz, die in der Umgebung der Universität herrschte. Nobitori ging ziellos im Dorf herum, während er auf den Beginn der Festlichkeiten wartete, und fühlte sich schwer und fehl am Platz. Seine Füße machten kein Geräusch und hinterließen nur leichte Abdrücke in den Sägespänen, die nach ein paar Momenten verschwanden.

Die Holzbrösel, die an Chiëkos Satinsocken hängenblieben, hatten die rosige Farbe von Fleisch, aber waren trocken und rauh. Was für schaurige Blumen, dachte Chiëko, und doch so sauber, eigentlich nicht beunruhigend. Wie kam es, dass manche Dinge Furcht erregten, Echsen etwa und alles, was Schuppen hatte, Tiere, die sich langsam und ruckartig bewegten, behaarte Insekten, aufgedunsene Dinge, Lebewesen, an denen nicht erkennbar war, wo vorne und hinten sein sollte, Enden ohne Gesicht. Bambus, dem man all diese Eigenschaften außer die Schuppen zurechnen konnte, entstieg dem Reich des Unheimlichen wie durch eine Eigenschaft der Göttlichkeit und wirkte tröstend in seiner Glätte und seiner angenehmen, blaugrünen, träumerisch entstehungsstaubigen Farbe.

Shunichi und Nobitori und der Großvater platzierten sich nebeneinander an einem einzigen Stamm, um zu hobeln, warteten jedoch noch auf die Segnung des Priesters, der mit einem Sakakizweig alle Stämme mit Weihrauch besprenkelte. Andauernd kamen Leute, die das angesehene Schreinerunternehmen des Großvaters kannten, begrüßten Shunichi und den Großvater und brachten ihnen Sake oder Tee. Der Großvater stellte, sich eifrig verbeugend, Nobitori jedes Mal als den an der höheren Schule studierenden Enkel vor. Nobitori meinte, in den höflich bewundernden Gesichtern dieser Menschen kaum verhohlene Zeichen der Verachtung zu lesen. Die, bei denen die Nennung der Universität offensichtlich nur Verwirrung hervorrief, verachtete er wiederum selbst. Der Aufenthalt jedes Gasts unter dem Baldachin war ihm eine Qual, er verbeugte sich eifrig im Takt mit dem Großvater, sein Blick klebte aber am unbewegten Profil des Halbbruders, der den Sake wie selbstverständlich stehen ließ und dessen Lippen ihm mit ihrer hochmütigen Kurve im Stil »blutgetränkter« Dämonenstatuen aus weichem Holz geschnitzt zu sein schienen. Als Shunichi den Blick bemerkte, sprang sein Gesicht in einen Ausdruck von Wärme, der wohlgewachsen ausschwärmte wie ein Farn im Wald, und schob Nobitori mit nichts als Güte in der Geste seine Sakebecher hin. Nach eineinhalb Bechern hörte Nobitori auf zu trinken und war mit der berechtigten Angst beschäftigt, nun nicht nur schlecht hobeln zu können, sondern geradezu in Gefahr zu sein, jemandem einen Finger wegzuschneiden. Seine Hände zitterten. Er legte sie nebeneinander auf das Holz.

Laura wurde aus dem Zug geschoben und floss mit der Menschenmenge ins Zentrum des Dorfs, wo das Hobelfest gerade begann. Zwei Männer mit Flöten erzeugten schrille Fahnen von Sound, die die Luft wie scharfe Zellstoffschlangen ausdrucksreich durchschnitten und sich in den Zweigen der Kiefern verfingen wie im Nachhall der Kurzzeitgedächtnisse der Besucher, bei denen das lange Stehen in der gleichen Situation einen leichten Rausch erzeugte. Daneben schlug eine kleine Frau auf eine große bemalte Trommel in einem Gestell ein, wozu sie einen genau bemessenen Tanz aufführen musste. Zu diesem aufregenden Lärm schritt der Priester mit seinem Gefolge, schwarzen Korbhut und weiße Gewänder tragend, die Stufen hinunter und verneigte sich vor den Statuen auf dem Weg. Als er alle Kiefernstämme mit seinem Sakakizweig besprenkelt hatte, setzten die Hobler rund um den Platz ihre Hobel an, die Menge blickte erwartungsvoll zu ihnen. Das Zögern begann merkwürdig lang anzudauern. In diesem Augenblick erklangen schrille Glocken auf der Stufenreihe, wie bei Bahnübergängen, und die Puppe schnellte das Drahtseil herunter. Links und rechts flogen die schlechten Wahrsagezettel wie Schnee in die Luft. Alle mussten lachen, auch der Priester schmunzelte über den Erfolg des jährlich wiederholten Effekts, und nun fingen die Hobler wirklich an zu hobeln. Es war ein gespenstischer Lärm, ein grauenhaftes Geräusch, die Menge war still und an allen Seiten schabte es laut, als wären riesenhafte Seidenraupen und Kakerlaken und Borkenkäfer dabei, den umliegenden Wald zwischen ihren Malmwerkzeugen verschwinden zu lassen. Laura wurde fast übel, sie wusste nicht, ob es schön war oder bloß beeindruckend. Doch sie ermannte sich und schlenderte weiter mit ihrem großen Fotoapparat die Ränder entlang. Wie gut alles im Gegenlicht voller Hobelstaub aussah. Die Hobler trugen bestimmte Gewänder aus Seide mit einem Schneeflockenmuster, Gewänder, die fast doppelt so lang waren wie sie selbst. Sie wurden um die Füße drapiert und das Muster mischte sich mit den Spänen, die darauffielen. Überlegte man sich das, so war die Bemerkung zu machen, dass sich hier die Scheiben vergangener Sommer mit dem frischen Schnee des kommenden Winters vermengten, so wie sich alte Leute, deren Wesen aus der Vergangenheit ihre Substanz bezieht, mit jungen, deren Gewichtung in der Zukunft liegt, bei der Arbeit unbefangen unterhalten. Das gab der Szene einen euphorischen Glanz von Frische.

Laura, im Sog, sah nicht mehr links und rechts, sondern nur durch das Sichtfenster ihrer Kamera, das im Moment der Belichtung schwarz wurde. Im Gemenge der einzelnen Kompositionen, die ihr Blick bei jedem Schritt unter den Balken und Dächern der Stände mit den konzentrierten Gesichtern darin erkannte, sprang ihr Geist hin und her. Auf einmal blickte einer der Hobler, den sie gerade fotografiert hatte, auf. Es war ein Mitstudent an der Universität, Nobitori. Er schaute sie entgeistert an und sie, voll Scham über ihren Rausch, stopfte die Kamera schnell und brutal in den Rucksack und nickte Nobitori zu, der sie immer noch entgeistert anschaute – vielleicht hatte er getrunken, fiel ihr ein –, und ging weiter.

Nobitori legte seinen Blick wieder auf seinen Hobel und setzte an. Das Holz fuhr davon weg, anfangs wie ein Auto mit Automatikgangschaltung, aber weil er den Winkel falsch gewählt hatte, blieb die Klinge stecken. Er setzte neu an und kam noch mehr zu tief ins Holz hinein. Der Großvater schaute missbilligend. Nobitori setzte den Hobel mit seinem langen Griff senkrecht ab, lehnte ihn dann gegen einen Pfosten des Stands und ging hinter den Stand eine Zigarette rauchen. Er spürte Großvaters Ärger im Rücken. Er pfiff mit seinem Geist daran vorbei wie eine Schwalbe an einer Hauswand. Auf einmal, mit der Zigarette aus dem Campus-Shop, konnte er das.

Er sah den Pferdeschwanz der ausländischen Kommilitonin Laura weiter vorne in der Menge: nicht nur, weil er blond war, fiel er auf. Er flitzte kreuz und quer und sperrte sich in den Wogen schwarzer Schöpfe und niedlicher Mützen; wie ein Stöckchen im Strom blieb er mal stecken, wurde zurückgetrieben und wackelte leicht, während seine Besitzerin mehrmals hintereinander mit Blitzlicht fotografierte. Nobitori warf die Kippe auf den Boden und schlug Schleichwege ein, um weiter vorne in die Menschenmenge einzutauchen. Er sah den Pferdeschwanz wieder, nickend nichtsahnend nach seiner eigenen Melodie, zögernd – da blieb er auch stehen –, dann wieder eine Lücke nützend, um nach vorne zu eilen. Ein unsteter Geist, dachte Nobitori, sich geradezu die Lippen leckend, so fein ließ ihn die Verfolgung des Schwanzes die Niederlage mit der Hobelklinge vergessen. Der Pferdeschwanz bewegte sich mehr wie ein Tier denn wie ein Mensch, wilder als ein solcher holte er aus und fuhr irgendwohin; gleichzeitig fehlte ihm aber die herrische Willkür im sicheren Trott eines wirklichen Tieres.

»Was machst du da?« Eine kecke, künstlich schrille Stimme ließ Nobitori zusammenzucken, gerade weil sie seinen eigenen Gedanken aussprach. Chiëko ging neben ihm, klein und präzise eingefasst in ihrem rosafarbenen Festtagskimono, Spangen in ideal witzigen Winkeln im Haar, der graurote Obi mit einem Muster aus Winterblüten zum Rosa des Kimono in einem kontrastiven Ernst, der radikal war, aber die Grenze zum Wahnsinn gerade um einen Hauch nicht streifte. Chiëko, von der man vermuten musste, dass sie aus einem sehr reichen oder aber sehr ungewöhnlichen Haus kam, und bei der man keine Ahnung hatte, ob sie sich verheiraten, eine weltberühmte Meeresbiologin werden oder als deplatziertes Glanzstück eines stumpfsinnigen Büros enden würde, blickte ihn mit einem gewissen Amüsement und ein bisschen erwartungsvoll an, als wäre es ab jetzt an ihm, die Konversation zu lenken. Nobitori deutete nach vorne: »Hast du gesehen? Laura ist auch da. Lass uns sie einholen! Bestimmt weiß sie nicht ausreichend über das Hobelfest Bescheid.«

Chiëko hielt mit verdoppelten Trippelschritten mit, als Nobitori das Tempo anzog. Als die beiden links und rechts von Laura auftauchten, flammte auf deren Gesicht Freude auf, unmittelbar gefolgt von einem jähen Bremsmanöver, mit dem sie ihre eigenen Gedankenstränge zum Stehen brachte. Nobitori und Chiëko ließen die Phasen lächelnd vorübergehen. Eine kurze Parade von Vorstellungen, Abneigungen und den von ihnen veranlassten Flirrstrudeln. Das Zusammentreffen mit anderen Menschen ist wie in ein Gebäude hineinzugehen. Laura faltete die Flügel der Seele und verbeugte sich links und rechts mit wirklich in ihr sprudelnder Freude, sie zu sehen, so wie es die Sitte verlangte. Japaner benahmen sich auch so lieblich, dass man nicht anders konnte, als sich unbändig über sie zu freuen.

»Wie gefällt dir das Hobelfest?«, fragte Nobitori.

»Gut, natürlich«, sagte Laura, »ich finde es sehr schön und interessant. Du hast gehobelt, habe ich gesehen?«

»Ja, meine Familie kommt aus dieser Ortschaft.« Nobitori sah an sich hinunter. Die ausgeblichene Seide der Hobeltracht legte sich kantig an seine blasse Brust, die Schleppen hatte er in eine dafür vorgesehene Schnur gehängt, die ihm quer über den Rumpf gespannt war.

»Aber er kann nicht gut hobeln!«, lachte Chiëko. »Das Hobelfest quält ihn jedes Jahr.«

Nobitori lachte auch und versuchte Chiëko in der Karikatur seiner Person abzuhängen. »Mein Halbbruder Shunichi hingegen – das ist ein richtiger Kunsthobler. Er wird auch noch von Jahr zu Jahr besser.« Er sagte es blasiert, als wäre etwas Lächerliches oder wenigstens Niedliches daran, im Hobeln Perfektion zu erlangen. Dann wurde er schlagartig ernst. »Mein Großvater sagt, er sei stolz auf mich, da ich zur Universität gehe, und die Großmutter erst recht. Aber das ist völlig abstrakt, sie wissen nicht, was es heißt. Sollte sich herausstellen, dass es nicht besser ist als ihr Leben, wäre es eine große Enttäuschung für sie. Es darf also nicht sein. Es ist aber so. Also kann ich nicht gut denken.«

»Was findest du denn schlecht an der Uni?«, fragte Laura. Sie war gar nicht skeptisch, was die Dummheiten der Universität anging, aber genau genommen hatte sie sich ein wenig in Nobitori verliebt, als er den dünnen Oberkörper nach vorne geknickt hatte, um plötzlich ernst zu sein, und wollte ihn weiter sprechen hören.

»Niemand versteht dort etwas von dem, um das es einem gehen könnte«, sagte Nobitori, »und die, die doch etwas davon verstehen, zeigen bloß mit einem müden Zeigefinger auf Reststücke dessen, was sie in der Vergangenheit begeisterte.«

»Wie Aspik«, sagte Chiëko. Eine Generalpause trat ein.

»Spik?«, fragte Laura vorsichtig. Als Ausländerin war sie zur Zeit geübt im Unverständnis.

»Wie Fleisch- und Gemüsestücke, die man in Aspik eingelegt hat. Diese gelblich-trübe Gelatine …«

»Ach so! Aspik!«, lachten Laura und Nobitori. Nobitori konnte gar nicht aufhören zu lachen, beugte sich vornüber bis auf die Knie und wiederholte das Wort Aspik. Laura bemühte sich, immer weiter mitzulachen, damit er nicht alleine lachte. Chiëko sah die beiden unverwandt und nachdenklich an.

»Hast du vielleicht Alkohol getrunken?«, fragte sie. Ihre Augenbrauen zogen drachenmäßige Bogen, um wie Raubvögel auf den Lachenden niederzustürzen. Ein Zucken im Mundwinkel verriet ihren Unernst, oder aber einen grenzenlosen Zorn.

Nobitori erstarrte sofort in kerzengerader Haltung und spielte den Schuldigen: »Neinnisch 'abe*nischt* jetrunken.«

»Dann lass uns aufholen«, sagte Chiëko zu Laura, hakte sich bei ihr ein und zog sie zu einem Stand, wo sie zwei Gläser Sake kaufte, außerdem eine Tüte mit Reisgebäck, wie er im Tempel produziert wurde. Sie gingen mit Nobitori zu einer Bank, von der aus man über das Tal sah. Laura wurde stumm und schaute. Verträumt gab ein Tal den Blick weiter an das nächste, blauere.

Man sah einen dicken Strom von Menschen auf dem Weg zurück zur Station und die paar Nachzügler, die links und rechts davon zum Dorf heraufirrten. Über ihnen schien der glitzernde Fluss bloß zweidimensional gemalt zu sein wie eine stilisierte chinesische Wolke. Am kleinen, kegelförmigen Berg, der sich gegenüber von ihnen recht plötzlich aus dem Boden erhob, fuhr eine Gondel hinauf und hinunter. Auf der Spitze des Berges blinkte ein Sendemast zwischen den Wolken. Das Licht war vage und unverlässlich; hatte man aber den Überblick, kränkte es einen nicht mehr, wenn die Sonne verschwand, denn sie war ja offensichtlich woanders.

Nobitori holte eine Zigarette aus seiner Handtasche und lachte, als der Trick, mit dem er sie um den Finger schnippen wollte, misslang und sie in seinen Schoß fiel, wo er die Schenkel rasch aneinanderpresste, um sie aufzufangen. Chiëko öffnete die Sakegläser mithilfe des an der Seite angebrachten Rings und gab eines davon Laura in die Hand. Sie stießen an. Laura strahlte in einem Maß, dass es ansteckte. Chiëko riss die Packung Reisgebäck auf und bot sie den anderen an. Nobitori balancierte sein Gebäckstück auf dem Knie, da er noch fertigrauchen wollte. Laura drehte ihres hin und her. »Es sieht aus wie ein Holzkringel«, sagte sie, »der aufgedunsen ist. Jeff Koons.«

»Jeh Kuns. Jeh Kuns?«, wiederholte Nobitori, mit geradem Oberkörper aufmerksam nach vorne gebeugt.

»Ein experimenteller Ethnologe«, scherzte Laura. »Wie Elizabeth T. Spira. Egal. Aber …« Laura fing an, eigenständig zu sinnieren, und schien zu vergessen, dass sie zwei Japanern gegenübersaß, die ihr aufmerksam folgten, aber nichts verstanden. »Es ist eigentlich krass, sie muss ihre Dokumente so kommentarlos bringen, dass die Zuschauer meinen, sich im Einklang mit der Intention der Show über die gezeigten Leute zu amüsieren, und gleichzeitig die Leute, die gefilmt wurden und sich selbst im

Fernsehen sehen, nichts davon merken, sondern nur denken, ja, hat sie uns anständig getroffen, stimmt, wir sind so. Die *moquerie* muss um ein ganz bestimmtes Maß größer sein als die Wahrheit.«

»Jeh Kuns ist Fernsehmoderator?«, fragte Nobitori.

Chiëko musste schon lange urinieren. Aber wenn sie ginge, um eine Toilette zu suchen, wären Nobitori und Laura allein und würden sich küssen. Es war nicht zu verhindern. Chiëko trat von einem Fuß auf den anderen. Es war nicht zu verhindern. Das Schicksal. Sie musste gehen, die beiden mussten sich küssen – und verlieren. Chiëko kannte Nobitori, seit sie Kinder waren, und würde ihn weiter kennen. Ihr Verhältnis, ihre lange und doch junge Bekanntschaft, hätte jetzt erröten können, wie die Sonne jetzt aus den Wolken trat, und tatsächlich blickte Nobitori Chiëko mit großen Augen an, während Laura an den Knöpfen ihrer Kamera drehte, als ob er sie um Rat oder um Erlaubnis fragte. Chiëko, unentschieden, ob sie der Trauer oder dem Ärger in ihren Augen den Vortritt lassen sollte, blickte zur Seite. Die Sonne wurde stärker und Laura und Nobitori sahen sich an, ohne zu sprechen, starrten auf die Knöpfe der Kamera, dann wieder auf einander. Bis der Schatten der nächsten Wolke sich über die Landschaft schob. Chiëko wartete es nicht ab, nahm einen dicken Schluck Sake und drang in das Gebüsch, das vor ihnen auf dem steilen Hang sich in die Tiefe senkte. Sie ging sechs oder sieben Schritte in das Gebüsch hinein und hockte sich dann hin, den Kimono spreizend; obwohl ihr Kopf aus dem Bambus herausragte und sie Laura und Nobitori hätte fröhlich angrinsen können, während sie den Urinstrahl in den Boden versenkte, zog sie es vor, über die Landschaft zu blicken, auf der die Launen des Wetters ihre unbeständigen Flecken von Gegend zu Gegend und immer weiter schickten. Eine Melodie war ihr im Kopf, die sie nicht ganz fassen konnte.

Der rote Wedding an die Weiße Stadt

Du hast ironisch, voll Verachtung von Frankfurt gesprochen, wo du wohnst, und von Halle, wo du herkommst. Du warfst alle Kleider ab, legtest sie auf einen Stuhl und standst nackt im Zimmer, ich tat desgleichen.

Kühn schickst du dich in Ahnungen und zögerst, ihre Konsequenzen hereinzuziehen. Ich weiß, wie das geht, ich weiß auch, wie lange das geht. Nur zu, denn es braucht das, und wer weiß, wie lange ich selbst es noch kann. Rede! Ich höre nichts, was du nicht sagen willst. Korrigier mich, was die Daten betrifft. Wende meinen Kopf weg, senk selbst die Augen, sag ab, sag ab, sag ab. Ich weiß, dass ich nicht will, dass andere überhaupt zu wissen meinen, wenn sie anders zu wissen meinen, als ich zu wissen meinen will. Ja, ich habe deutlich gehört, wie du beiläufig deine Freundin erwähntest. Ich habe deine Augen gesehen, deinen herzförmigen Seume-Mund, wie schnell er sprach. *как скоро он* ...! Wie man wissendes Fleisch mit der flachen Hand von sich fernhält, während man seinen Träger mit den Lippen zu sich zieht. Du wirst dich wundern. Nein, du. Wer zittert mehr bei der nächsten Begegnung? Und zittern die Lippen oder zittert etwas im Hals? Und wenn sie zittern, so aus Ahnung einer möglichen Versandung (»es wird nicht gebaut«) oder aus der nicht zu besiegenden Hoffnung eines ahnenden Körpers auf Utopie?

Beiseite gesprochen: Ich komm euch noch dahinter, Jungs, die ihr verachtet, was ihr vögelt, und sie dann noch beleidigt, indem ihr euch darin mehr verstanden wähnt als der Fall ist, und euch ekelt vor dem Gedanken, jemand fange an zu lieben, was ihn demütige, ein Reflex der Hilflosigkeit, den man nicht gut finden kann. Aber von Demütigung kann keine Rede sein. Wir reden von Argheiten, wo Fremdheit sich mit Vereinigung stößt. Grundloses Abbrennen, ungehindert. Größte Liebe also größte Drastik. Denn alles hier ist schlecht.

Adieu und guten Mut, ich stürze nun weiter, durch kühle Korridore und helle und normale, durch monumentale Tünchehallen, Börsen- und Gelehrtenstädte, Ruinen, über die Studenten klettern, auf Seminare aus. Ich stolpere in die Bibliothek, auf Erkundung, wie ein Kleinkind, auf krummen Beinen, leuchtend, selbst mir Taschenlampe. Gespenst des Kapitals: ein *böses* Gespenst, das seine Herkunft vernichtet, da es anders will. Auf diese Weise drücke ich mich dann dem einen oder anderen mal in die Hand, doch nicht weiter als meine kindliche Reichweite reicht der portraithafte Schein. Drachenauge Marxismus, wie er auf alles fällt, schwach, geistreich, müde, benennend, ersterbend, erwachend und sich eloquent reckend, ein Fisch an Land, ein sich bäumender Zweig im Ofen, und immer weiter gehend gehe ich nun durch Frankfurt, unter öden Eiben und dämlichen Eichen, fluchend der leeren Stadt, in der du dich um deine Referate kümmerst.

Zurück im Wedding war ich rot wie ein Aas, meine Ahnungen großartige Inca-Krallen, über mir und um mich herum. Die sah ich ohne Angst an wie Hühnerkrallen, die ich nicht essen muss. So umfassend war die Verschneitheit der Welt, in der ich so vielfach verliebt war, dass ich nur herumirrte glücklich, irrte wie ein trockenes Blatt über alles mit Kühle Scherzende der Welt unter den Flocken. Schnee, Scherz des Himmels, tödlich wie eine riesige Vogelscheiße, an der man ersticken könnte, wenn man klein und alleine ist. Doch ich bin vermehrt, vervielfacht, nachdem ich gern scherze und liebe, selbst Schnee eines Abends, einer Nacht, der leicht schmilzt, wenn der Lauf der Dinge es so entscheidet.

Und kam, über den Plötzensee und die ganzen Rehberge so tänzelnd, an die Weiße Stadt. Die man einmal gebaut hat, wirklich gebaut, 1928–1931. Aroser Allee, eine Pracht von gelinder Utopie von Leben anderer, was bedeutet, dass man, ohne einzugreifen, ermöglicht, dass sie auf einem leben, was sie wollen, und weniger Schmerzen haben, und täglich sehen, wie die Weiße Stadt ist, leicht, ein ernster Scherz, der das Leben ist, Formen, die sich einander geben, ohne verloren zu sein, existieren als Scherz, weißt du, ich meine Utopie –

Dass, verstehst du, dein Gedanke, der Gedanke an dich genügte, um 1286 Wohnungen mit Licht zu versehen, weiße Fliesen, dass Krankheiten rar werden, weil es Freude macht, sich die Hände zu waschen, so etwas meine ich mit dem Einfluss auf ein Leben, das dein Ja hat, hatte, dein Ja. Ja! Ja? Ja!

Du wirst jetzt vielleicht einwenden, das ist unnütz, wir haben Freude gehabt, nein, wir haben arg gepudert, aber wir haben keine Wohnungen gebaut. Wende ein, wende ein! Der Hoffnungen beraubt und daher hässlich, rot nur mehr in Form blasser Trauer, als Farbe dieser scheußlichen Betonziegel, aus denen die Gehsteige bestehen, grüßt der rote Wedding die Schönheit seines härtesten Traums: die Weite Stadt, die Weiße Stadt.

Wende nur ein, sage: »Brautkleid bleibt Brautkleid und Bauhaus bleibt Bauhaus«, es ist nicht die Wahrheit. Es ist nur ein Flash der Wahrnehmung. Die Wahrheit ist die Veränderung. Die Stadt steht gebaut, und du lebst in einem Zimmer und schreibst was auf irgendeiner Tastatur bestimmt, Wille, Wort und Satz. Nein, dein Gesicht sehe ich nicht mehr vor mir wie einen Tümpel voll mit zwei Augen, die langsame Ente darin schwimmend der Entschluss, der sich ziert. Und das langsame Zufrieren einer bewegenden Fläche, einer angenommenen Tiefe, bewegt bewegend, nein ich sehe nur mehr die Linien, Fluchtlinien, die ein Auge kennen (deines? meines?), aber nicht abbilden, nicht abtun, nicht verbuchen. Erkenne diese Linien wieder in der gefeierten Flucht der Aroser Allee, durch die ein Omnibus stolpert, wo der dunkle, feuchte Asphalt, gewärmt durch Bewegung, ein einziges schlau-schlaraffenhaftes Lachen ist, und aller Schnee, alles Wissen sein Hall: sein Halle.

Wisse weiter, was du weißt; was du wusstest, von mir erwidert, bekräftigt: Man muss arge Dinge tun.

Neben der Kirche bei mir an der Ecke standen vor dem Krieg acht Häuser, die hat der Hugo Heimann bauen lassen und So-zialisten geschenkt, damit sie zu Stadtverordneten gewählt wer-den durften. Man nannte sie die Roten Häuser. Es findet sich auch in Labyrinthen des Absurden und der Schwächung das Arge. Es kann sein, dass es sich, wenn mans findet, erhebt, dann, mehr wie ein Werkzeug denn wie ein blutendes Herz, und sich selbstvergessen anwendet.

Le bougie de Wuki

In der Schule bekam ich einmal eine Kerze geschenkt in Form eines Engels. Es ist ein etwa neunjähriges Mädchen, das seine Backen mit den Händen umfasst, verzweifelt oder emotional oder bloß pustend, im Chor blasend. Ich glaube, ich bekam sie von einem Gastschüler namens Wuki. Beim Besuch des jungen Fritz suche ich nach einer Kerze und finde sie, abgebrannt allerdings: Ein kopfloser Körper im Nachthemd hält in den Händen nur mehr eine Maske. Habe *ich* sie abgebrannt? Ich kann das nicht mehr feststellen. Wir zünden sie an und sitzen, kommt mir vor, nicht da, wo wir sind, in meiner neuen WG auf Kisten, sondern am türkisen Holztisch in meiner ersten Wohnung, in der auch nicht viele Möbel stehen. Da stehen nur bizarre Ansätze von Kunst, die wilde Schatten an die Wand werfen. Die Maske selbst macht einen großen Fleck, der auf der Wand neben uns herumtanzt und ungefähr den zersplitterten Spiegel umschließt. Wir trinken Sake, schweigen, und an den Wänden erscheinen mir Bilder aus meiner Erinnerung. Es scheint Erinnerung an die Zukunft zu sein.

Wir sitzen an Fritz' Küchentisch, sind eben von einer langen, öden Nacht des Ausgehens zurück, und er hat sich dafür entschieden, mich mit nach Hause zu nehmen. Vielleicht eine falsche Entscheidung, denn es fehlt, was uns zusammenbrächte. Er tastet, er tanzt nach Vorlage, es ist nicht wirklich meine Art von Tanz, und ich beobachte, ohne zu urteilen, versuche mitzumachen, kann es nicht gut. Es fühlt sich an wie im Turnunterricht in der Schule, als ich immer wieder vergeblich versuchte, mit Sensibilität den sogenannten Kasten zu bespringen. Das war eben unmöglich: Es ging nur mit einer Art Schablone, die einem einen Schwung gab, der klüger war als die notorisch ahnungslose Sensibilität.

Ein zartes Stück hat Fritz aufgelegt, und hierhin strömt meine ganze analytische, antizyklische Zärtlichkeit: Wir sprechen darüber. Dass er diese Musikerin unendlich schätzt, sagt Fritz, und ich weiß auf diesen schnell bezeichneten Höhepunkt nichts zu erwidern. Er kauert mit nacktem Oberkörper, in ein Leintuch gehüllt, neben der Anlage, ich, harpyiengleich, auf einem Stuhl neben dem Fenster, mehr wie eine hereingeratene Taube denn wie ein Gast, und schon gar nicht schreite ich mit meinem Benehmen durch sein Haus wie eine Geliebte. Die Zeit bleibt stehen: Erykah Badu hält ihre Fäden in der Hand, allerdings auf Band. Kontrollierte Kontrolle. Als wäre die Tonaufnahme eine Überwachungskamera, die bis ins Zimmer reicht, sehe ich die Umgebung samtig, verdächtig, verklärt. Das interessiert mich alles mehr, als Fritz' Rede zu unterbrechen, die doch nur dazu dient, unterbrochen zu werden.

Aus dem Lautsprecher kommt dieses berühmte, amorphe Lied von Eryka Badu, ich sitze mit Prätz im Raucherzimmer vom Chagall und habe mir schon drei Zigaretten verkniffen und Prätz, den ich zum ersten Mal seit Japan wiedersehe, erzählt, dass ich vorerst nicht rauche, weil ein Mann namens Gachan mit so natürlicher Zurückhaltung gefragt hat, ob ich einmal darüber nachgedacht hätte aufzuhören. Im Warmen, auf dem weichen Sofa, im dringlich nicht sprechenden Blick von Prätz, falle ich in Sekundenschlaf. Wache auf im kleinen Dachzimmer von Gachan, neben Gachan, unter Gachans Decke. Spitze! Genau das war mein Wunsch in den letzten Tagen. Aber nein, ich wache noch mal auf: bin eingeschlafen auf dem Weg die dunkle Straße hinauf, vor der Kirche Ecke Soldiner Straße, wache auf und Gachan geht neben mir. Ich habe seine Hand genommen, wie er drüben in Japan einmal meine, denn es ist meine Straße, durch die ich ihn führe. Es könnte mein Kiez sein, wenn ich mehr da wäre. Gachan flattert auf und weg, wie ein Taubenschwarm, als ich die Höhe der Reinigung erreiche, deren schwuler Inhaber wieder einmal völlig verrückt angezogen ist, mit buntem Daunengilet und Kochhose, fast so schlimm wie ich mit dem Pullover, den ich in meinem Haus auf der Mülltonne gefunden habe, weswegen ich immer mit geschlossener Jacke durch den Hof gehe, und der zerrissenen Reptilienstretchhose, von der das Gold längst abgeblättert ist, und dem prunkvollen Stück Seide um den Hals, und ich muss mich vornüberbeugen und lachen, sind mir doch vorhin die langen dünnen weißen Arme des Yoi in Pankow eingefallen, und gehe ich jetzt nach Pankow, einfach gehen durch kalte Dunkelheit, lebe ich etwas, was ich plötzlich vielversprechend und lustig finde. Doch wie Schwärme von Krähen, von Kranichen, größeren Zugvögeln, meine ich, kommt Gachan als Phantasma in Scharen von Imagines auf mich nieder, und ich kann nichts Ordentliches denken, schlafe inmitten von diesem Flattern gewissermaßen ein und wache auch inmitten eines solchen Flatterns morgens auf, wobei ich feststelle, dass all die Schemen Gachans schwarze lange Unterwäsche tragen. Merke jedenfalls nicht mehr, wie ich unter der S-Bahn-Brücke hindurch, an leuchtenden Bäckereien vorbei, durch die ganze Wollankstraße des späten Winternachmittags gehe, muss alle zehn Schritte mich vornüberbeugen und kichern. Ich gehe hinein in ein keilförmiges Café, das ich schon lange kenne und das immer funktioniert wie eine Tritonmuschel, mit einer Toilettenzelle tief im engen, hellroten Herzen.

Ich komme raus im Café Kant auf der Kantstraße, unten im hellroten Keller der Toilettenanlagen, gehe die Treppe hoch, aber ist es der Apunkt oder dieser unsägliche DJ mit der Turnschuhfresse, mit dem ich ein Projekt machen soll, den ich oben im

Café auf der Sitzbank wiederfinden werde? Soll ich rauchen? Es ist, als würde die Welt mit meinem Zug in die Zigarette gesogen, ein *twist*, ein schwarzes Loch, auf dessen anderer Seite sich wieder entfaltet, was gerade eben verschwand, nur etwas kleiner aussehend, wie die Projektion in einer Lochkamera. Warum mache ich das, befasse mich mit Zigaretten, um nicht aufzugehen in Empfindungen? Weil ich hier so sehr nicht bin, weil die Erinnerungen, die ich hinter mich werfe wie Lehmklumpen, gewisse Rechte auf mich haben und ich sie mit Zigaretten auf Armeslänge halten muss, um mich überhaupt dem Gegenüber zuwenden zu können: als Gegenüber nämlich, als Fassbares. Ich muss mich fassbar machen, das ist der Abstand, das ist der Anstand, für mich bin ich ja die Welt, aber für den anderen ein Fascis, ein Bündel, eine Signifikanz, die dies ist und nicht das. Was, weiß ich nicht, aber ich trage mich herum, und sie ertragen mich.

Bin wieder mit Fritz aus, es beschäftigt mich, ihn wohl auch.

Die Arme lose um seinen Hals gelegt – und eine falsche Wendung, grob, nein: nein: gemeinsam sein heißt keine Fehler machen. Ich wende seinen Kopf nach vorn und streiche die Haare zurück, als wäre ich Wasser oder ein kühler Wind, so mag es sein *for all I know*. Als wir, vor Sekunden, in die »Glasglocke« eintraten, verschwand, was uns vorher gehemmt und auf einer Welle unaufhörlichen Suchens durch mehrere Kneipen getrieben hatte, durch Whiskey, den man auf Knien hielt, und unendlich anstrengendes Gespräch. Nun sehe ich ihn hier, im sanften Licht eines kleinen Globusses, sich lösen wie eine Blüte in warmem Wasser. Als wäre sein Hirn angebraten worden und jetzt – endlich – gelöscht, macht es zierliche Arabesken, müßig, flüssig bewegt wie Algen in einem dieser mehrdeutigen Berliner Kanalgewässer ungewisser Strömungsrichtung. Zumindest bilde ich mir das ein, gewohnt, mit Bildern die Hirne zu lieben. Hier aber ist ein ganzer Mensch! Er heißt Fritz, und das Hirn wird vom

Ganzen nur mitgeschleift. Wie in einer Art Demokratie, kommt mir in den Sinn, während ich seine weichen Lippen, die meine umkreisen, mit den rauhen Händen verwechsle, auf die er stolz ist und die jetzt auf meinem Bein liegen und sich zu rühren beginnen. Wo ich sonst immer nur Diktaturen liebte, in denen Mittelsmänner des Hirns mit den Fingerspitzen gerechte Morde begehen, voll bizarrer Propaganda, voll Verständnis und Forderung – diktatorisch eben, und klar, durchsichtig geradezu, man sah ohne Hindernisse durchs Fleisch bis in die Gedanken. Hier aber sprechen Hand, Herz und Hirn sich ab, machen Kompromisse und fragen noch mich nach meiner Meinung, es ist mir zu viel, wer soll das alles entscheiden? Die komplizierten Fragen und Bedingungen auseinanderpulen? Nun bin ich aber plötzlich ganz beschäftigt, ganz da, als spräche ich endlich mit jemandem, merke ich, etwas unsicher, als mein Bein sich über das seine krallt, und sich verwechseln helle Hosen und lila stonewashed Röhrenjeans. Wie eine Schlange auf dem Mars, denke ich, suchend noch mit den Händen die Taille, das Maß, wie eine neue Kette auf einem alten Hals. Wie ein Mensch, der sich erst orientieren muss. Wer braucht solche Metaphern? Und könnte man denn damit zufrieden sein, bloß zu sagen, »die Schlange auf dem Moos«? Etwas, was es gibt, etwas, was ein bürgerliches Ziel hat, überleben etwa oder etwas hübsch zu Ende bringen kann auch schön sein, erklärt er mir durch die Einrichtung, durch die Wahl der Kneipe, doch scheint er selbst dabei unsicher. Vielleicht sucht er eher ein Mädchen, das ihn anturnt, aber nicht so aufmerksam sucht, ihm nicht so lange zuhört. Ich schüttle mich, starre wie eine Ertrinkende das weiße Stück Wand über der Tür an. Langsam fällt ihm wieder etwas ein, worüber er reden könnte.

Etwas winkt aus den Wänden immer, so etwas wie eingemauerte Jungfern vergangener Zeiten, und feuert uns an, an der Oberfläche zu kratzen, doch wir hören entsetzliche Schreie kommen und brechen auf, gehen woandershin, um anzufangen, gehen hinaus und nach Hause durch den Nieselregen, der mich denken lässt an das Ende eines Gedichts von Majakowski, in dem er erklärt, dass er zum Kommunismus kam, weil er ohne ihn nicht lieben konnte. An die rigorose Ingenieurspräzision der moralischen Empfindungen bei den Deutschen, die Effi Briest umgeben, und wie langsam Hanna Schygulla in der Fassbinder-Verfilmung spricht, dass man die Tropfen von ihren Lippen trinken möchte, und es kommt mir vor, als ob wir uns dreschen, dreschen, wie man früher Pferde zuschanden ritt.

Wobei wir dann doch noch im Dunklen, unter einer Markise, plötzlich auf einer Bank sitzen und uns küssen, uns anschauen, und anschauen und küssen, als wieder deutlich wird, wie wenig wir wissen, was wir anschauen, und aufhören zu küssen und schauen uns verwundert an, als uns aufgeht, dass wir nicht wissen, was wir küssen, und warum, und der Regen fiel, fiel,

fiel, fiel, fiel, fiel	und wir dazwischen,	fiel, fiel, fiel, fiel, fiel
fiel, fiel, fiel, fiel	mit verflochtenen Beinen	fiel, fiel, fiel, fiel, fiel
fiel, fiel, fiel, fiel	und nur einem Mund,	fiel, fiel, fiel, fiel, fiel
fiel, fiel, fiel, fiel	weil es uns gefiel,	fiel, fiel, fiel, fiel, fiel

und dann gehen wir in den Regen hinein, weg von uns beiden, werfen nur jeder noch ein zwei bis zu drei oder vier Blicke über die Schulter. Und ich auf dem Rad werde nass durch und durch, genieße diese Entsprechung, die Schwere von etwas, was durch mich durch geht, nickend wie zu guter Musik, ye, ye, ye, während ich auf dem Rad rolle, arbeite, arbeite und rolle, unregelmäßig, mit launischen Beinen, mal unglaublich effizient und dann abfallend und unendlich langsam trödelnd, wie ein verkaterter Arbeiter in der Produktionslinie, der in einer Stunde den Rekord von 25 Rollen bricht und in der nächsten Stunde nur mehr träumt, den Kopf zwischen den Brüsten seiner Frau gemalmt, während es immer heller wird, bis es richtig weiß leuchtet und ich zu Hause bin, vom Rad steige und – War es danach, oder war es ein anderes Mal, da kam ich nach Hause und schrieb Emails an alle Männer die ich je geliebt hatte, vergangene, zukünftige, nicht an alle, aber an eine ganze Menge, weil ich plötzlich wusste, was ich schreiben soll, und einen Ton traf, der bewegt war, ohne dringlich zu sein, meinte ich wenigstens, nach einem halben Dutzend Rhabarberwodka draußen in Neukölln. Dann legte ich mich kichernd zu Bett. Kichernd und frierend, frierend und kichernd schmiegte ich mich an den Apunkt, der meinen Namen und einige nicht ganz verständliche Flüche murmelte.

Und am Morgen waren die Emails nicht da, nicht abgeschickt und nicht geschrieben. Fassungslos war ich, jauchzte, tonlos, schlich, raschelnd tonlos, tonlos lachend um den Laptop herum wie ein desertierender Tarnanzug aus Chiffon. Um sie nicht doch noch aufzuscheuchen. Dankbar radelte ich in die Sonne hinaus, in die Stadt, in die Bibliothek. Ein Zeitloch wie ein Engel war das, ein Computerfehler wie eine helle Erscheinung auf einer Landstraße nachts, die den Weg blockiert, auf dem man in die Fluten eines über die Ufer getretenen Flusses hineingefahren wäre für immer, okay, dachte ich, kann ich also so weitermachen.

Ich träume, ich ginge wieder in den Keller des Wirr, aus einer verfallenen Garagentür in Pankow käme ich dahin, am Ende eines langen, verregneten, recht verlorenen Spaziergangs, bei dem ich ständig auf die Seite sehe wie ein Frisurenmodel, wie ich es in letzter Zeit oft tat, um eine flüchtig-elegische Art von Schönheit zu genießen: das schöne Abwenden, wie Vögel im Wind wenden, gleichzeitig so, wie das Gesicht sich von einer Ohrfeige abwendet, wenn man den Ohrfeiger liebt, das ist modisch gerade, wenn man es so leicht spielt, im Gewicht eines Moments in einer Serie, nicht wie ein Teil eines Dramas. Hat etwas mit Wind zu tun, mit Freiheit, Innehalten und Schönheit. Gleichzeitig berührte mich alles Wesentliche so abstrakt, dass ich Fritz fast *war* – aber nur wie ein Scherz –, wie er durch den Regen nach Hause ging, im Dunkeln, die Lederjacke einer Frau auf dem Rücken (auf halber Höhe baumelte die geraffte Taille), mit gestohlenem Fahrrad, und ich mich fragte, was er wohl empfand, was ich wohl empfand und an was ich ihn erinnerte; ob er etwas Bestimmtes machen wollte und ich ihn nicht richtig machen ließ, oder lieber nur durch den dunklen Regen – ja lieber durch den dunklen Regen gehen, Rücken an Rücken, alte Goldfische in einem uralten Teich, von einander wegschwimmend nur, um sich wieder zu begegnen.

Betrachte indessen mit Sorge meine neue Art, alle Schönheiten nur mehr als besondere Köstlichkeiten abgepackt zu betrachten. Ich nehme die Welt, als wäre ich in einem Trödelladen und versuchte, mir das Leben der Leute vor Augen zu führen, indem ich einen Gegenstand aufhebe, in den Händen wende und wilde hinstelle, kaufend nur schwarze Kleinigkeiten, die ich mit mir tragen kann, ohne sesshaft zu werden. Mit Absicht missverstehe ich, was es bedeutet, sich für andere zu interessieren. Es sind wiederholte Versuche, mich auf einer geraden Tangente aus der altruistischen Wende hinausschleudern zu lassen, die ich großmäulig herumposaune, seit ich dreißig bin. Während sich Fritz, denke ich, großzügig fühlt wie ein großes gusseisernes Gefäß zum Kochen riesiger Gastmahle, ganzer Rinder etc. Er würde mich hineinsetzen wie auf die Ladefläche eines Lastenfahrrads, nicht wahr? Dort sitzen große, erwachsene, aufgeklärte Frauen oft drin und lassen sich fahren, weil es lustig ist, dass sie älter, aber kleiner sind als die Männer: *andere* Kreaturen, mit kleineren Lippen. Aber das Bild, das mir nun vor Augen kommt, ist das vom Heiligen St. Veit, seinem blassen Oberkörper aufrecht in kochendem Wasser – meinem? seinem? – stehend und betend – *rock'n'roll*.

Fritz, auf den Pedalen stehend, nähert sich auf dem Gehsteig, geht auf und ab wie eine Ölpumpe. Eine Sekunde lang fahre ich im Auto meiner Eltern zehn Stunden durch die weiten Bundesstaaten in der Mitte der USA und sehe aus dem Fenster diese Ölpumpen in der heißen Luft flimmern, die sich über dem Boden trägt, manche, je nach Perspektive, wie Striche, die länger und kürzer werden, manche wie gefesselte Trinkvögel, hagere Krähen oder Geier, und sie wenden sich, wandeln sich rasch, als man vorbeifährt. Fritz ist ausreichend groß geworden, springt vom Rad, steht vor mir, seine Lippen eine verheilte Wunde, rosa, dick. Seine Augen locken wie eigene Geschichten, wie mit Teppichen ausgelegte Innenräume.

»Ich streife mir«, lache ich, »die Schuhe ab, bevor ich in deinen Kopf eintrete«, sage ich, und er legt das Gesicht schief und versteht nicht. Er ist konsterniert und lacht verlegen. Ich schäme mich, wende mich und gehe rein, zum guten Vietnamesen voller Rätsel und Möbel aus Birkenstämmen, bevor er etwas sagen kann. Unlust, über das zu sprechen, was man letzte Woche gemacht hat. Die Pause wird länger. Ich nehme die Lilienköpfe in die Hand, der rosa, schwerduftenden Art, die aus einem Gupf von Moos dringen, in den sie gesteckt sind, ohne Stengel. Während ich warte, welches Schicksal das Gespräch erfassen wird, bewegen sie mit ihrer lichtlosen Kraft einen anderen Teil meines Gemüts, sie wissen etwas, was ich nicht wahrhaben will, wie Pilze und gewisse bleiche Sukkulenten. Wir sind nicht weitergekommen, fühlen uns älter und schwebender, als wir sind. Erst spät lehnen wir uns über den Tisch, um uns zu küssen – schlicht, als wären wir schon lange miteinander bekannt und es wäre normaler Bestandteil einer Zeile. Es ist kein Kuss, es sind nur dicke Lippen. Fragwürdige Lippen. Während die Lilie, halb offen, ein Ballon *of sorts*, unter dem Kuss, in seinem Schatten, in meiner Hand verschwindet und wieder zum Vorschein kommt.

Sich schlicht zu küssen war der Vorsatz gewesen, meiner wenigstens, doch der brach sich und brach sich wieder und wieder am Kuss selbst, der nicht ganz da war. Bloß zwei Gefäße, rund, Rand an Rand, machten ihre Ränder weich, um etwas zusammen zu tun, und jeder Kopf trug eigene Anhängelasten, keinen Augenblick vergessen. Geht es denn andauernd um Vergessen?

Die Lilie in meiner Hand ähnelt einem Versprechen: dass es Anderes gibt, was von selbst das ist, wofür man es hält. Und mich überraschen könnte: Was ich für ein Aufgeben hielt, stellt sich als Aufgehen zwischen uns. Da lehne ich mich zurück, noch halb geblendet von der Lilie, werde rot und kippe mit dem Stuhl noch weiter nach hinten, noch weiter, bis ich die Wand berühre, um der Schwellung der Stimmung – rosa, weiß, ungeboren – den Raum, den sie nehmen wird, zu lassen. Das ist ja, erkenne ich, das Rosige in den dunklen Wangen von Fritz, der Witz seiner Pausbacken, der hängenden Lippe, der Waldtiere von Augen. Täuschend wirken sie flauschig, wie Plüsch. Gefährlicher Plüsch, denn sie verwalten Zeit.

Er hat ja wohl keinen Giftstachel, der Fritz, der unendliche Plauderer, mit Zeit allein wird er dich dazu bringen, dass du dich selbst vergiftest. Ich springe auf, verlange die Rechnung.

Gieß es lieber, bei aller Ungeduld, in Lettern, gieß es nach deiner Kunst auf Papier. Wenn du das tust, ist es peinlich. Doch wenn du es nicht tust, vergiftest du nach ihm noch den nächsten, indem du dich nicht auskennst, unschlicht bist.

Schlaft, schlaft, Freunde, Landsleute, Wixer! Keiner von uns besitzt ein Fahrrad. Wir fahren nur damit herum, machen feste Spiele mit Styles und Schlossen. Jeder Jurastudent weiß, auch wenn er es nicht zugibt, dass es kein Eigentum gibt, nur Besitz, und folglich ich und Fritz, wenn wir einschlafen auf dem Ufer des Landwehrkanals im Schatten des Hospitals, umkränzt von Greisen mit Infusionskabeln ums Gelenk, deren jüngeren Geliebten sowie Schwänen und Blässhühnern, Enten etcetera, selbst am meisten Besessene sind und es gut so ist. Sage ich: Wenigstens ich bin besessen. Vom Anblick – ich schlafe nicht – der schwarzen Ahornblätter vor dem Hintergrund des Hochnebels.

Ich mache die Augen zu, ich schütze uns nicht, man kann uns alles aus der Tasche ziehen. So schlafen wir ganz richtig, und es geschieht uns kein Leid.

Langsam kurble ich, zwölf Jahre alt, den blauen Samtvorhang des Theaters zu, es muss jetzt bald richtig zu Hause im Bett geschlafen werden. Deckt mich zu, ach, und kämmt mir die langen Haare, bevor ich sie abschnitt. Ich habe euch da auf der Bühne was gestampft, habe den Mund aufgemacht und alte Sätze nachgesprochen, als ob, als ob, als ob ich liebte. Wir stellten Romeo und Julia dar, wir glaubten nicht an die Liebe, aber sprachen diese Sätze von Shakespeare wie von Herzen, sie prägten sich ein. Hilflos wie Herbstblätter auf dem Stachel der Literatur, so aufgespießt wurden wir ins Leben geschoben und sind jetzt hier, in einer Wohnung von mir, in einem Beginn und zugleich einem Gitter, wo sich die Reste der jeweils bisherigen Vergangenheit ansammeln wie Laub an einem Abfluss, hinter dem die Zukunft ist, blattfrei.

Hinunter!

Der Schattenkreis flackert, es ist, wie wenn man in ein Mikroskop schaut und noch den Winkel sucht.

Fritz und ich stehen auf und wanken, fallen: fallen aufeinander und stürzen ins Bett, wo die Kraft der Literatur von einer neuen Sonne – Sonne der Nacht – Mond, wa? – übertönt wird.

Aber sie kommen schon wieder, immer noch, die Gespenster,

mit alten und mit neuen Witzen, mit Gliedmaßen und Stimmen, in prachtvollen Kimonos. Da sitzt Junichiro, bleicher Kobold, nackt auf dem dunklen Leintuch, so wie ich ihn einmal aus der frischen Erinnerung zeichnete, sein Bauch wird dann ersetzt von einem anderen bleichen Männerbauch, umkränzt von langen weißen Spinnenarmen, ein gespenstischer Riesenkrebs, aus dem ein verlegenes Lachen kommt inmitten grauer Bartstoppeln, nachdenkliche Blicke aus großen blauen Augen: unerhörte, störrisch gesuchte Schönheiten: Yoi. Dann wieder Kwas und ich, glücklich grinsend Kopf an Kopf nach dem Beischlaf, ich im grellen Kimono, den mir Josef einst schenkte, dann wieder weiße Flecken, die mir auf dem roten Stoff des Futons ins Auge fielen, als ich beim Whiskeytrinken Fukunrula, die darauf saß, umstieß und küsste. Von Erinnerungen gebeutelt wie von 12 Winden, begraben unter ihnen wie unter einer Geburtstagstorte von Decken im kalten japanischen Rockerkinderzimmer, lasse ich mich jetzt nur treiben, wie eine Gliederpuppe von Fritz auf dem Leintuch arrangieren und erforschen. Ausgehöhlt wie Stroh von den Erinnerungen, hätte es nur des leisesten Funkens bedurft, um ein Feuer voll heißen Luftzugs zu entfachen, aber da das Stroh zerstreut war, hätten sich die Funken an tausend Stellen zugleich legen müssen, um mich zu einer einzigen, einigen, signifikanten Flamme zusammenzunehmen.

Das war es wohl. Nach erledigter Forschung und durchtauchtem Schlaf – die Nase an meiner Flanke eingeschlafen, meine Hand in drahtigem Haar – im hellen Morgenlicht ist Fritz an Filmen interessiert, eben wegen des Zusammenhalts, den sonst auch andere Leute, in deren Einbildungen man eingefügt wird, geben können, bloß ich gerade nicht. Ich hole meinen Laptop, Fritz weiß, wo man Filme im Internet streamen kann. Mit Orangensaft und Joghurt liegen wir da, und während Fritz den Film schaut, wohl umhüllt vom Ginkater wie von einem Frotteebademantel, schaue ich unsere Reflexion im schwarzen Bildschirm. Auf unseren Wangen, zwischen unseren Köpfen rennen Frauen in roten Cocktailkleidern mit Messern in der Hand umher. Nun denn.

Huligan

In letzter Zeit spitzen sich all meine Empfindungen zu, wenn ich Knaben sehe in einem gewissen Alter, im Zwielicht, im Stimmbruch, in der selbstgefälligen Mode und den Haarschnitten dieser Tage, die Mädchen und Männern allerhand erzählen, adrett wie ein McJob, ohne dass man selbst dabei etwas tun müsste, als was Knaben und wir auch selber andauernd immer oder aus Verlegenheit und hauptsächlich selbstvergessen tun. Als wüssten sie, und irgendwo wissen sie ja. Sie sind vor mir, stehen an der Kreuzung, die glühenden, glatten Fressen vor dem Hintergrund einer Menge frischen Schnees, einander mal zugewandt, voneinander über-rasch wieder weggewandt. Schreckhaft, erschreckt von einem Anflug von etwas, einem Hauch Schwülem, Unbekanntem aneinander, angezogen durch die gefahrlose Ferne eines Hauchs von Vorstellungen in der Gangart einer Passantin. Ihren Kurven, ihrem Wissen, über das es sich zu spekulieren lohnt, ihrem *toc toc toc toc*. Die Knaben umarmen mit ganzer Seele Werbungen, besprechen voll Hingabe Mobiltelefone. Und ich gehe wie auf hoch gespannten Leinen, schwindelnd, bereit, mich mit diesen Dingen zu beschäftigen, zu versuchen, zu verstehen – es ist genau dasselbe Gefühl wie damals in der Schule. Bloß habe ich nicht mehr Angst. Schon, aber nicht so sehr, es wäre nun ein Reiz unter vielen, sich in ihre Gesellschaft zu wagen. (Wie mir das Herz klopfte, als mir der blonde Engländer, zwölf oder dreizehn, drei Stunden lang von Urzeittieren erzählte und mir danach, als wir uns in den kühlen Kellerräumen verloren, erklärte, wie sich Billard von Snooker unterscheidet.) Es ist dieses Krönen der zu plüschigen Erwachsenenwelt mit leichtem, herb frischem, banalem Zeug und, abgesehen davon, Unmögliches nur, was ich will: nicht erwachsen sein und schon gar keine Frau. Davon kenne ich aber nur die Sehnsucht. Und fühle es ziehen, ziehen, während ich gerade, gerade die Straße entlanggehe, umflockt von dem Gespräch der Knaben, holprig, die Achseln zuckend, die Stimmen erhebend, um sie übereinander purzeln zu lassen wie in einer Keilerei. Sie sind aufgekratzt, wie ich mich nähere, als würden sie hypnotisiert von unsichtbaren Fäden eines hochgeschobenen Reglers, lachen lauter, tändeln schneller. Rauschhaft strömt ihre Selbstgefälligkeit in meinen hohlen Blick. Der erschrickt vor sich selbst. Erschrickt: Was will ich mich so? Erschrickt: Warum trau ich mich nicht? Was denn eigentlich? Und sie witzeln, härter, weiter. Und ich gehe, gehe gerade, die Straße lang, umweht von den Stimmfetzen, die sie mir um die Ohren knattern lassen wie unabsichtlich, vermieden von den Schneebällen. Sie merken genau, merken genau. Was hält sie davon ab, mich aufzugreifen und zu zerreißen aus Rache für die unheimlichen, unmöglichen Gedanken, die ich verströme? Es ist gewiss nicht so sehr Anstand wie, mit ihm im Bund, die schreckliche Ahnung, dass es mir vielleicht gefallen würde, von ihnen verprügelt zu werden. Etwas in ihnen, was es verstünde. Das wäre wirklich umdrehend, eklig. Weil Resignation. Es ist mehr Faulheit als Angst, mehr Angst als Anstand, was sie auf der üblichen Bahn hält. Sie werden lieber anständig, als sich selbst zu kennen, gerade wenn es sich herausstellen sollte, dass das Selbst ein krauses Monster ist, wie ich es ihnen mit meinen Blicken vorschlage. Sie werden Verbrechen verüben, um ihr Recht auf blinde Vernunft gegenüber der so verzerrten, verzerrenden, so erschreckend perversen, auch so erschreckend einleuchtenden Natur zu verteidigen.

Sie sind an der Straßenecke geblieben, um sich dort, wo ihre Wege auseinandergehen, eine ernsthaftere Schneeballschlacht

zu liefern. Ich gehe durch sie hindurch. Nicht beeile ich mich, nicht lächle ich, sondern wir spüren die genauen Winkel und Abstände, in denen die Schneebälle an meinem schwarzen Mantel vorbeifliegen. Der Augenblick wird so deutlich, dass man daraus einen Namen schneiden könnte, und solche Augenblicke sind das Ziel meines Daseins. Die schöne Klarheit schießt durch meine Adern, mein Herz pocht längst rasend, und ich kann nicht anders, als mich durch und durch tänzerisch zu bewegen, indem ich weitergehe. Die Schneeballschlacht tobt in meinem Rücken wie eilends nähende Streicher in einer Händeloper, ja in einer Vivaldioper, dringender, hysterischer. Zeit und Licht kreischen »tu was, tu was«, und ich nehme den Finger langsam hoch und tippe alle Eiszäpfchen auf dem Sims in Augenhöhe neben mir ab, die zu Boden fallen wie die Paillettenhüllen eines Chores, und breche nie den Takt, doch, um beiseitezutänzeln ohne Grund, selbst erschreckt von irgendwas oder entzückt (wahrscheinlicher), blicke zurück – was man nicht oft machen darf, wie wenn man, etwa, drei Walnüsse hat, um sie in Notfallsituationen hinter sich zu werfen –, ein Schneeball trifft mich im Kragen, ich bin voll pelzigen Schnees am Mund. Ein Knabe läuft hinter seinem Schneeball her, rufend im Ton schlecht gespielter Sorge: »O mein Gott! Sind Sie verletzt?«
Was für Schleimer! Zu meiner Zeit wären wir weggelaufen oder hätten nur gelacht! Ich greife Schnee vom Auto neben mir und treffe den Knaben, der schon das Gesicht schief trägt wie ein amerikanischer Footballspieler im Gespräch mit der Mutter seines Dates, an der Brust, er bleibt stehen. »Was soll die Schleimerei?«, frage ich. Und stürze mich auf ihn und drücke sein Gesicht in den Schnee einer Kühlerhaube. »Weglaufen solltest!«
»Ah! Ah!«, ruft es zwischen meinen Händen, brechend zwischen Brust- und Kopfstimme. Die anderen beiden sind da und stehen verwundert daneben. Man darf entrüstet und verängstigt sein,

wenn ein fremder Erwachsener ein Kind anfasst. Ich lasse den Knaben los, nehme meine Mütze ab und schüttle sie, verlegen. Aufblickend merke ich den Blick des Knaben. Es trifft sich: verhaltene Glut, gekränkter Stolz, Verwirrung, und davor, irishaft, Wirbelwinde von Überlegungen, was man jetzt machen könnte. Die Flamme siegt. Er greift meinen Kopf und wühlt meine Haare in den Schnee, verdrehend mir dabei den Rücken. Die anderen greifen ihn um den Rumpf und ziehen ihn zurück. Sobald ich frei bin, entreiße ich ihn seinen Freunden, um, nach einigen ringenden Schritten beiderseits, ihn wieder in den Schnee des Autodachs zu schieben. Die Mütze rollt auf die Straßenbahnschienen, sie starren ihr nach, schließlich läuft einer der anderen, der blonde, kleinere, sie holen. Sie lachen verächtlich und verängstigt über die Passantin, die sich zum Kampf reizen ließ. Eine Irre, werden sie später sagen. Ich kann nur im Augenblick beweisen, dass es anders ist. Auf der anderen Straßenseite stehen zwei alte Leute und gaffen.

»Kommt«, sage ich und verschwinde in einen Hauseingang. Jetzt muss ich mir etwas einfallen lassen. Verstecke mich hinter der Mülltonne, knete, nachdenkend, Schneebälle auf Vorrat. Gleich werden sie: da sind sie: drei Köpfe übereinander lugen beim Hoftor herein, transluzent wie das Wellglas vom Gegenlicht. Ich treffe den obersten, den mittleren nicht, den untersten am Kragen. Jetzt sind sie böse, egal wer ich bin! Jetzt stürzen sie herein, hinter die Mülltonne, nehmen mich, *trash* komischer, schmeißen mich in den Schnee, und meine Bücher, Stifte und Notizheftchen fallen aus den Taschen, daran merke ich, dass es kein ganz lustiges Spiel mehr ist und dadurch mehr Logik hat. Ja, ernste Spiele kenne ich. Ich greife einen Jungen bei den Füßen, er fällt der Länge nach über mich hin, wir lachen. Dies ist kein unernstes Spiel mehr, nein. Ich halte ihn an den Schultern, wir liegen einer dem anderen gegenüber im Schnee und suchen die

Augen ab: Heiterkeit und Panik. »Sie will ____m____m!«, grölt einer der Jungen, die noch stehen. Ich trete mit dem Fuß nach seinem Schienbein. Alle lachen, ungnädig nach Bemühen, aber zugleich gelingt es ihnen nicht, vollkommen ungnädig zu sein, ich merks, ich merks. Einer der Stehenden greift mein Buch aus dem Schnee, schlägt es in der Mitte auf, liest:

»sie kommt an mein grab
ich sage du bist
meine vergangenheit das schwarze
minotaurische auge in dem die namen

noch nicht entdeckter teilchen existieren
einmal aber
muß ich deine vergangenheit

werden nur um über dir zu stehen
und auf dich werfen drei
handvoll gespaltnen gesteins.«

Während des Vorlesens, das er zunächst gleich abbrechen wollte, ist er melodramatisch-satirisch-theatralisch geworden, wohl ab dem »schwarzen minotaurischen auge«. Indessen haben vom Knaben am Boden und mir die Lippen sich gefunden, wir knutschen verloren, sehr weit weg, im Schnee. Die oben stehen breitbeinig da und der, der gelesen hat, schaut sich das Cover an: »Neue Literatur aus der DDR – ist ja uralt, oida!« »Was ist DDR?« Ich gebe dem Knaben, der sich beim Stichwort uralt loswinden will, einen Strich den Rücken hinunter, der ihn überzeugt, zu bleiben. »Was heißt minotaurisch?«, fragt der mit dem Buch. »Minotaur«, sage ich, die Lippen im Haar des Knaben, »war halb Mensch, halb Stier, untergebracht im Herzen des Labyrinths, wo

Theseus –« »Richtig«, sagt der Gymnasiast mit kräftiger Stimme. Der andere hat sich nach hinten ins Licht gebeugt und entziffert den Titel des Buchs: »Berührung ist nur eine Randerscheinung.« Sie lachen über den darin zu findenden Kalauer, mehr noch über die ganze Situation. Eine Ungenauigkeit im Lachen, die mir das Herz erwärmt, während der Knabe mir Knopf für Knopf, beschirmt vom Mantel, das Hemd aufknöpft. »Herausgegeben von: Sascha Anderson und Elke Erb. Kennst du die?« Ich blicke hoch. »Ernst gemeinte Frage?« »Ja.« »Kaum. Sie sind viel älter als ich.« »Warum fragst du sie nicht?«, meldet sich plötzlich der Junge vor mir, aufblickend von meinem Hemd. »Was sollte ich sie fragen?« »Was das alles heißt zum Beispiel.« »Das wissen sie doch selbst nicht in Zusammenfassung«, sage ich, »und wenn sie meinten, es zu wissen, wollte ichs gar nicht von ihnen erklärt bekommen.« »Aber das Zeug lesen«, sagt der Große im Stehen. Ich schaue an mir hinunter, um zu sehen, was der Knabe getan hat. Die Bluse ist offen, BH hatte ich keinen, vor der Hose hat er innegehalten. Ich schmeiße mich breitarmig auf den Rücken wie um den Engel zu machen. »Lest mir noch ein Gedicht vor«, sage ich, aber der zweite stehende Junge hat sich an etwas erinnert, was im ersten Gedicht stand, und beide Hände voll Streukies gesammelt. »Du auch, nimm eine Handvoll Kies«, sagt er zum größeren, »dann lies das Gedicht von vorhin noch einmal vor.« So geschieht es und sie streuen Kies auf mich und in den Schnee. Indessen macht der dritte Junge, neben mir kniend, meinen Hosenlatz auf und zieht mir die Boxershorts bis auf den halben Schenkel herunter. Sie sehen, wie ich nackt und nicht ganz frisch rasiert bin, weiß wie ein älterer Schnee, auf den von der Straße her öliger Splitt geschleudert wurde. Ich bin ein Mammut im Wachsfigurenkabinett: Mich gibt es, aber nur zum Ansehen, und ich sehe sie an. Ihre Gesichter sind von der Untersicht verzerrt, mir fallen in Formalin eingelegte deformierte

Föten ein und die Elefantenfrau mit blauen Haaren, die ich letztens auf der Straße sah. Ob es denn eine gute Sache ist, dass sie mich so sehen? Schließlich richte ich mich auf und setze an, etwas zu sagen. Da stürzen sie sich auf mich und drehen mich um und schieben mich in den Schnee. Hier wird es ein bisschen brutal, Skihandschuhe auf meinem Hintern, sie sind erschreckt und wollen mich im Asphalt begraben. »Hört auf, hört auf, hört auf!«, brülle ich, »lauft einfach weg! Es war nichts, okay?« Das machen sie.

Ihr Sprosse, ihr Sprosse, Kreaturen der Nächte,
in Stiefeln, deren Güte zu den Gedanken in keinem Verhältnis
   steht.
Eure Kleider sind neue, noch neuer als ihr.
Ihr kaut nicht an den Nägeln, ihr pult nicht an den Fingerkuppen,
um den Hals schlagt ihr euch ein Seidentuch,
eine Sonnenbrille zeigt euch mir.

Ihr Sprosse, ihr Sprosse, wo seid ihr entsprungen,
was dachte sich denn eure Mutter dabei?

Rasiert euch die Schläfen und redet volltönend
und schielend über gar nichts, redet mit schnell absterbendem
 Schwung.
Was füllt nachts eure Köpfchen,
wie kriegt ihr mit dem Mist die Abende rum?

Ihr Sprosse, Sprosse, ihr Monstren, entsprungen
den besten Familien, rülpst aus dem Schlot,
wo die Neger verpulvert werden, um Schall und Rauch
zu produzieren. Ihr Sprosse, ihr Sprosse.
Ihr Sprosse, ihr Sprosse, raucht Tabak, kennt Kunst,
fahrt Autos, habt Freundinnen, o Sprosse, es hilft nichts,
euer Körper ist grausam, euer Lachen ist verlogen,
eure Mutter ist verloren, eure Weisheit nur Panik,
aufgesogen.

O Sprosse, ihr Sprosse, ich seh euch in der Küche,
so eins mit einer Zimperlichkeit, so unmenschlich autonom,
so gespeist von Unsichtbarem, mit selbstbewusstem Kinn.
Wie ihr fortgeht durch die Villenviertel
und ich seh noch euer Zimmer leuchten
wo einzigartig und sicher das Heim:
davon gibt es zu viel in Neukölln.

Einfall in China. Wechsel der Lehrmeister

Plötzlich wusste ich, was mich störte. Ich lief los, es war ein sonniger Vormittag, meine Sandalen klackerten auf der trockenen Erde und den Asphaltierungen auf dem Weg ins Färberviertel da glitzerte das Wasser unten in der Kanalisation durch die Gitter herauf. Alte Leute fegten vor ihren Häusern mit kurzen Bürsten aus rosa Plastik; wie Automaten gingen ihre krummen Rücken auf und ab. Ich näherte mich ihnen und trat ihnen das Werkzeug aus der Hand. Sie rollten ein paar Mal, sprangen auf ihre Füße und liefen mir nach, auf koboldhaften O-Beinen. Sie drohten mir und wollten mich mit allem schlagen, was sie in die Hände bekamen. In den Häusern bewegten sich die Vorhänge, und hinter den Fetzen bedruckter Stoffe aus Amerika erschienen Nasen, Augen. Die Gassen stanken vor Sonneneinstrahlung seit Stunden, Jahren. Meine Füße flogen klapperten über die Straßen. Ich lief zum Haus von Chugoku, meiner Geliebten. Sie brachte mir die Kultur ihres Heimatlands bei, weil ich sie inständig darum bat. Sie gab mir Musikunterricht, Kalligraphieunterricht, Unterricht im Lesen und Drama und Unterricht in der Liebe. Sie war immer sehr erschöpft, wenn sie viele Stunden mit mir verbracht hatte. Doch die Methoden ihrer Kultur waren dafür geschaffen, die Müdigkeit auf eine elegante und erfrischende Weise aufzufangen wie ein Armsessel die Arme. Ich saugte und saugte, sie gab und gab, und aus ihrer unendlichen Perfektion und Weisheit, die sie jeden Tag erneuerte und in die reizendsten, zierlichsten Formen goss, erzeugte sich eine unendlich bleibende Differenz, so viele Fortschritte ich in Schrift, Sprache, Musik und Liebe auch machen mochte.

Sie kniete an ihrem Schminktischchen, das Gesicht weiß, mit bewegungsloser Konzentration, dem leisesten Zucken im Mundwinkel von Humor, so wie nasse Tinte noch eine halbe Sekunde glitzert, mit tiefer Bewegung. Ich legte meinen Arm um ihre Brust und zog sie nach hinten zu mir auf den Tatami-Boden. Sie wandte ihr Gesicht ab, auf dem die Lidstriche noch nass glänzten, ihre Lippen waren erst halb rot. Der Lippenstift fiel ihr aus der Hand und rollte durchs Zimmer und ließ dabei rote Brocken. Ich fing an sie zu küssen, jedoch wie ein Nordwind rauh. Sie merkte es und der *frisson* ihres Körpers passte zur wütenden Stimmung eines grauen Seesturms, der niemandem persönlich etwas will. Ich stützte mich neben ihr auf, um mit dem anderen Arm den Schminktisch umzufegen, er kippte und verschüttete weißes Pulver, das an einer Stelle von einer Flasche Gesichtsalkohol, deren Glasstöpsel in eine Ecke rollte, getränkt und in das Stroh der Matte getrieben wurde. Danach zog ich ein schweres Messer, das sie mir geschenkt hatte, aus meinem Untergewand und stach auf die Tatamimatten ein, bis sie einem Korbsieb glichen. Du lähmst mich du lähmst mich du lähmst mich mit deinem Vertrauen! Das ging einige Zeit, und Chugoku war aufgestanden, und mit dem Rücken in der Ecke sah sie mir zu, Mund offen. Ich ließ das Messer fallen und ging zu ihr, zog sie an den Händen zu mir, die sie mir folgte mit kaum Widerstand, warf sie wieder auf den Boden, schlitzte mit der leeren flachen Hand von unten, wo er aufklaffte, in ihren Kimono, fand ihr Geschlecht, liebkoste sie und fuhr hinein, Sturm immer noch, aber ein Sturm wie eine Idee von Sturm, ein Drache, ein Ideogramm, ein Wind für lange Märsche, eine Zunge. Sie wogte und ich riss über dem Mittelgebinde ihr Kleid auseinander, schob ihre Brüste in meinen Händen, kam in sie, wobei sie kleine Schreie _____a_____a_____a____ausstieß. Ich küsste sie unaufhörlich in einer Mal zu Mal fortgesetzten Sucht und ungenau auf den Mund und konnte nicht mehr unverschwommen sehen, denn all ihr Puder war mir in die Augen geraten und die Brocken ihres Lippenstifts kommentierten mich von den Knien bis über die Stirn. Ich trieb sie vor mir her. Wir schleiften über den ganzen Boden im Kreis um den umgekippten Schminktisch. Mal bäumte sie sich auf, weißer Oberkörper mit heroischen Brüsten, vom weggefallenen Kimono umkränzt, und schlug mich mit Fäusten, doch ihre Augen küssten mich wie der Anblick ruhiger Tümpel, zu denen man durch den Wald dringt. Dann kam ich wieder, um sie umzuwerfen, stieß sie von hinten mit dem Kopf, auf allen vieren, warf mich über sie, ein Aalhund, ein heulendes Gespenst. Sie floh vor mir, ein Reisfeld unter der Abendbrise. Wir lachten und griffen uns mit mehrdeutigen Griffen, schließlich lagen wir erschöpft, und ich dachte, ich würde einschlafen, neben ihr, Hand in Hand, im weißen durcheinandergebrachten Gewand.

Da sprang sie auf, zog ihren Handspiegel unter der Kante des umgestürzten Tischs hervor, wischte mit ihrem Ärmel den Staub von seiner Fläche und hielt ihn mir vor das Gesicht. Mit der freien Hand fischte sie ihren Fächer von den Matten und schlug mir damit auf den Kopf. Ich sprang auf die Knie und protestierte; mein Mund ging auf und zu, um zu fragen, ob sie aufhören würde, unterdessen haute sie mir unaufhörlich auf die Nase. Sie traf auch die Ohren, die Wange, die Stirn und die Schläfen. Da ihre Schläge immer weiter auf mich prasselten, auf alle Körperteile, die Schultern, meine Brust, die Lende, die Schenkel, die Knie, und sie keine Anstalten machte aufzuhören, obwohl die Schmerzen begannen, sich anzusammeln; und weil die Zeit stehenzubleiben schien, stand ich auf und rannte die Stufen hinunter. An ihrer Mutter vorbei, die schreckensstarr den Vorgängen oben lauschte, und auf die Straße des Färberviertels. Chugoku hinterher. Quer durch die Gassen rannten wir, ich voraus, andauernd mit einem Blick zurück, ob sie nicht schon lachte, sie hinterher, mit doppeltem Schritt, vom Kimono behindert, dessen Ärmel im Staub purzelten, und die Schläge mit dem Fächer prasselten auf mich ein. Wir zogen eine Spur von Blut und Puder durch das Dorf.

Aber ich habe das Dorf nicht wiedergesehen, in dem Chugoku wohnte, denn ich rettete mich auf den Karren eines fahrenden Schauspielers, der sich in mich verliebte und mir alle Knaben- und Statuenrollen überließ.

Symposion

Ich öffnete die Augen, und da waren sie, die Köpfe knapp unter dem Dach, die Füße knapp über mir, im schon taghellen Schattendunkel der Datsche von Anatano, wo die Fliegen surrten, sobald etwas zu essen da war. Sie hingen in der Luft wie Heilige auf frühmittelalterlichen Mosaiken, und ich erkannte ihre Füße wieder: die prallen, wohlgeformten von Krassa, die langen kleinen von Fun Son.

Es musste circa sechs Uhr morgens sein. In den anderen Betten schliefen Prätz und Anatano. Über meinem Bett schwebten Krassa und Fun Son und sahen mich an – mitleidig, halb amüsiert und halb ernsthaft böse – wie sie es so oft in meinem Kopf getan hatten – als ob sie darauf warteten, dass ich etwas einsähe. Eine Einsicht, ohne welche sie gar nicht verstehen konnten, wie ich so weit ins Leben vorgedrungen war.

Sie bewegten gerade einmal die Lippen, dennoch drang ihre Frage zu mir. Obwohl ich sehr schläfrig war, versuchte ich das zu verhindern, denn es schien, als ob ich die Frage aus mir selbst generierte, und das wäre der Beweis, dass sie berechtigt waren, sie mir zu stellen, da ich offenbar schon wusste, weswegen ich angeklagt wurde. Die Frage lautete: »Was willst du eigentlich?«

Ich schüttelte mich und besonders den Kopf und wandte das Gesicht zur Wand, um die beiden nicht zu sehen, während ich mit möglichst perfektem Schwung und meiner schlafkratzigsten Stimme antwortete: »Nichts als …« – ich machte eine Pause, um mir den Hintern zu kratzen, gratulierte mir zu dem Einfall – »einen schönen Jungen, mit einem geilen Kopf, der gut Tee kochen kann.«

»Fasle nicht!« Mich piekste eine Sprungfeder im unteren Rücken. »Oder sollen wir Prätz wecken und nach seiner Meinung fragen?«

»Prätz ist noch schöner als das, im Kopf reizend wie Sau und kocht ausgezeichnet Tee«, sagte ich, »fragt ihn doch, ob meine Hochachtung für ihn in irgendeiner Weise darunter leidet.«

Fun Son ergriff das Wort: »Du willst also nicht Tee kochen. Du willst, dass jemand anderer es dir tut. Dann kannst du es nach deiner Laune für eine bescheuerte Kulturtechnik erklären oder dankbar annehmen. Du bist –« »Wenn du allein in der Wüste bist«, stimmte Krassa ein, »und du kannst nicht Tee kochen –«

»Ich werde es zu vermeiden wissen, in der Wüste alleine zu sein«, sagte ich mit Würde.

Da hob sich ein Wirbelwind an Gelächter aus den Kehlen von Krassa und Fun Son und kreiste um die Glühbirne, die flackerte. Das dauerte eine Weile, in welcher Zeit mir die Wüsten den Kopf füllten mit Unmengen von rieselndem, rieselndem Sand, in dem Fun Son, Samsung und Krassa zu dritt nebeneinander bis zum Kopf begraben staken. Und ich hatte nicht Tee gekocht, niemand hatte Tee gekocht. Wie gut passte alles zusammen. Ich schmiegte mich mit Wohlgefühl in die Kuhle der Matratze. Sollten sie mich verhören.

»Nein, gibs zu, du kochst ja auch selbst Tee«, lachte Krassa mit ihrer sachlichen Stimme, die zum Verrücktwerden nie überrascht war, wenn man ihr recht gab. »Bloß gibst du dir nicht sehr viel Mühe dabei«, erklärte Fun Son. »Ja – man könnte sagen, ich koche Wüste«, stimmte ich hilfsbereit zu.

Ich setzte mich auf. »Die einzelnen Augenblicke«, sagte ich, »sind mir wesentlich; ich verliere aber den Überblick über die zweckdienlich proportionalen Zeitabfolgen. Ich greife etwas heraus, was mich interessiert, vom Teemachen zum Beispiel das möglichst lange Kochen, und der Rest sackt in sich zusammen

wie eine unnütze Verpackung. Wie eine Qualle ohne Wasser –«
Prätz nieste im Schlaf, als unterbreche er wie oft im Wachen
sanft meine galoppierende Metaphernflucht, um mir deutlich
zu machen, dass er mir, und sonst war ja niemand da, nicht
mehr folgen konnte. Ich korrigierte selbst meinen Kurs und fuhr
fort: »Was soll mir die rechte Methode, der harmonische Tanz
mit dem Timing, eins nach dem anderen freiwillig zur richtigen
Zeit? Nein, ich verzerre. Wenn ich liebe, liebe ich eine herausge-
griffene Einzelheit im Übermaß. Zerknülle den Rest und unter-
suche dann die Proportionen des Schadens. Zum Überleben
aber brauche ich Hilfe. Darf ich?« Und ich nahm eine Kerze vom
Fensterbrett neben mir und zündete sie an.

Krassa und Fun Son wichen zurück und hielten sich die Arme vor
die Augen, bis ich die Kerze wieder ausgeblasen hatte. Sie sahen
einander gesellschaftlich an, als ob ich etwas sehr Kindisches gemacht hätte. Und ich schämte mich, war ich doch tatsächlich im
Augenblick, wo ich die Kerze anzündete, von Hybris getragen
gewesen. Im Morgenlicht eine Kerze anzünden, verdammt origi-
nell, was? Und trotzdem ärgerte mich mein Nachgeben. Warum
hatten die beiden Gespenster, die recht hatten, solch asexuelle
Macht über mich? Eine schöne Angeklagte war ich, erkannte die
unsichtbaren, ungeklärten Bedingungen an, unter denen ich den
Anklägerinnen ausgesetzt war, und half sogar mit, sie aufrecht-
zuerhalten. Ich beschloss, ihnen nun Gegenfragen zu stellen.

»Hört, ihr Lieben, die ihr wahrscheinlich recht habt, aber mich
damit nicht herumkriegt, ihr Schönen, Gutgesinnten, Eigensinnigen und Traurigen –«

»Ja?«, mahnte Fun Son zur Eile.

»Also … sagt mir doch, was ist Schönheit? Was ist ihr Platz in der
Welt – in der moralischen Welt?«

»Wir können nichts sagen, was du nicht denkst«, sagte Fun Son
sanft.

»Mich interessiert die moralische Welt ja nicht«, sagte ich, »das muss von euch kommen.«

»Es kommt von deiner Meinung über uns, die mit uns noch nicht so viel zu tun hat.«

Das war zu viel. Ich schloss die Augen und drehte mich um, deckte mich bis über die Ohren mit dem Schlafsack zu – wobei er mir nach oben von den Füßen rutschte und ich einen nackten Arm herausnehmen musste, um ihn wieder über die Füße zu ziehen, was wieder meine Schulter entblößte, die ich versuchte, mit einem neuen Zipfel des Schlafsacks zu bedecken, wobei ich merkte, dass ich den Schlafsack sehr verdreht anwandte – worauf ich ärgerlich sehr laut grunzte und eine große Umwälzung mit plötzlichem Unwillen veranstaltete und dann endlich den Kopf in eine imaginierte Schwärze senken konnte, die mich vor allen nur denkbaren Fun Sons und Krassas schützte. Ich tauchte immer tiefer in jenen Schlamm, der nie nicht bereitliegt, schwarz von der Kombination und dem Zusammenfaulen aller meiner Wahrnehmungen und Gedanken. Ich tauchte mit dem Mut und der Zuversicht einer Taucherin, die taucht, so weit sie kann, und weiß, dass ihr Körper sie beizeiten wieder hochschicken wird, damit sie das Tauchen nicht in ewiger Finsternis beenden muss.

Ich blinzelte, es war hell. Ich lag in Anatanos Datsche auf der Federsprungpritsche mit der Wolldecke, verheddert im Schlafsack. Wie nach einem Schlummer im Flugzeug streckte ich meinen Körper und erkundete die berechtigte Verblüffung, an einem Ort zu sein, wo ich aus eigener Kraft nicht hätte sein können. Sie waren immer noch da. Es war genau so wie vorher. Immer noch schliefen Prätz und Anatano, ohne sich zu bewegen, mit ruhigem Atem.

Da! Prätz bewegte sich – um einen Mückenstich zu bekratzen. Sein Schlafsack raschelte und legte sich wieder.

Fun Son und Krassa setzten sich auf meine Bettkante, Fun Son mit artig parallel geknickten Beinen leichthin ans Fußende, mich mit spöttischem Blick umhegend, wie es ihre Art ist – und daraus, wie aus manchen tropischen Blüten, die eigentlich noch Hochblätter sind, eine zweite Blüte zu entspringen scheint, fuchtelte eine tiefe Glut. Ihre kesse Selbstsicherheit, die mich zuvor so abgestoßen hatte wie ein Mädchen, das einen mit Handballen auf dem Brustbein kokett von sich stößt in der unbegründeten Gewissheit, einen dadurch anzuziehen, war einer umfassenden Bereitschaft, sich selbstlos glücklich machen zu lassen, gewichen. Krassa hingegen setzte sich mit ihrem dicken Arsch gemütlich auf meinen Kopf. Ginge es nach Instinkt, so hätte ich mich ab jetzt freiwillig, eine neue Neigung entdeckend, mit Fun Son verbündet. Aber der Trotz meiner Lage bewahrte mich vor jedem Bündnis. Jetzt konnte ich nicht mehr von meiner verneinenden Position zurücktreten, sagte ich mir. Zur erneuten stillen Bestürzung Fun Sons. Ich atmete durch den kleinen Spalt, den Krassas Schenkel mir freiließen, und presste zwischen meinen Backen, die sie mir zusammendrückte, wie wenn man den Fisch macht, die Frage hervor, was sie mit mir vorhatten.

»Das wird sich aus dem ergeben, was du machst, nachdem wir mit dir fertig sind, also wenn dieses Gespräch beendet ist«, sagte Krassa.

Ich konnte mich nicht satt ärgern über diese Gespenster, die mich alles mit mir selbst ausmachen ließen. Trotzdem freute ich mich irgendwie über den Besuch. Es war besser, als alleine über dieses Zeug zu spekulieren. Wenn sie mich nur peitschen, verletzen, mir irgendetwas zufügen würden. Aber sie entsprangen bloß meinen Gedanken und ließen mich mich selbst im Kreis herumjagen, in lächerlichen Versuchen, sich in andere Positionen hineinzuversetzen. Nichts anderes ist Philosophie, warum stehen manche so drauf?

»Sag also«, fuhr Krassa fort, »warum hast du denn Unrecht?«
Ich grinste ihr zwischen die Beine. Vor dieser Frage hatte ich
keine Angst. »Weil ich mich zurückziehe«, antwortete ich wie aus
der Pistole geschossen. »Das ist ein Phänomen des kleinbürgerlichen Wohlstands in Westeuropa. In jeder normalen Gesellschaft wäre das keine Option.«

»Warum gibst du das so bereitwillig zu?«, fragte Fun Son. Wenn
ich mich nicht irrte, klang echtes Interesse in ihrer Stimme.

»Das ist auch ein Phänomen des kleinbürgerlichen Wohlstands
in Westeuropa. Schaut euch einmal an, wofür sich Niederländer
alles entschuldigen. Und die Engländer erst, aber die schon so
lange, dass es wieder zum *running gag* geworden ist.«

»Und du willst die Schönheit nur konsumieren«, wechselte Fun
Son das Thema, während Krassa ergänzte:

»Und du willst nur die Schönheit konsumieren.«

»Anschauen«, korrigierte ich.

»Aber!«, beide konnten nicht mehr ruhig sitzen, »mit dem Anschauen bist du ganz und gar nicht zufrieden.«

»Du willst in den Mund stecken«, behauptete Krassa, und Fun
Son:

»Du hältst dich aus allem raus und ärgerst dich dann, dass man
das zulässt.«

»Du lässt dich von ganz wenig berühren.«

»Und wenn, nimmst du deine Rührung in die Hand und gehst
damit alleine durch die Nacht, das meinen wir mit konsumieren.«

»Was wäre denn das andere?«, fragte ich. »Was ich begreife, ist
wenig. Ihr aber wolltet mit mir *brunchen*. Ich aber brunche
nicht.«

»Du hast uns gar nicht angeschaut«, sagten sie.

»Das mit dem Brunchen hast du schon bereitliegen gehabt«,
sagte Fun Son.

»Ihr habt meinen Blick weder angezogen noch erhascht«, sagte ich, »im Übrigen will ich euch nichts Schlechtes, nur nicht in euren Einbildungen folgen. Ich will ganz andere Sachen machen als ihr.«

»Woher willst du das so sicher wissen?«, fragte Fun Son, den Tränen nahe.

»Und wie steht es mit deinen eigenen Wünschen?«, fragte Krassa, nach hinten rutschend, sodass mein Kopf zwar frei war, meine Schulter aber praktisch in ihrem Uterus.

»Das geht dich nichts an. Ich habe sehr gut geschlafen, bis ihr gekommen seid.«

»Das ist nicht wahr. Du hast gar nicht geschlafen.«

»Aha? Das habe ich nicht mitbekommen. Und warum habe ich angeblich nicht geschlafen?«

»Das weißt du doch.«

»Nein, im Gegenteil. Das ist der potentielle Gegenstand einer langen Auseinandersetzung. Ist es wegen der Ungewissheit – aber sonst ist der Schlaf doch eben im Kontrast zu den Unwägbarkeiten des tätigen Lebens so schön gewiss. Wegen Unerträglichkeit dräuender Einsichten? Auch vor denen ist Schlaf die beste Flucht. Wegen ausbleibender Gefühle? Schmeiß dich in Hypnos' Arme. Du denkst, es wäre zu schrecklich, um es zu ertragen, wenn es so wäre, wie es zu sein scheint? Auch davor empfiehlt sich Flucht in den Schlaf. Nein, es ist euretwegen, dass ich nicht schlafen kann. Ihr verfluchten Furien, die ihr euch für Eumeniden ausgebt.« Kurz hielt ich inne, um zu überprüfen, ob ich diese Begriffe wohl richtig verwendete. »So sagt mir, was ich eigentlich von euch wissen will: Bin ich denn jetzt in eurer Lage?«

»Was meinst du?«

»Ist meine Lage jetzt das, was ich vom Kosmos her verdiene, weil ich euch gegenüber ungerührt war? Ihr wart in mich verliebt und wolltet mit mir schlafen, und ich habe erst unschuldig getan und dann wurde ich aggressiv. Was habt ihr dabei gedacht, wie habt ihr euch gefühlt?«

»Ich war gar nicht in dich verliebt, ich wollte nur mit dir schlafen, warum glaubst du, ich war in dich verliebt?«, fragte Krassa.

»Scheiße«, sagte Fun Son.

»Okay, und ich liege jetzt Nacht für Nacht und kann nicht schlafen, weil ich fürchte, dass mich eure Rache trifft und ich das alles nicht verstehe.«

»Was gibt es da nicht zu verstehen?«, fragte Krassa.

»Shhh«, sagte Fun Son.

»Wie kann es sein, dass –«, ich konnte den Satz nicht aussprechen, fing aber an, ausschweifend zu klagen. »Wenn ich nur überzeugt bin, dass er mich liebt, dann verhalte ich mich wohl, wie zehn gut erzogene, frisch gestriegelte Pferde. Wenn ich aber zweifle, verfalle ich in Selbstmitleid. Vor allem bemitleide ich mich für mein schlechtes Denken, das mir nicht eine gesunde Einbildung erbaut, ich würde geliebt, was ja dazu führt, tatsächlich geliebt zu werden. Aber –«

Ich versuchte mich in das Kissen zu schmuggeln, in den Schlaf als Ausrede. Prätz rührte sich wieder. Ahnte er etwas von der Anwesenheit der beiden? Ich musste jetzt alles klären, jetzt, und wälzte mich mit ziemlicher Anstrengung aus der Flucht zurück.

»Ja, ihr Lieben, ich gebe zu, ich bin freiwillig da. Muss ich mir jetzt die Fragen stellen, die ihr mir durch mich beantworten werdet?«

»Ja«, aus gemeinsamer Kehle.

»Aber – ich bin doch gerade dabei, damit alleine fertigzuwerden, womit ich lieber nicht alleine fertigwerden möchte. Dagegen richte ich heftigen Protest. Alleine fertigzuwerden erscheint mir so trostlos, dass ich deswegen nicht am Leben sein möchte. Oder wenigstens nicht fertigwerden.«

»Warum dann nicht mit uns?«, sprach Krassa für beide.

»Ihr – seid mir zu eigensinnig. Ich habe mit euch nichts zu tun.«

»Das ist deine störrische Einbildung«, sagte Fun Son sanft. Ich bäumte mich zwischen ihrer Einschränkung meiner Füße und Krassas Hintern auf.

»Höchstens widerfährt mir das, was euch durch mich widerfahren ist –«

»Das sagtest du schon«, meinte Krassa.

»… und ich muss herausfinden, wie man schlauer wird als ihr, da es euch nicht gelang, mich zu locken«, schloss ich triumphierend.

»Weil du so blöd bist«, sagte Krassa.

»Ich will kein offenes Ende, das ist mir zu anstrengend!«, rief ich.

»Nicht mit euch, ihr seid mir zu anstrengend!«

Krassa rollte.

»Warum seid ihr überhaupt da?«

»Du hast noch nicht abgeschlossen mit uns.«

»Warum nicht? Ist es nicht zu spät?« Ich bereute die Worte, sobald ich sie ausgesprochen hatte. Beide drehten sich nach mir um und atmeten tief, der Duft der Hoffnung strömte aus Krassas Fotze. »Es *ist* doch zu spät«, setzte ich welk nach, aber keine Chance, das keimende Leben zu dämpfen. »Hoffnungen sind so anstrengend«, seufzte ich und versuchte mich an einer tuntenhaften Handbewegung.

»Was glaubst du, wo die Leute alle sind, bei denen du dich nicht meldest?«, fragte Krassa.

»Das geht mich nichts an. Ich weiß kaum, wo ich mich selbst befinde.«

»Eben. Und damit willst du jemanden verführen? Das ist doch zu anstrengend für die.« Krassa lachte.

»Nein.«

»Du verteidigst deine Hoffnung. Aber deine Hoffnung ist verdammt selektiv.«

»Ich will keine Hoffnung!«, schmollte ich. Täuschte ich mich, oder mischte sich in Fun Sons Stimme die Empfindlichkeit meines Philosophielehrers? Selektion war eine seiner Verschwörungstheorien, die ich versucht hatte, zu verstehen.

»Warum lebst du? Wovon versprichst du dir etwas?«, fragte Krassa.

»Ich will da hineingehen«, murmelte ich ins Kissen.

»Wo hinein?«

»Prätz.« Ich korrigierte mich: »Mit Prätz.«

»Warum Prätz?«

»Er ist das Rätsel, das ich jetzt brauche, ich meine, das ich jetzt will, weil ich mir einbilde, er sei ich, damals, und zugleich weiß, dass er ein ganz anderer ist. Dieser Schnitt ist erkenntnisreich. Gleichzeitig findet das ganz normale Ding zwischen zwei Menschen statt. Dieses Abenteuer reizt mich.«

»Ich habe euch beobachtet«, sagte Fun Son. »Ihr seid nur verdammt eitel.«

»Mhm.« Dass Prätz eitel war, wusste ich, und dass er damit rang. Das gefiel mir sehr. Einen Teufel aber würde ich ihnen von Prätz erzählen.

»Und wie steht es mit der Sexualität?« So neugierig kannte ich Krassa gar nicht. Fühlte schon ihren Körper um mich, fühlte mich von ihrer Vernunft gut aufgehoben und gleichzeitig erstickt. Aber ich wusste doch, die Frage hatte ich mir selber gestellt.

»Habe ich schon gesagt, dass ich glaube, wie zum ersten Mal beginnen zu können? Beginnen können zu müssen? Alle meine Schüchternheit, alles, was uns hindert, ist im Grunde eine frische Eisfläche, die nur darauf wartet, dass auf ihr gespielt wird.«

»Und warum nicht mit uns?« Fun Son gab nicht auf.

»Ich kenne euch nicht. Ihr wisst aber schon viel zu viel. Und Sachen, die ich so, wie ihr sie wisst, verneine. Ihr resoniert mir zu viel. Ihr seid *wet*. Ich mache ein kleines Geräusch, und ihr hört schon vor allem eure Interpretation. Ihr seid nicht trocken«, schloss ich zufrieden.

Daraufhin fing Fun Son wie auf Kommando zu weinen an, Krassa senkte erschöpft den Kopf, ihre Lippe zitterte. Ich hatte ein menschliches Problem aufgespießt.

Ich blickte an die Decke, unter der eine Fliege kreiste. Ich folgte der Fliege in ihrem Sturzflug und ihrer Landung auf Anatanos Nase. Fun Sons schmale Schultern bebten. Ich nahm die große Umwälzung in Angriff, setzte mich auf, fügte jede unter einen Arm und drückte ihre Wangen an meine. Sie schmiegten sich her und ihre Wärme tat mir wohl. Ich würde mich auch fügen, wusste ich, wenn Prätz, nach all seinen kleinlichen Tagen mit verstockten Launen, nach den vielen Malen, die er mich hinhielt, solange ich es nur aushielt und gerade, wenn ich begann, die Resignation zu verkraften und mich anderen Dingen hinzugeben, sich wieder an mich lehnte und eine seiner Verführungsnummern vollführte. Warum?

Krassa drehte sich zu mir um, streckte mir ihre Glubschaugen ins Gesicht und fragte: »Wovor hast du Angst?«

»Ich möchte nicht, dass mich nichts mehr anzieht.«

»Und doch zieht dich so vieles mutwillig nicht an, wir zum Beispiel«, meinte Fun Son.

»Was soll ich machen? Ich habe euch wenigstens nicht verführt.«

»Du machst geradezu einen Pole Dance mit der Moral«, sagte Fun Son.

»Jaja, du möchtest gern amoralisch sein, aber kriegst es nicht hin«, stimmte Krassa zu. »Vor allem dann nicht, wenn man, wie ich, dir amoralisch kommt.«

»Denn das bedeutet«, erklärte ich, »dass ich mich an Mutmaßungen über die Psyche von anderen orientieren muss, was eine
zu schlammige Sache ist. Ich möchte lieber scharfe Verabredun-
gen. Ich möchte, dass es unerwartet klappt und nicht aufhört,
immer wieder eine neue Wendung zu nehmen.«

»Deswegen sollten deine Burschen eine Neigung zum Tee-
kochen haben, ich verstehe.« Krassa rollte mit den Augen. »Du
bist herrisch, willkürlich und willst, was du nicht verdienst.«

»Nein!«, rief ich. »Es ist sehr einfach! Ich halte mich an Verabre-
dungen und lasse mich immer erpressen und von jeglicher
Schönheit erweichen und überreden.«

»Zu was denn? Nur, was dein beschränktes Auge als Möglichkeit
auffasst. So oft hast du missverstanden und Möglichkeiten nicht
gesehen. Du bist nicht fähig, dir etwas auszudenken und durch-
zuführen, was länger trägt als einen einzigen eingefrorenen Moment.«

»Ja! Ja. Ich möchte immer die Zeit einfrieren.« Ich hüpfte mit
Gusto auf den alten Gedanken. »Nichts soll sich entwickeln,
nichts entstehen, es gibt schon genug. Ein Verschwinden ist,
womit ich locke und was mich lockt. Nur beginnen, und zwar
nichts. Und eventuell hineingehen in einen nichtsbedeutenden
Rausch, dem alles Unerträgliche der Welt entweder unbekannt
oder ein vollkommen abstraktes Rätsel ist, in dem man schwimmen kann wie im Meer. Die fertigen Gewissheiten, die einem
übergebraten werden, zerschlagen, oder ihnen wenigstens durch
Fußarbeit entkommen. Prätz will das auch«, schloss ich mit einem nervösen Blick hinüber, denn ich war mir nicht sicher,
ob das stimmte.

»Und was, glaubst du, wollen wir?«, fragte Krassa.

»Irgendwas, was ich nicht will«, sagte ich wie aus der Pistole geschossen.

»Was willst du nicht?«

»In eurem Leben sein.«

»*How rude*!«

»Ich weiß, meine ausbleibende Erwiderung eures Interesses ist nichts anderes als eine gewöhnliche Schmähung. Ihr verfluchten Weiber lasst euch davon bis aufs Blut reizen. Ich bin dabei, mir herauszunehmen, was niemandem zusteht, weil es mir als einziges erträglich erscheint. Das beschäftigt mich ausreichend. Je mehr ich mich von euch abwende, desto interessanter erscheine ich euch. Habt ihr eine Ahnung, wie – nun ja, fad ist es hier nicht. Aber wahrscheinlich würde euch doch allerhand an mir einfach stören, wenn einmal dieser Reiz weg wäre.«

»Na dann werden wir mal gehen«, schniefte Fun Son.

»Wartet –«, sagte ich. Dann suchte ich nach dem Grund, blickte im Zimmer herum, erkannte die Fliege, streichelte die Tapete, hob mit den Augen diverse Gegenstände auf, fragte mich, wo in meinem Haufen Gewand mein Fotoapparat wohl sei. »Es ist doch noch gar nichts geklärt. Könnt ihr mich nicht noch mehr provozieren? Wälze ich nicht bloß alles am Frausein, was ich nicht sein will, auf euch ab?«

»Das hat damit gar nichts zu tun«, sagte Fun Son mit Entrüstung.

»Doch, hat es. Ich habe mir abgeschaut, wie die Männer das machen. Ich denke, anders kann man sich nicht befreien. Preschst du vor, machst du Bugwelle. Drehst dich um, machst nur ne Geste: ›Was denn?‹ Und es schaut verdammt gut aus. Und dann los.«

»Ja, so kennen wir dich«, bestätigte Fun Son. »Und jetzt ist dir das Benzin ausgegangen?«

»O nein, Freunde! O nein. Schaut euch die Hunde an. Immer aufs Neue können sie spielen. Immer aufs Neue enttäuscht, wenden sie sich ab. Immer aufs Neue fangen sie wieder an. Und trotten davon, als ob nichts wäre. Und wenn sie müde sind, suchen sie sich einen reizenden Platz und arrangieren sich pittoresk darauf. So mach ichs auch.«

»Ja, eben darum gehen wir.«

»Ihr Leidensfähigen!«, lachte ich.

»Ha, aber – nun, wir haben auch deinen ohnmächtigen Zorn gesehen, wie Prätz ihn –«

»– wie ihn auch Godiv wiederum durch seine grundlose Abwendung hervorrufen konnte«, schloss Krassa. »Wie du versuchtest, Möbel zu zertrümmern, aber nicht konntest, nur die Lehne entlangstrichst, den Tränen nah. In diesen Momenten sackst du zurück wie ein Drachen ohne Wind und bist an der Kante, zuzugeben, dass du eine ›Frau‹ bist, zum Leiden geboren.«

»Und fängst aber stattdessen an zu fluchen, suchst den nächsten Beginn«, verteidigte Fun Son mir meine Prinzipien im letzten Augenblick.

»Letztlich ist die Frage«, versuchte ich das Gespräch auf seine Bahn zurückzulenken, »ob es denn Gerechtigkeit gibt. Ob ich, indem ich besser zu euch gewesen wäre – aber was hieße das? Ausprobieren mit euch, was laut meinem Instinkt nur früher oder später, und nicht viel später, mir lästig werden würde? Das Risiko eingehen, dass ich euch *nehme* und euch das gefällt, oder es euch zu Recht nicht gefällt, und ihr mir meine Hybris in ihrer Lächerlichkeit vorführt? Nein, ich brauche jemanden, der mich demütig macht. Ihr wollt aber eine starke Hand, und ich fürchte, von meinen großen Worten in Kürze abzufallen und ratlos zu werden, und mit euch dann in Aporien zu stecken, aus denen uns kein Schwung herausgeleitet und denen nur durch einen Abgang von mir, der meinem tatsächlichen, gemäß euch: vorzeitigen, aufs Haar gleicht, entkommen werden kann.«

»Mit wem redest du?«, fragte Anatano, die sich aufgesetzt hatte und die Augen rieb.

Ich blickte links und rechts, Leere war in meinem Bett außer mir.

Ich bildete mir ein, noch die Abdrücke zu sehen, wo die beiden gesessen hatten, aber das konnte alles von mir stammen.

»Oh«, sagte ich. Morgenstille füllte das Zimmer, ich fühlte, wie verschlafen ich war. Wie angeblich ich war. »Gehen wir schwimmen?«

»Gehen wir!«

Anatano warf die Decken ab und zog sich um, ich zog mir Anatanos zweiten Bikini an und griff im Laufen das Handtuch von der Leine, ins Meer rennend schmissen wir die Sachen auf den Strand und uns ins glitzernde Wasser des schwarzen Meers, dessen Horizont so viel weiter oben ist als der anderer Meere, dass man nicht weiß, dass man wirklich auf der Erde badet und nicht auf einem seltsam großen Bild. Anatanos Schädel unweit von meinem turnte wie ein Tümmler in und aus dem Wasser ohne Wellen; Quallen streiften unsere Beine, wir schwammen zu den Bojen und sahen uns, nass, glitzernd, an, und schwammen zurück, so schnell es ging, und als wir auf den Handtüchern lagen, ohne Zurückhaltung geschmust von der Sonne, fragte sie mich, ob ich die Geschichte von вий, dem König der Erdgeister, kenne.

»Mit den Seminaristen und dem Kreidekreis?«, fragte ich. »Ja, aber ich habe sie in einer vereinfachten Version mit dem Wörterbuch entziffert und weiß nicht genau, ob ich sie richtig verstanden habe. Da verirren sich doch die hungrigen Seminaristen … und übernachten bei einer alten Frau … und in der Nacht kommt sie dann zu dem einen ans Bett …«

»… und reitet ihn durch die Lüfte …«

Anatano erzählte mir die Geschichte nach, aufgeweckt und präzise, sie ist eine gute Geschichtenerzählerin, aber ich habe mir die Geschichte immer noch nicht richtig gemerkt. Ich weiß nur, dass es dem Seminaristen, der später Totenwachen halten musste, zunächst gelang, sich mit einem Kreidekreis vor den

Dämonen zu schützen, aber nach der zweiten Nacht verließ er die Kirche mit weißem Haar und nach der dritten war er tot. Seine Angst ist mir nicht begreiflich.

Ich liege am Strand und fahre mit dem Finger durch den Sand. Kleine kleine Steine. Heiß. Unten kühl im Untergrund. Die Hunde kommen an, still, im Hintergrund.

Und ich erinnere mich an diese eine Radierung von Goya, »Süße Lehrerin«, aber weiß nicht mehr, ist es ein Mann oder eine Frau, die von der Hexe auf dem Besen mitgenommen wird? Prätz ist eine Hexe, beschloss ich, während wir, benebelt von der großzügigen Wärme, aufstanden, die Handtücher lose um die Lenden schlangen und federnd durch den weißen Sand zur Datsche liefen. Ich aber bin kein Seminarist.

Im winzigen Spiegel, der am Baum hing, wo wir die Zähne putzten, sah ich, wie meine weißen Haare sich als erste von der schwarzen nassen Masse erhoben und in störrischen, kantigen Kurven in den Himmel bohrten. Sie ähnelten meinem Strich, wenn ich mal was zeichne, oder den Augenbrauen und Stirnrunzeln gefährlicher Masken aus Südostasien. Ich wandte mich um, wie eine Feder zurückschnellt: Prätz stand in der Tür der Datsche. Das Licht, das durch die Olivenblätter griff, hätte ihn aufgehoben und durch den Himmel geschleudert, wenn es gekonnt hätte. Er nahm das Klopapier und ging Richtung Latrine davon.

Gachan

Als ich bemerkte, dass ich mit meiner Masturbation den ganzen Anbau zum Erzittern brachte, schnallte ich, dass es die richtige Entscheidung war. Auch wenn es nur die letzte Episode einer langen Reise war und nicht mein Leben; es hatte trotzdem etwas irgendwie Vollständiges. In diesem alaskaartigen Zimmer, warmgeheizt von einem Kerosinofen, mit seiner ornamentalen Relieftapete aus Holzspänen und den leicht verbogenen lila Stoffrosen, wo ich am Schreibtisch gesessen und mit Druckbleistift eine Lerngeschichte auf Japanisch in mein Heft geschrieben hatte, sorgsam Ordnung haltend und meine Fehler mit Radiergummi korrigierend, hatte ich mich verwandelt in ein japanisches Schulkind, dem nur die Eltern und Spielgefährten fehlten, die an den Rändern dieses Augenblicks der nahen Erschöpfung, an den krustig-grauen Lippen des Halbschlafs wie an einem Fieberbett warten sollten. Und es war mir, als wären die Menschen da, die in diesem Zimmer schon gelebt hatten, als würfe die Lampe ihre Schatten an die Wand. Als ich fertig war, mir der Rücken wehtat und die Augen zufielen, warf ich mich auf die Futonmatratze, dachte an Gachan mit Resten dieser fleißigen Einstellung, »voll Sehnsucht und Liebe«, seine Hände an meinen Schamhaaren, seine Scherze an meinem Herzen. Ich sah meinen eigenen Schatten, den die warme Schreibtischlampe auf die Wand von Milchglasfenstern warf, scharf, gekrümmt wie 亡 (nakunaru, BO, verschwinden, sterben). Wären wir gemeinsam hier, könnten die Touristen und die Tempeldiener, die alten Leute und die Kinder auf dem Schulweg ein exquisites Schattentheater von etwa einer Stunde Länge betrachten. Ich aber, alleine, war nah am Boden und gab auch acht, dass niemand mich hörte oder meinen bewegten Umriss sah.

Ich würde in die Schule gehen, ich würde ein japanisches Schulkind werden, mit Suppenschüsselmütze und verschwitztem Trainingsanzug und in Strümpfen schnell laufenden Beinen, und gleichzeitig Gachans Geliebte sein, nachts ein vollständiger Schwan. Er würde mir seinen Schreibtisch freiräumen, damit ich die Aufgaben machen konnte, oder ich machte sie auf der Ecke, die unten im Esszimmer vom großen Tisch noch frei war, wie in jeder Familie. Gachan würde mir den Kerosinofen anschalten, damit ich bei den Hausarbeiten nicht fror, und ihn ausschalten, wenn ich mein Heft zuklappte und schrie, um etwa zehn Uhr nachts: »Gachan, ich bin fertig!« Dann würde er kommen und mich auf die Futonmatratze werfen, und wir würden uns ausziehen und lieben, nackt, nicht groß, nicht klein, wissend einiges, nicht alles, beherrschend einige charakteristische Kopfbewegungen, an denen wir uns erkannten und festhielten gegen den kalten Sturm der Welt, in dem man so leicht alle Orientierung verliert, weil man sich so gerne hingibt der größten Gefahr, der größten Zerstreuung. So könnte ich denken, und froh sein, dass Gachan nicht die Welt war, sondern eben gerade Gachan, kultiviertes Pfauenherz von Blut und Humor.

Ach, nichts davon! Ich werde bloß
kommentarlos weiße Socken tragen
und jahrelang Schriftzeichen schreiben,
weil Gachans Hände das können,
weil Gachan das als Kind in der Schule
gelernt hat und so viele Stunden wie ich jetzt
an einem Schreibtisch sitzen musste, gewöhnt
sich hatte zu sitzen, unterstützt im Sitzen,
wie ich jetzt durch meines Entschlusses traumsichere
Eupho- – Euppho- – Euphorrie.

Und jedes Zeichen, das ich lerne,
hat auch Gachan schon im Kopf.

Ach, jede Weiche, die ich stelle,
führt mich weg! Im Chat ein Echo
nur mehr von unserem Wohlvertragen,
er lachte, ich lachte, wir liebten uns,
dass noch die Wände davon sagen,
und, ohne besonders viel darüber zu sagen,
gingen wir jeder davon weg, tapfer und strahlend.

Afternoon

Fear nothing, fear my love, fear nothing, fear the air,
with the souls of your feet feel it feel the jolly air
we are too high to be sad now, too high to be sad,
let me go on. I'm going
on in the jolly air with a wound that will open in the afternoon,
I'm going
on, on, on in the jolly air, maybe see you soon
but I'm going
on, on, on like there's no tomorrow
don't feel the pain, don't feel the sorrow
on, on, on like there's no tomorrow
don't feel the pain, don't feel the sorrow

Pleasure is there to make you well through and through
and like obedient children, we think right through you
fucking like a bird on a branch, oh yeah, we were
licked like a nerd on a ranch, oh yeah, we were
wicked like a turd on a sandwich, baby,
won't you come on back around some time?

But now
(3/4) drive us to the station
in a morning like a dirge of dirty
sunlight dirty demons and a
man in a man in a man in a man in a video in a
carpet suit – he blends right in to the song to the wrong to the
market loop and he's takin it makin it shakin it to the
taw-haw-haw-hawp, honey

Das Gedicht auf S. 223 stammt von Sascha Anderson und ist mit freundlicher Genehmigung des Autors abgedruckt.

Dank an Bertlinde Vögel in Osaka für einen langen Aufenthalt.

Inhalt

Die gelangweilte Combo oder
  Wie man gut schreibt   7

Talgblasen   13

Des Todes dummer Bruder   22

Im Grünen Pfau   44

Idyllen. Chillen   63

Reiben   88

Schönheitstheorie   109

Birkenhäuschen   123

Falscher Jasmin   154

Seekühe der Kunst   158

Noto   187

Der rote Wedding an die Weiße Stadt   202

Le bougie de Wuki   206

Huligan   219

Einfall in China. Wechsel der Lehrmeister   227

Symposion   231

Gachan   247

Afternoon   250